ある愛の詩

新堂冬樹

角川文庫 14117

JN286220

Contents

プロローグ　青の詩
7

第一部
21

第二部
174

第三部
276

第四部
315

第五部
394

エピローグ　愛の詩
440

解　説〜涙の才能　中江有里
448

愛の詩

きらきらと輝く波に舞い降りる
天使の光優しくて
私に愛を降り注ぐ星たち

なにもかも透明な景色の中で
あなたは私に告げたの
どんなに大切なものか　この愛

私の人生に光る一筋の道
あなたと生きていたい

願いが叶うなら
あなたに伝えたい

もう一度逢いたい

プローグ

青の詩

躰《からだ》が青に溶けてゆく……。

海面から射し込む陽光が、青に宝石をちりばめる。

拓海《たくみ》は小刻みに息を吐く。肺の空気を微調整し、立ち姿勢で浮力をコントロールする。

スノーケルから立ち上る、水晶のかけらを思わせる微細な気泡。マスク越しの青を彩る黄と赤の群れ……ヨスジフエダイやハナダイの仲間が、拓海を取り囲む。拓海がそっと差し出す掌《てのひら》の上を、黄と赤が優雅に擦り抜けてゆく。

音のない世界。いや、拓海には聞こえる。風が海面を撫《な》でる音が、海底を彩る珊瑚《さんご》の息吹が、微細な気泡が水中で弾《はじ》ける音が、そして……神秘の底から拓海を呼ぶ声がたしかに聞こえる。

視線を、青に滑らせた。足下。新雪が降り積もったゲレンデのような、パウダースノーの海底。海面から射し込む斜光が揺らぎ、眩《まばゆ》いほどの白の絨毯《じゅうたん》に流麗なリップルマークを映し出す。

イソギンチャクに身を潜めるクマノミ。ほかの海では目の覚めるようなオレンジ。小笠《おがさ》原《わら》のクマノミは、黒地に白の縦縞《たてじま》模様。

クマノミの潜むイソギンチャクには毒がある。そうすることで、外敵から身を守る。クマノミから流した視線の先。枝珊瑚に群がるカラフルな熱帯魚。枝珊瑚の上を悠々と泳ぐ、黄に黒のストライプが鮮やかな二匹のテングダイ。

もうすぐ、彼女が現れる時間。フィンキック……珊瑚を折らぬように気をつける。拓海は右手を海面に向けて伸ばし、イルカの尾ひれのように、しなやかに、力強く両足で青を蹴《け》る。

深度十五メートルの青の世界。潜降《へいそく》して三分。ボンベなしのスキンダイビング。普通なら、四、五メートルの潜降で一分の閉塞潜水……息こらえが限界。

拓海は、その気になればフィンだけの力で、七十メートルの潜降と、静止状態で七分の閉塞潜水ができる。

イルカは、水深二、三百メートルの潜水能力を持つ。ヒトは、ボンベを背負いウェイトを装着したスクーバダイビングでも、水深五十メートル以上は危険だとして潜らない。深く潜降するほどに水圧がかかり、減圧症を始めとする様々な潜水障害が起こる。場合によっては、肺が破裂することもある。

特別なトレーニングを積んだわけではない。

海の寛大さ、美しさ、優しさ……。

海は、決してヒトが考えるように危険ではない。海の住人達は、陸に上がったら死んでしまう。だからといって、陸が危険でないのと同じ。

海の住人達は、それを理解している。だから、陸に上がろうとしない。

ヒトが海に足を踏み入れるのなら、理解すること。歩み寄れば、海はその寛大さで、美しさで、優しさでヒトを迎えてくれる。

海を理解するには、海の住人を見習うこと。

陸地での知識を、ヒトの常識を捨て去り、海と一体になることで、より長く青の世界の住人になれることを彼女が教えてくれた。

海面から降り注ぐ光の帯を、拓海はゆっくりと上昇し、息を小刻みに吐き続ける。浮上の際は、息を止めてはならない。

海面に近づくほどに、水圧は減少する。水圧の減少に伴い膨張した肺の空気を逃してやらねば、肺胞が破裂してしまう。

急いでもならない。水圧の変化で肺内の酸素が減少し、ブラックアウト……酸素欠乏症を引き起こし、意識を失ってしまう。

海面に近づくにつれ、次第に青がクリアになる。光の膜を突き破る。強烈な陽射しが網膜を灼《や》く。大量の空気が肺に流れ込む。

拓海の視界に、彼女の名前をつけたオーシャンカヤックのテティス号が現れる。

拓海は、テティス号の縁に片手で摑《つか》まり、勢いよく息を吐き出す。スノーケルから噴出する飛沫《しぶき》。まるで、クジラのブリーチングのよう。

頭を、左右に振った。ゆるくウエーブのかかった長髪の毛先から飛び散る微細な滴が陽光に舞う。陽を受けきらめく海面は、星屑《ほしくず》が落ちたよう。

澄み渡った透明な空気。水平線の彼方《かなた》に微《かす》かにみえる、母島の島影。

首を巡らせる。青と緑のグラデーション……海岸に近くなるほどに広がるエメラルドグリーンの先……ドルフィンビーチの白砂が視界に眩《まぶ》しい。

小笠原はどの島もイルカの楽園。とくに、父島のドルフィンビーチ周辺の海には、彼、彼女らが頻繁に姿をみせる。

深呼吸を繰り返す。最後に大きく息を吐き、呼吸を止める。肺の浮力を極力減らし、スムーズに潜降できるように。

テティス号から手を離し、両手足を伸ばした格好で海面に俯《うつぶ》せになる。拓海の薄くしなやかな、しかし強靭《きょうじん》な筋肉から、力が抜けてゆく。

眼を閉じた。青の粒子が、全身の細胞の隅々にまで行き渡るさまをイメージする。褐色の肉体が、青に溶け込むさまをイメージする。

表皮と海水の違和感が消える。眼を開けた。視線を海底に向け、上半身を九十度に曲げる。

ジャックナイフ……ヘッドファースト潜降。フィンで海面を蹴る。倒立姿勢で、青を両手で大きく掻《か》く。躰が沈む。緩やかに、深く、深く……。

鼓膜にかかる圧力。右手はまっすぐに海底に向けたまま、左手で鼻を摘《つま》む。鼻孔に息を吹き込む。

バルサルバ……耳抜きを終え、フィンキックを始める。彼女のように優しく、滑らかに。

視界に舞い戻る色鮮やかな熱帯魚達の群れ。彼女もきっとそばにいるはず。同じ時間……同じ場所。彼女は決して約束を破らない。

十九年間。大雨の日、台風の日、仕事の日、病気の日……拓海が現れないときでも、彼女はいつも午後四時にここで待っていた。

視界の先。黄と赤の魚影が打ち上げ花火のように散る。ヨスジフエダイとハナダイの群れを猛スピードで追う流線型の影。

立ち姿勢で浮力を保つ、拓海の切れ長の眼が柔和に細められ、唇が柔らかな弧を描く。

また、彼女……テティスの悪戯《いたずら》が始まった。もちろん、餌にしようというわけではない。

朝から昼過ぎにかけて、アジやイワシをたらふく食べているテティスは、この時間は満腹だ。逃げ惑う魚群をみて、愉《たの》しんでいるだけ。

イルカの平均寿命は二十二歳から二十五歳。テティスは二十歳。人間ならおばあちゃん。いくつになっても、悪戯好きな海の女神《テティス》。

ヘッドファースト潜降。パウダースノーの海底が近づく。視界が海底から陽光のシャワーが降り注ぐ海面へと切り替わる。螺旋《らせん》を描くように、光の帯をゆっくりと浮上する。

案の定、拓海のトリッキーな動きに興味を示したテティスがUターンする。円らな瞳《つぶらなひとみ》。薄く開いたくちばし。テティスが笑っている。

イルカは、変わったこと、面白そうなことが大好き。

拓海の胸に胸を合わせ、螺旋のダンスに参加するテティス。拓海はテティスの胸びれを手に取る。ふたりは、青を切り取る光の帯を、向かい合い手を繋《つな》ぐ格好でゆっくりと回転しながら上昇する。

光の膜を同時に突き抜ける。ドルフィンジャンプ。碧空《へきくう》が視界に迫る。金色の粒子がテティスのグレイの表皮を幻想的に染める。手を繋いだまま、青の世界へと舞い戻る。

テティスが上になり拓海が下になるドルフィンスイム。テティスのドルフィンキックに合わせた、拓海のフィンキック。

物凄《ものすご》いスピードで青が流れる。ヒトの泳力では体験できない景色の移り変わり。テティスが本気になれば、時速四、五十キロは出せる。

体勢を入れ替えた。今度は、拓海が上になる。テティスが上のときより、青の流れが緩やかになる。ゆっくりと、青の絨毯を周遊するふたり。

視界が縦に流れる。濃い青から淡い青へ。下から、拓海を海面へと導くテティス。テティスは知っている。もっとふたりの時間を作るには、拓海に酸素が必要なことを。

深度、速度……そして閉塞時間。気ままに振る舞っているようにみえて、テティスは拓海のことを考えてくれている。

拓海は、テティスのお腹の上に俯せに寝る格好で、顔だけ海面から出す。左で水平線が、右でドルフィンビーチのピュアホワイトの砂浜が早送りになる。

髪をさらう潮風。頬に打ちつける波飛沫。三、四度大きな深呼吸を繰り返す。息を止めた。準備OK。

躰《からだ》が沈んだ。潜降を開始するテティス。まるで、拓海の心を読んだとでもいうように。

そう、テティスは、拓海の心が読める。拓海もまた、彼女がなにをやってほしいのか、哀しいのか、嬉《うれ》しいのか、怒っているのか、遊んでほしいのか、ひとりになりたいのか、寂しいのかがわかる。

昔は違った。テティスが心を開くまで……躰に触れさせてくれるまで、まる一年かかった。

十九年前。酒に酔った観光客がボートで母子のイルカを追い回した。面白半分に、空気銃を撃ちながら。

母イルカは子イルカを懸命に護《まも》り、最後には力尽きて死んだ。

観光客を捕まえ子イルカを保護したのは拓海の祖父。保護された子イルカがテティス。

テティスの背びれの右側には、そのときの傷がある。

傷を受けたのは、躰だけではなかった。

いまでもテティスが心を許すのは、拓海だけ。ほかのヒトには、決して近づきはしない。
水深十メートルあたりで、拓海はテティスから手を離し、浮力をコントロールする。立ち姿勢の拓海に向かって、体勢を入れ替えたテティスが滑り寄る。一メートルの距離で向かい合う。まるっこい頭をちょっと上げ、黒く円らな瞳で拓海をみつめるテティス。

なにをやってくれるの？

拓海には、テティスの声が聞こえる。
口を大きめに開き、空気の塊をマウスピースに勢いよく送り込む。スノーケルから立ち上る輪っか……バブルリングが海面に立ち上る。

バブルリングを追っていたテティスの視線が、拓海に戻る。不意にテティスが立ち姿勢になり、大きく口を開けて頭を左右に振る。

キュキュキュキュキュッ　キュイッ　キュイッ

お馴染《なじ》みの仕草。テティスははしゃいでいる。海面に顔を出しているときよりも、くぐもりがちな彼女の美声。
今日は、ご機嫌がいいらしい。

拓海が約束を守れなかった日の翌日、ご機嫌斜めのテティスは、一、二分でプイッと背を向け青の彼方に消える。

でも、テティスが現れないときはない。どんなに膨れていても、必ず拓海の顔を見に現れる。

元の姿勢に戻ったテティスが、頭の噴気孔から息を吐く。見事なバブルリング。

ふたたび立ち姿勢になり顔を正面に向けるテティスは、とても自慢げ。

テティスに向けて人差し指を立てる拓海。もう一回勝負だ。右腕に巻いていたピンクのバンダナを解《ほど》き、青に揺らめかせる。

ピンクはテティスのお気に入り。いくつになっても、気持ちは四歳の拓海と戯れていたときの少女のまま。

青を泳ぐピンクを、じっとみつめるテティス。

カチカチ　カチカチ　カチカチ

断続的なクリック音。イルカに声帯はない。頭の中のメロンと呼ばれる器官から超音波のパルス音を発し、餌や物に当てる。跳ね返ってきたパルス音を下顎《したあご》にある耳で聞き取り、餌や物の大きさとの距離を測る。

キュキュキュ、という歓喜や驚愕《きょうがく》のバーク音も、クリック音と同じメロンから発せられている。

カチカチ　カチカチ　カチカチ

テティスの狙いはバンダナまでの距離。

宙返り。ゲームの開始。拓海はテティスに背を向ける。フィンキック。青を疾走する拓海。楽々と追いついたテティスが、拓海の下に滑り込む。左手に持ったバンダナをくちばしで狙う。

躰をくの字に折り曲げる拓海。ぐっと沈み込む。方向転換。仰向《あおむ》けの状態で青を蹴る。視界に広がる海面で揺らめく陽光の白のカーテン。

余裕でUターンするテティス。並ぶ間もなく拓海の脇を擦り抜ける。首を後ろに反らす。二、三メートル先を泳ぐ、テティスの口先で靡《なび》くピンク。

ちょっと本気を出せば　こんなものよ

テティスの後ろ姿が、まるでそう言っているよう。

じっさい、十の力を出す拓海にたいして、テティスは二か三の力しか出していない。彼女が半分の力でも出したら、勝負になりはしない。

俯《うつぶ》せの体勢に戻り、テティスを追う。不意に、彼女が止まりバンダナを離す。すうっ、と上昇するピンク。チャンス。拓海は右手を伸ばす。力なく青を掴《つか》む掌《てのひら》。滑り出すテティスの尾ひれでひらめくバンダナ。

やられた。

尾ひれに器用にバンダナをひっかけ、青のゲレンデを自由自在に滑るテティス。ピンクのバンダナは、クリアブルーに泳ぐトロピカルフィッシュのよう。

S字スラローム、宙返り、スピン……テティスの華麗な舞いに翻弄《ほんろう》される拓海。これでも、彼女は手加減している。

束の間、ゲームを忘れ、テティスのダンスに見惚《みほ》れる拓海。

彼女の美麗なダンスをみていると、拓海はいつも思う。

ホモ・デルフィナス《イルカビト》になれれば……。

ふたたび、テティスを追う拓海。四メートル、三メートル、二メートル……急激に、テティスとの距離が詰まる。テティスが完全に停止する。拓海の目の前で、横向きになる。拓海も動きを止め、浮力をコントロールする。

横目で、ちろりと拓海を窺《うかが》うテティス。フィンキック。テティスの尾ひれに突進する。右手を伸ばす。あと十センチ。テティスの尾ひれが消える。

パウダーサンドの海底に垂直にスピンしながら潜降するテティス。テティスのくちばしが白砂を抉《えぐ》る。海底から立ち上る白煙……ピュアホワイトに染まる視界。

瞬間、テティスが消えた。拓海は立ち姿勢で、キョロキョロとあたりを見回す。

ツンツン、と背中を突っつかれる。ゆっくりと背後に首を巡らせる。眼を三日月型に細め、くちばしを開くテティス。尾ひれにも、胸びれにも、背びれにも、バンダナが見当たらない。

もう一度、視線を泳がせる。やはり、周囲の青の、海底の白のどこにもピンクは見当たらない。

どんな手品を使ったんだい？

拓海は眼をまるくし、心で問いかける。

キュキュキュキュッ　キュキュキュキュッ

悪戯《いたずら》っぽくくちばしを大きく開き歓喜の声を上げるテティスが、体勢を入れ替え青を滑り出す。

教えてほしいなら　私を摑まえて

どんどんテティスの尾ひれが遠くなる。フィンキック……蹴り出そうとした足を止める。表皮に蟻が這《は》う感触。酸素残量の黄信号の合図。そろそろダンスは終わり。赤信号の合図が出てからの浮上では、ブラックアウトの恐れがある。

猛スピードでUターンしたテティスが、拓海の二、三メートル先で倒立姿勢になる。くちばしで一生懸命に海底を掘る仕草が愛らしい。

舞い上がる白い砂煙。揺らめきながら上昇するバンダナを器用にくわえたテティスの顔が、拓海の目の前にくる。

じっと、拓海の眼をみつめ、頭を上下に振るテティス。とても、優しい瞳《ひとみ》。

ありがとう。

拓海は微笑み、バンダナを受け取る。テティスが少しだけ躰《からだ》を沈め、背中を向ける。背びれに片手で摑まる拓海。ゆっくりと、ゆっくりと上昇するテティス。拓海も、スローテンポなフィンキックで合わせる。

青のグラデーションが薄れゆく。微《かす》かに揺らぐ海面越しに降り注ぐ陽光が、拓海とテティスの躰にリップルマークを作る。光彩のオブラートを突き抜ける。

テティスの背びれに手をかけたまま、仰向けになる拓海。ふたりは、夕凪《ゆうなぎ》の海面を寄りそうように泳ぐ。絵の具を零《こぼ》したような青空に、綿菓子のような雲が穏やかに流れる。眩《まばゆ》いばかりの太陽が冷えきった躰を温める。

拓海は、大きく、深く、呼吸を繰り返す。テティスの噴気孔から上がった飛沫《しぶき》が視界で黄金色に染まり、拡散し、降り注ぎ、拓海の頬をひんやりと濡《ぬ》らす。テティスも、呼吸している。

眼を閉じる。耳を澄まし、テティスの呼吸に呼吸を合わせてみる。

一体になる鼓動。胸に広がる安堵《あんど》感。テティスの安堵感も、背びれから拓海の掌に伝わってくる。

拓海は眼を開け、顔を横に巡らせる。テティスも拓海に顔を向け、心地《ここち》好《よ》さそうに眼を細める。

足踏みするような穏やかな時間《とき》の流れ。みつめ合い、青に漂うふたり。

テティスと共有する一時《ひととき》……拓海は、ホモ・デルフィナスになれそうな気がした。

第一部

1　拓海の詩

大地に迷路のように這う、ガジュマルの巨大な根っこ。その名のとおり、蛸足《たこあし》のように幾重にも枝分かれした幹が地面に吸い込まれるタコノキ。薄桃色に染まった夕焼け空に広がるヤシの葉。甘酸っぱい芳香を撒《ま》くパパイヤの実。雪をまばらに撒いたように咲き誇るローズウッド。広葉樹の葉の上でキョロキョロと首を巡らす鮮やかなライトグリーンが自慢げなアノールトカゲ。

拓海は、緑の息吹を胸一杯に吸い込みながら、ゆっくりと亜熱帯の森を散策した。

キュキュッ、キュキュッという鳴き声。

「おっと」

拓海は、踏み出しかけた足を上げた。ガジュマルの根もとで、独楽《こま》のように回転する紫の貝殻。

宇宙人のように長く飛び出したちっちゃな眼がふたつ、餌を探しているのだろう、ひっきりなしに動く触角が四本、地面を踏み締める逞《たくま》しい足が六本……鳴き声の主は、ムラサキオオヤドカリ。

一生懸命に背負う紫の貝殻は、移入種のアフリカマイマイのもの……つまり、カタツムリのものだ。

殻に半分身を隠しつつも、飛び出した眼でじっと拓海を見上げるムラサキオオヤドカリ。

「待ってろよ」

拓海はムラサキオオヤドカリに声をかけ、地面に落ちたタコノキの実を拾い上げた。

小笠原の森で一番多くみられるタコノキは、ヤシの木によく似ており、松ぼっくりのお化けのような巨大な実をつけている。タコノキの葉は、籠《かご》や日除《ひよ》け帽の材料にも使われる。

拓海が拾ったのは、松ぼっくりのお化けから落ちたひと房。とてもいい香りがするのだけれど、ヤシの実同様にその殻は堅い。

倒木の上に置いたタコノキの実に、アーミーナイフの刃を垂直にあてがう。適当な小石を手にし、空気を切り裂く感覚でナイフの背にひと息に振り下ろす。まっぷたつに割れた殻から零れ落ちる白い実。

力ではない。集中力じゃよ、集中力。

高校生の頃、力任せにタコノキの実を割ろうとして何度も失敗した拓海に見本をみせてくれた祖父……留吉《とめきち》の豪快な笑い声が鼓膜に蘇《よみがえ》る。

「ほら」

拓海は、ナイフでさらにふたつに切った白い実の半分を、ムラサキオオヤドカリの目の前に放《ほう》った。

大きなハサミを大袈裟《おおげさ》に動かし、タコノキの実を挟む。雑食のムラサキオオヤドカリはとても食いしん坊だけれど、とてもぶきっちょ。

拓海は、残り半分のタコノキの実を口に放り込む。アーモンドを凝縮したような濃厚な味わい。

「じゃあな」

思わぬディナーに舌鼓を打つムラサキオオヤドカリを残し、歩を進める。

今日七月二日は、おがさわら丸の入港日とあり、拓海の勤めるブルードルフィンは朝からてんてこまいの一日を送った。

内地より一ヵ月はやい梅雨明けを迎えた小笠原は、これからの季節は観光シーズン。おがさわら丸の入港日は、町も住人も出港日直後の静けさが嘘のように活気づく。

それに加えて先週……六月二十六日から二十八日までの三日間、父島の一大イベントである小笠原返還日祭&シンポジウムがお祭り広場で行われ、島を挙げて大いに盛り上がった。

拓海はまず、午前八時に大阪からきた四人の観光客を引き連れ、扇浦海岸《おうぎうら》からオーシャンカヤックで出発した。

境浦《さかいうら》海岸へと向かい、太平洋戦争で魚雷を受けて座礁した濱江丸《ひんこう》という沈没船の残骸《ざんがい》をスノーケリングでウォッチングした。沈没船の周辺には、父島で一、二を争う多くの熱帯魚達が集まり、有名な観光ポイントとなっている。

東洋のガラパゴス。南洋の楽園。いまでこそ美しく形容される小笠原は、拓海の知らないその昔、戦場となった島だった。

沈没船以外にも、トーチカ、野戦司令所、高射砲の残骸が、至るところに哀しい爪痕《つめあと》を残している。

沈没船ウォッチングのあとは、舳先《へさき》を小港《こみなと》海岸へ向けて南下した。

小港海岸は数百メートルの遠浅の海で、父島随一の海水浴場だ。

拓海達は浜辺で、ブルードルフィンの料理番……広子の作った小笠原塩を使った握り飯に砂糖たっぷりの厚焼き玉子、それと境浦で獲《と》った新鮮なアカハタの味噌汁《みそしる》といった昼食を摂《と》り、観光客の憧《あこが》れの地である南島へと向かった。

純白の石灰岩でできた、大地に広がる目が覚めるような白砂。どこまでも青く澄み渡る海。弓形《ゆみなり》の海岸線を持つ扇池。扇池と並ぶエメラルドグリーンの陰陽池《おんみょう》……人々は、南島をパラダイスビーチと呼ぶ。

南島は、島全体が水に沈んだ世界でも珍しいカルスト台地で、海底には鍾乳洞《しょうにゅうどう》が口を開けていると言われている。

ピュアホワイトの砂浜には、二千万年前に絶滅したと思われるヒラベソカタマイマイの貝殻が、ついこないだまで生きていたように、生き生きとした「顔」で無数に散らばっている。

上陸時間は二時間まで。一度の上陸は十五人まで。上陸できるのは三月から十月まで。南島を保護するために、南島にはいくつかの取り決めがある。

拓海達一行は、上陸時間限度の二時間ぎりぎりまで南海の楽園で過ごしたのち、出発地点の扇浦海岸へとオーシャンカヤックの舳先を向けた。

途中、南島とドルフィンビーチの中間地点……拓海とテティスの待ち合わせ場所である海域で、十二、三頭のイルカの群れに出くわした。テティスと同じバンドウイルカの群れだった。

父島沿岸の海には、ほかにボートと並走するのが大好きなハシナガイルカがいる。フレンドリーなバンドウイルカと違い、ハシナガイルカはヒトが海に入るとさっと姿を消してしまう。

予定外のドルフィンスイムに、観光客達は大喜びした。途中、イルカを目の前にし興奮し過ぎた男性観光客のひとりが海中でパニックを起こしたが、拓海が迅速にカヤックへと連れ戻し、大事には至らなかった。

興奮すれば鼓動がはやくなり、酸素の消費もはやくなる。ドルフィンスイムは、想像以上に体力を消耗する。イルカと戯れるのに夢中になり、息苦しさに気づき浮上する最中にブラックアウトを起こす観光客が、年に何人かは必ずいる。

観光客と戯れるイルカの中に、テティスはいなかった。いつものこと。テティスが、ほかのヒトの前に姿を現すことは決してない。

拓海は扇浦海岸で観光客とわかれたあと、いったん大村海岸近くのブルードルフィンの事務所に戻り、青いイルカの絵が描かれたワゴン車で、小港海岸のパパイヤビレッジへと向かった。次の観光客を迎えに行くためだった。

二組目の観光客である子供連れの家族三人の目的は、フィールドトレッキング。海ばかりがクローズアップされる小笠原だけれど、山歩きもまた愉《たの》しい。

場所は、初心者向けの三日月山コース。ほとんどアップダウンのない平坦《へいたん》な道程。タコノキやビロウといった、小笠原でしかみることのできない固有種を観察しながら、ゆっくりと三日月山展望台を目指す。

三日月山展望台は夕陽の名所。人気観光スポットのウェザーステーションから見渡す夕陽のパノラマは、この世のものとは思えぬほどに美しい。

夕陽と並んで、ホエールウォッチングの名所でもある。数キロメートル先の沖合いでブリーチングする雄大なマッコウクジラに、家族三人は双眼鏡を手に歓喜の声を上げていた。

それから、三組目の学生グループの観光客と父島の北端……宮の浜のダイビングスポットに向かい、熱帯魚と珊瑚礁が群がる海を堪能《たんのう》した。

ウエットスーツにボンベを背負った彼、彼女らは、深度三十メートルに近い海で、フィン、マスク、スノーケルをつけただけの海中ガイドをみて、声を失っていた。

拓海は、どんなに忙しくても、自然と触れ合う仕事を苦に思ったことはなかった。

ただ……。

「怒ってるだろうなぁ」

拓海は歩を止め、樹々の合間から覗《のぞ》くパウダースノーの白砂に眼をやった。亜熱帯の森を抜ければ、テティスとの待ち合わせの海に繋《つな》がるドルフィンビーチに辿《たど》り着く。

「あれ、拓海君。今日も彼女に会えなかったのかい？」

よく透る船乗り特有の声。拓海は、首を横に巡らせる。

急斜面の獣道。小高い丘の上。ガジュマルの木の幹に貼りつけられた木製の看板……森のカフェ、の手書きの文字。

六十過ぎとは思えない引き締まった躰《からだ》を、ヤドカリの絵柄の入ったオレンジのTシャツに包んだキャプテンが、葉巻髭《はまきひげ》が似合う彫りの深い陽灼《ひや》け顔を綻《ほころ》ばせた。

キャプテン……山崎修三は、二十年前まで遠洋漁業の漁師であり、拓海の父の親友だった。

キャプテンというのは、当時の漁師仲間につけられた修三の呼称だったと、留吉から聞いたことがあった。

そして、キャプテンが船を降りた理由も……。

あの日は、ひどく海が荒れておってな。修三が揺れに持っていかれそうになったとき、お前の父ちゃんが助けようとして、そのまま海に……。あいつは、損得考えない無鉄砲な男でな。だが、誰よりも純粋な男じゃったよ。

キャプテンはその後ぷっつりと姿を消し、十年前にふたたび小笠原に戻ってきたという。それから人里離れた山奥で仙人生活を送り始めたのだけれど、ドルフィンビーチを訪れる観光客にお裾《すそ》分《わ》けしていたパッションフルーツジュースが人気を呼び、森のカフェを始めるきっかけとなったらしい。

いろんな話を教えてくれた留吉も、キャプテンの十年の空白期間のことは知らない。

「おが丸の入港日なんで、仕方がありませんよ」

拓海も、大声で返した。

「まったくだ。どこの宿も満杯で、ウチにも珍しく東京からのふたり連れの観光客が泊まってるよ」

キャプテンとの大声のキャッチボールが続く。

キャプテンは、森のカフェのオーナーであると同時に、フォレストというペンション《ビレッジ》のオーナーでもある。

二年前に所帯を持ったキャプテンは、森から父島一の住宅街の大村地区に生活の場を移した。それまで使っていた建物を改築し、観光客用の宿泊施設としたのだった。

しかし、本人が言っていたとおり、買い出しに行くにも一番近いストアまで、徒歩で一時間はかかる辺鄙《へんぴ》な場所なので、フォレストに泊まろうという物好きな観光客は滅多にいない。

「拓海君、いまからでも潜れば、ひょっこり現れるんじゃないかい？」

「テティスは、時間に厳しいですから」

言って、拓海は白い歯を零《こぼ》した。

テティスが待ってくれるのは十五分だけ。いまはもう六時過ぎ。四時の約束を守ったあとならば何時でも会ってくれるけれど、すっぽかしたときは翌日の四時まで会ってくれない。

「まあ、あんなことがあれば、それもしようがないな」

キャプテンが一瞬顔を曇らせ、しかし、すぐに、「今日も留吉さんのために、ホルトの木の実拾いかい？」と笑った。

「ええ。いい歳なのに、血気盛んなもので。じゃあ」

拓海は苦笑いを返し、片手を挙げると歩を踏み出した。

「拓海君」

キャプテンの声が背中を追ってくる。拓海は、ゆっくりと振り返る。

ッチした。


「ほれ、熟れ頃だ」

キャプテンの下手投げ。宙で放物線を描く円球型の物体がふたつ。拓海は、両手でキャ
赤紫をした果実……小笠原名産のパッションフルーツは、そのまま食べるのはもちろんのこと、ジュース、ジャム、ゼリーなど、幅広く使用されている。

パッションフルーツジュースは、森のカフェで一番の人気商品だ。

「ありがとう、キャプテン」

拓海は大きく手を振り、踵《きびす》を返す。職場の同僚に、子供みたい、と言われる仕草。
三、四十メートルほど歩いた。小笠原の森にしては珍しい高木……ホルトノキの前で、足を止める。
パッションフルーツをハーフパンツのポケットにしまう。代わりにビニール袋を取り出し、腰を屈《かが》める。根もとに散らばる、ニンニクをひと回り大きくしたような木の実を拾い上げ、次々と袋に放り込んだ。

七瀬家では代々、ホルトの木の実を漬けた焼酎《しょうちゅう》を、血圧降下の秘薬として使っている。ほかにも、血液を浄化したり癌を予防する作用もあるらしい。

効果のほどはわからないけれど、少なくとも留吉にとっては医者要らずの魔法の木の実、というわけだ。

三年前……拓海が二十歳のときまでは、ホルトの木の実拾いは留吉自らが行っていた。

しかし、さすがに七十二歳の老人に、往復二時間以上かかる山歩きをさせるのは心配になった。

祖父《じい》ちゃんみたいに足腰が強くなりたいから、次から僕が山に行くよ。

拓海は、木の実拾いの権利を譲り受けた。

そう、やってあげるのではなく、譲り受けたのだ。

自称三十代の体力を自慢する折り紙つきの頑固者を納得させるには、もう歳だから、という言葉は絶対に禁句だ。

ホルトの木の実がビニール袋に一杯になったところで、拓海は口を縛った。これで、一ヵ月は大丈夫だ。

風に誘われた葉擦れの音。樹々を縫う風が、拓海の肌をひんやりと撫《な》でる。

三十度を超える日中にはちょうどいいハーフパンツにTシャツも、日暮れ時の森では肌寒さを感じる。

小笠原の湿度は内地のおよそ半分。気温が内地より高くても、体感温度は低い。カンカン照りの砂浜でも、木陰に入るとTシャツ一枚では身震いするときもあるくらいだ。

跳ねるように腰を上げ、拓海は歩を進めた。

バサバサ　バサバサ　バサバサ

耳を澄ました。鳥より重厚で、スローテンポな羽音。鳥なら、もっと軽快に羽ばたく。天を仰いだ。小枝の迷路に見え隠れする黒いシルエット……オガサワラオオコウモリのお目覚めだ。

両翼一メートル近い彼は、とても怖い顔つきをしているけれど性格はおとなしい。仲間の多くが肉食である中で、彼の種はパパイヤやパッションフルーツなどの果物を好んで食べる。

天然記念物に指定されているオガサワラオオコウモリは、拓海が生まれる前は父島の森にもたくさんいたらしいけれど、最近ではその雄大な姿を眼にすることは珍しい。

夜行性の彼の活動開始は、夜がすぐそこまで訪れていることを教えてくれる。

拓海は、歩調をはやめた。日の入りはもう近い。森を抜けると、目の前にはあたり一面に雪海原のような白砂が広がっていた。

拓海は、足もとにホルトの木の実が詰まった袋を置いた。島民が漁サンと呼ぶ海山両用のサンダルを脱ぎ捨て、雪海原に駆け出した。

しなやかに隆起するふくらはぎ……素足で白砂を蹴《け》り上げ海へと向かう。

潮風にそよぐ髪……旗のようにひらめくTシャツの背。タイミングを計り、大地を蹴る。

薄桃色に染まった空がほんの少しだけ視界に迫る。弓形《ゆみなり》に背を反らせる。潮の香りに包まれ、宙を舞う。視界の隅で景色が流れる。両手足を前へと伸ばし、くの字に躰《からだ》を折り曲げる。

踵《かかと》が白砂に呑《の》み込まれた。膝《ひざ》を軽く曲げ、衝撃を吸収した。そのまま、ゆっくりと尻餅《しりもち》をつく。

目の前に広がる、黄金色のさざ波を立てる海面。視線を、沖へ、沖へと滑らせた。

水平線で半円になる黄金色。間に合った。拓海の口もとが綻《ほころ》んだ。子供のときのままの笑顔。留吉によく言われた。

薄桃色の雲、琥珀《こはく》色の雲、茜《あかね》色の雲が風に流され、漂い、重なり、パレットで混ざり合う絵の具のように美しいグラデーションを作る。

夕焼け空のグラデーションを反映する海面……空と海の境界線がなくなり、拓海の視界が温暖色の夕映えに染まった。

ゆったりとした時間《とき》の流れに、拓海は身を委《ゆだ》ねた。ポケットから取り出したパッションフルーツをアーミーナイフで半分に切り、果肉を啜《すす》りながら沈みゆく夕陽を瞳《ひとみ》で追った。

甘酸っぱい果肉と種が口内に広がる。拓海は、こうしてなにをするでもなく、ドルフィンビーチの浜辺で夕陽をみるのが好きだった。

この海の近くに、テティスはいる。拓海の息遣いを、肌で感じている。姿は現さないが、拓海にはわかる。

明日は、きっと会いに行くからね。

心で、拓海は語りかける。

あてにしないで　待ってるわ

テティスの声が、聞こえてくるよう。

パッションフルーツを食べ終えた拓海は、大きく伸びをし、そのまま仰向けに寝転がる。夕映えの空に藍《あい》色のマントがふんわりと広がる。小笠原の夜は静かに忍び寄り、熱気を連れ去る。どこまでも澄み渡った夜気を、植物の寝息と、夜露が葉脈を滑り大地に染み込む音が優しく震わせる。

拓海は、手足を大の字に広げ、夜の気配に抱かれるように眼を閉じた。

あのコを保護したのは、いつもお前らが戯れ合っとる場所じゃった。怪我が治って群れの中に放してやってからも、毎日あのコは同じ場所に通ってきてな。そこに行けば、母親と会えるとでも思っとったんじゃろう。

拓海がテティスと出会ったのは、その頃。

若いときに競泳をやっていた留吉は、役場勤めになってからも暇さえみつければボートで海に繰り出していた。

留吉は、子供は太陽のように明るく元気に育てばいい、という考えで、学校の成績や行儀作法についてなにかを言われた覚えは一度もなかった。

そんな留吉も、こと泳ぎに関してだけは人が変わったように厳しかった。

四歳の拓海を、連日ボートで沖に連れ出した。海に放《ほう》り、自力でボートに辿《たど》り着くように命じた。手足をバタつかせる孫に、ぎりぎりまで手を貸さなかった。

人間はもともと海の生き物。その気になればイルカになれる。

助けを求める拓海に、決まって留吉はそう嘯《うそぶ》いた。

泳ぎは日に日に上達した。小学校入学時には、百メートルを楽々と泳げるまでになっていた。

これで、どんなに海が荒れても、お前は連れて行かれやせん。

拓海が中学校に上がる前に、留吉が独り言のように呟《つぶや》いた言葉で、祖父が孫の泳力の上達にこだわった理由を初めて知った。

幼心にも、祖父の息子と孫への深い愛情を拓海は感じた。

留吉のスパルタ教育のお陰で、拓海は、地球にはもうひとつの世界……青の世界があることを知った。

そして、テティスと巡り合うことができた。

かなり泳ぎが上達した拓海を、留吉はいつもと違う海へと連れ出した。その海は、それまで拓海が放り込まれていた二見湾とは比べ物にならないくらいに透き通っていた。その頃の拓海は、フィン、マスク、スノーケルの三点セットを身につけたスキンダイビングで、深度五メートルは潜れるようになっていた。

拓海は、どこまでも広がるコバルトブルーの海と目の覚めるような海底の白砂に、一気に魅了された。まるで、雲の上を飛んでいるような錯覚に襲われた。

雲の上を、もの凄《すご》いスピードで一頭の子イルカが滑り寄ってきた。その子イルカが、留吉から聞かされていた孤児のイルカであることは、心ないヒトの空気銃で傷ついたのだろう欠けた背びれですぐにわかった。

子イルカといっても、拓海の三倍の大きさはあった。でも、不思議と恐怖は感じなかった。

子イルカは、拓海の二、三メートル手前で止《とど》まり、窺《うかが》うような円《つぶ》らな瞳でじっとみつめてきた。

拓海は、思わず微笑んだ。あまりにも、拓海を一生懸命にみつめる子イルカの表情がかわいらしかったから。

子イルカは拓海の周囲をグルグルと回り、くちばしで、頭、腕、お尻を突っついた。

あとから水族館の館長に聞いた話で、子イルカのその行為が、イルカの親愛の情の表現のひとつだということを知った。

あのコが、人間を恐れんとはな。

留吉の驚きが、拓海には不思議に思えた。拓海と戯れるときの無邪気で人懐っこい子イルカが、ヒトを恐れているふうにはとてもみえなかったからだ。

しかし、子イルカは、その陽気な仕草とは裏腹に、深く傷ついていた。周囲をイルカが泳ぎ過ぎるたびに、敏感に反応し、近寄りかけては母ではないと気づき、拓海のもとへと戻ってきた。

そう、子イルカ……テティスは、留吉が言っていたとおりに、亡き母の姿を求め、別れとなった場所へ毎日、通い詰めていたのだ。

テティスが約束の時間に厳しいのは、きっと母が迎えに現れなかった哀しい思い出が、彼女の心に深い傷を作っているからに違いなかった。

さざ波……海の息遣いが、耳もとで優しく囁《ささや》きかける。不意に、海の息遣いが乱れる。

拓海は、首だけ擡《もた》げ視界を巡らせた。左前方。残照に染まる波飛沫《なみしぶき》に包まれ、海から現れたシルエット。眼を凝らした。海辺に佇《たたず》むシルエットの長い髪が、トーンの落ちた温暖色のグラデーションにふわりと舞う。

幻想的なシルエットに、拓海は視線を奪われた。

これは、夢だろうか？

ぼんやりとした思考を巡らせているうちに、シルエットが拓海に歩み寄る。

五メートル、四メートル、三メートル……。次第にシルエットがクリアになる。涼しげに切れ上がり、それでいて温かな瞳。気高さを感じさせる、すっと通った鼻梁《びりょう》。ふくよかな唇。

拓海は、心地《ここち》好《よ》い脱力感……まどろみの中にいるような気怠《けだる》さに抱かれながら、シルエットを見上げた。

拓海を見下ろすシルエットが、微《かす》かに、唇になだらかな弧を描いた。無意識に、拓海も微笑みを返した。

それは本当に無意識に、たとえるならば、女神の降臨を眼にした者が浮かべる恍惚《こうこつ》と感動が生み出した純粋なる微笑。

拓海は、シルエットの微笑に見惚れた。こんなに素敵な微笑みは、みたことがなかった。

シルエットが拓海の脇を通り過ぎ、視界から消えた。振り返りたい、という思いを、優しい充足感が包み込む。拓海は、擡げていた首を白砂の枕にゆっくりと寝かせる。

ふたたび、眼を閉じた。まどろみの世界に、静かに身を預けた。

◇

あぁ美しき神聖な夜よ
あなたが地上に降りてくると
夢もまた下界に訪れ

月の光とともに平和を運ぶ
夢は私達の心に静かに語る
人々は安らぎ夢を愉しみ
夜が明けるときに願う
優しい夜と夢がまたくることを

◇

テティスの声が聞こえる。お馴染《なじ》みの、甲高く愛嬌《あいきょう》のある声。テティスの声に交じって、別の声も聞こえる。しんと澄み渡る、どこまでも透明な声。小鳥が囀《さえず》りを、草木が息吹を躊躇《ためら》い聴き惚れる神秘的な声。

眼を開けた。視界に広がる、漆黒を彩る星の絨毯《じゅうたん》。ひんやりと頬を撫《な》でる夜風。鼻孔に忍び込む草木の匂いを含んだ夜露と潮の香り。背中から熱を奪う冷えきった白砂。

いつの間にか、眠り込んでいたらしい。

テティスの声もあの美しい声も夢だった……拓海は、耳を澄ませた。

満天の星に向かって伸びるような、透き通り、艶《つや》のある歌声。歌声に呼応するように静寂な空間に谺《こだま》する激しい水音。

あの声……。夢ではない。

拓海は立ち上がり、声の主を探す。十メートルほど先。思わず、眼を疑った。

青白い光の粒子に浮かぶシルエット……夕暮れどきに唐突に現れたさっきの女神。

激しい水音。もうひとつの流線型のシルエットが、月明かりを背に躍動する。

テティス？

拓海は歌声に吸い込まれるように、ふたつのシルエットに歩を進めた。

その歌声は麗しく幻想的で、暗闇が空と海を抱擁するように寛容な優しさに満ち溢《あふ》れている。

手を伸ばせば黒髪に触れそうな位置で歩を止める。

拓海以外のヒトの前には決して現れないテティスが……。信じられない光景だった。

目の前に佇むシルエットは誰？　美しく慈しみ深い声で歌うシルエットは誰？　ヒトの姿をしているけれど、もしかして女神？

拓海は、シルエットの歌に耳を傾けながら、現実離れした思いに囚《とら》われた。

ククククククッ　クククククッ　クククククッ

テティスが拓海の存在に気づき、水面から上半身を出していつもよりトーンの低い声で鳴いた。

今日の待ち合わせを、すっぽかしたことを咎《とが》めているのだ。

「ごめんごめん。明日は、必ず行くから」

拓海の声にシルエットが振り向き、眼を大きく見開く。

キュ　キュキュッ　キュ　キュキュッ

頷《うなず》くようにまるっこい頭を二、三度上下に振り、月明かりで青白く光る海面を沖へと泳ぐテティスにシルエットが視線を移す。

「あなた、イルカと話せるの？」

ふたたび、拓海に顔を戻したシルエットが驚いたように訊《たず》ねてくる。

「ヒトだったんだ……」

拓海は、シルエット……彼女の顔をまじまじとみつめながら呟《つぶや》く。彼女は、水着の上に膝《ひざ》上までかくれるぶかぶかのTシャツを着ている。

「え？」

彼女が、不思議そうに首を傾げる。

「彼女はね、ヒトの前には姿を現さないんだ。でも、君の前には現れた。それも、凄く愉しそうに」

「彼女って、さっきのイルカのこと？」

「そう。だから、もしかしたら君は女神かなにかじゃないかと思った」

拓海は、屈託なく、素直に、心のままを口にする。

「私が女神？」

彼女は眼を白黒させ、そして、噴き出した。拓海も、つられて噴き出した。

「あなたのほうこそイルカと話せるなんて、人間らしくないわ」

目尻《めじり》から零《こぼ》れる涙を細く折れそうな指先で拭《ぬぐ》いつつ、彼女が微笑んだ。

夕暮れ時に擦れ違ったときの微笑み。

不意に、鼓動が高鳴った。苦しいほどに、胸が締めつけられる。

なぜだかわからない。初めての経験。ひとつだけわかっていること。拓海は、彼女の笑顔が大好きだ。気高く、凛《りん》とし、近寄り難く、けれど、とても温かな微笑。

「テティスとだけだよ。ほかのイルカの言葉はわからない」

拓海は、鼓動の高鳴りが静まるのを待ち、言った。

「本当に、その……テティスってイルカの言葉がわかるの？」

彼女が、なだらかなアーチを描く眉《まゆ》をひそめた。

「うん、親友だから」

言って拓海は、砂浜に座り、仰向けに転がった。深い藍《あい》色の空を埋め尽くす星屑《ほしくず》が拓海の視界に広がった。

「親友？」

歌のときと同じ透き通った声音で訊ねながら、傍らに腰を下ろす彼女。心地好い響きが、拓海の鼓膜を優しく震わせる。

なんて素敵な声をしているのだろう。

「そう。四歳の頃から、一緒に泳いでいるんだ」

拓海は、いまにも降ってきそうな満天の星を眺めながら言った。

「そんなに、昔から……」

「ほら、君も寝転がってごらんよ」

「え？」

彼女が眼をまんまるにし、微かに首を傾げる。テティスも、よく同じ仕草をする。

「さあ、はやく」

拓海は、にっこりと微笑み促した。はにかむように頬を赤らめ、仰向《あおむ》けになる彼女。

「わぁ……凄い……。こんなに星が一杯の空みたことがないわ」

彼女の歓喜の声に、拓海の心も弾む。月明かりに照らされる彼女の横顔が生き生きと輝く。

彼女が喜ぶ顔を……彼女の微笑を、もっと、もっと、みたい。

「こうやっていると、海に潜っているような気分になるんだ。どこまでも深くて、果てがない。海も、深くなるほどに太陽の光が届かなくなって、とても暗くなる。その奥にはどんな世界が待っているんだろう……って、いつも思うんだけれど、ヒトには限界があるんだ。でも、テティスは知っている。僕なんかより、ずっと、ずっと深く潜れるからね」

拓海は星空に視線を戻し、眼を細める。神秘的な歌声に合わせて、月明かりを背にジャンプするテティスの姿が蘇《よみがえ》る。

「ねえ、ギリシャ神話のイルカ座の伝説って知ってる？」

「なんだい、それ？」

ふたたび、彼女の横顔に視線を移す。

「ギリシャのコリントスで生まれた宮廷音楽家のアリオンは、シチリア島で開かれた音楽コンクールで見事に優勝し、たくさんの賞金を受け取りました。ところが、帰りに、コリントスへと戻る船で海賊達に取り囲まれ、賞金の入った袋を奪われた上に、海に飛び込むように命じられました。アリオンは助からぬ命だと悟り、立派な楽人らしい死を遂げようと、紫の衣を身につけ、花輪を抱いて船縁《ふなべり》に立ち、海を前にリラを奏でて最後の歌を歌い続けました。すると海の中からたくさんのイルカが顔を出し、アリオンの歌に聞き惚《ほ》れました。歌い終わり覚悟を決めて海に飛び込んだアリオンを、たちまち周りのイルカ達が寄り集まって背中に担ぎ上げ、コリントスの海岸へと連れて行ってくれました」

彼女が歌うように語る神話が、闇空を海に、星々をイルカに変える。

拓海は、眼を閉じた。瞼《まぶた》の裏に、行ったことのないコリントスの海岸が浮かぶ。

「イルカは、アリオンを救った功績で夏の星座にしてもらいました、っていうお話なの。ちゃんと、聞いてた？」

「うん。とても、いい話だね」

拓海は眼を開け、しみじみと言った。

「私、神話みたいにイルカが寄ってくるのかな、って、冗談半分に歌ってみたの。そしたら、本当に現れてびっくりしちゃった」

「なぜ、びっくりするの？」

拓海は問いかける。子供が母親にそうするように。無邪気に。躊躇《ためら》いもなく。

「だって、神話と同じことが目の前で起こったのよ？　あなたは、驚かないの？」

そういう彼女の声は驚いたふうもなく、夜露を含んだようにしっとりと落ち着き、相変わらず拓海の鼓膜を優しく撫《な》で続ける。

この女性《ひと》の声を聞くと、どうして心地《ここち》好《よ》くなるのだろう。テティスが彼女の前に姿を現した気持ちが、わかるような気がした。

「僕以外のヒトの前に、テティスが現れた。僕にとって、それ以上の驚きはなかった。でも、イルカ座の伝説を聞いて納得した」

「あなたは、神話が本当にあった話だと思ってるの？」

海から運ばれた微《かす》かな冷気を含んだ夜風が彼女の黒髪をさらい、森へと抜けてゆく。

拓海は、黒目がちな彼女の瞳《ひとみ》をみつめ、頷いた。

「どうして、そう思うの？」

「イルカが、ギリシャ神話でなんて言われてるか知ってる？」

質問を質問で返す拓海に、彼女が目顔でノーと答える。

「海の神、ポセイドンの使者だと言われてるんだ。神の使者なら、女神の歌声に姿をみせてもちっとも不思議じゃないだろう?」

彼女の瞳の奥の漆黒が微かに揺らめく。互いに、仰向けのままみつめ合う。空に向いた彼女の顔の半分が、月光に青白く染まる。

波が砂浜に打ち寄せる音だけが、夜の静寂に谺《こだま》する。ため息さえも躊躇われる静けさ。

海の音《ね》に交じって聞こえる囁《ささや》き。拓海は、囁きの主を知っている。

とても小さいけれど大きな者。とても大きいけれど小さな者。なぜだかわからないけれど、たぶん、生まれたときから、拓海は囁きの主のことをそう思っていた。

もちろん、みたことはない。囁きを聞いたのも初めて。でも、ずっと昔から、今日、この瞬間に、囁きが聞こえることがわかっていたような……決まっていたような、そんな気がする。

「君のことが好きだ」

囁きを、声にした。

彼女が瞬《まばた》きを止め、拓海の瞳をみつめたままゆっくりと上半身を起こした。

星の海を背にした彼女が、拓海を見下ろす。なにかを訴えかけるような眼差《まなざ》しを拓海に注ぐ。

不思議と、拓海に驚きはなかった。彼女に、返事をしてほしいという気持ちもなかった。

拓海の心にあるのは、彼女が存在していたのだという喜びと、囁きを声に出せたことへの満足感。

イルカが海の女神に出会ったなら、きっと同じ言葉を口にしただろう、と拓海は思った。

2 流香の詩

目の前にいる青年の瞳は、信じられないほどに透き通っていた。こんなにも無邪気な笑顔を持つ青年を、みたことがない。

あまりに唐突な青年の告白に、流香《るか》は声を失った。

つい数時間前に会ったばかりの名も知らぬ青年から、そんなことを言われるとは思ってもいなかった。

約一年前に、あの人から言われたのと同じ言葉を……。

いつもの流香なら、どうしようもなく、心が冷えきっていたはず。なによりもその前に、見知らぬ男性に微笑みかけたり、話し込んだりしない。

なのに、流香は青年とともに砂浜に横たわり、あの人が語ってくれたイルカ座の伝説まで話した。

君にとって、いったい僕はどういう存在なんだろう？

青年と同じ言葉を口にしたあの人は、俯《うつむ》く流香をみて、力なく笑った。そのときの、あの人の哀しげな眼差しが昨日のことのように蘇る。

ごめんなさい……。

そう言うのが、精一杯だった。

流香には、それ以上の言葉を返せないことがわかっていた。そのひと言が、どれだけ残酷な言葉だったのかも……。

音楽大学の一年生から二年生になるまでの一年間。父も、恩師も、友人も……周囲の誰もが、あの人を恋人だと思っていた。

彼、彼女らは、なにも勘違いしてはいない。少なくとも、あの人からすれば、流香とともに過ごした一年間は……流香のひと言を聞くまでの年月は、疑いもなく恋人と過ごした時間。

流香にとっても、その一年が特別な時間であったことを否定しない。でも、どうしても踏み込めなかった。

君は、僕のことをどう思っているの？

あの人が青年と違うのは、答えを求めたこと。でも、あの人と青年を一緒にするのは、とても滑稽《こっけい》な話。一年間、雲を摑《つか》むような交際を続けた果てに、証《あかし》を求めるのは当然のこと。

悪いのは自分。わかりすぎるほど、わかっていた。

あの人に問題はない。問題があるどころか、完璧《かんぺき》な男性《ひと》だった。

誠実で、大人で、その振る舞いのひとつひとつに嫌味のない品のよさが窺《うかが》え、物静かに語り、音楽の才能に満ち溢《あふ》れ、なにを言っても、なにをやっても怒らない。

けれど、その完璧さが、流香を苦しめた。

好きよ。

きっと、あの人が私に期待していた言葉。そのひと言が、どうしても口に出せなかった。

好きではなかったの？　と問われれば、首を横に振るだろう。好きだったの？　と問われれば、首を縦に振る自信がない。

でも、いまとなっては、もう、どちらでもいいこと。

僕は、君を愛している。

愛している、という言葉を口にしたあの人を、流香は、とても非現実的なものをみるような瞳《ひとみ》でみつめた。

まるで、ピンク色のチンパンジーをみるとでもいうように。

あの人は、咎《とが》めることもなく、最後まで大人のまま、留学地のイタリアへと旅立った。


「あ、そうだ」

なにかを思い出したように、青年が身を起こしハーフパンツのポケットから丸い形をしたワインレッドの果物を取り出すと、Tシャツの肩口でゴシゴシと拭《ふ》き、流香に差し出した。

「食べる?」

青年が差し出した果物は、アボカドによく似ていたけれど、もっと小さく、もっとつるつるとしていた。

不思議な、青年だった。初めて会った女性にたいして好きだと告白したかと思えば、今度は、子供のように人懐っこい笑顔で果物を勧める。

ほかにも、イルカと話ができたり、流香を女神だと言ってみたり、人間をヒトと呼んだり……。

近寄り難い女性。冷たい感じのする女性。あまり笑わない女性。口数の少ない女性。孤独が好きな女性。

流香を知る者が、どれかは必ず口にする印象。否定はしなかった。むしろ、当たっていると思う。

あなたを愛しているわ。必ず迎えに行くから。

一年目までは疑いもしなかった。三年目には不安になった。五年目には諦《あきら》めた。

そして……十五年が経ったいま、愛という言葉に恐れを感じるようになった。

なのに、青年の前での流香は、信じられないほどに無防備だった。

「これ、なんて果物?」

ほら、また、馴々《なれなれ》しく訊《たず》ねたりしている。

「パッションフルーツっていって、小笠原の名産なんだ。食べてごらんよ」

青年が小さなナイフを取り出し、半分に切ったパッションフルーツを差し出しながら流香の顔を覗《のぞ》き込む。

ゆるくウエーブのかかった長い髪、褐色の肌と見事なコントラストをなす白いTシャツ、深く優しい瞳、力強くシャープな顎《あご》のライン、しなやかで、それでいて逞《たくま》しい筋肉質の躰《からだ》……。

野生児。青年を表現するには、ぴったりの言葉だった。

上辺の容姿だけならば、東京にも似たような男の子達が大勢いる。けれど、青年は彼らと違い、ドライヤーを使ったこともなければ、陽灼《ひや》けサロンに行ったこともないだろう。もちろん、お洒落《しやれ》な店で洋服を買ったことも。

なによりも違うのは、小笠原のこの海のように、どこまでも深く、澄み切った瞳。その瞳にみつめられると、たとえようもない安堵《あんど》感に包まれるのはなぜだろう？

「本当は、スプーンがあればいいんだけれどね。そのまま、種と一緒に吸ってごらん」

流香は、言われるままにパッションフルーツに口をつけ、ゼリー状の果肉を啜《すす》った。オレンジとキウイフルーツを混ぜ合わせたような酸っぱく、それでいて甘い口当たり。

「おいしいっ」

種ごと果肉を呑《の》み、流香は弾んだ声で言った。

「だろう？」

青年が、嬉《うれ》しそうに破顔した。

「パッションフルーツは、ジュースやジャムにしてもおいしいんだ。暇があったら、この近くの森のカフェでパッションフルーツジュースを飲むといいよ」

「あ……私、そこのマスターが経営しているフォレストってペンションに泊まってるの」

「え？　キャプテンのところに？」

「キャプテン？」

「うん。キャプテンは、昔、船乗りだったんだ。僕の父さんも船乗りで、親友だったんだ」

親友だった、と過去形になっているのが気になったけれど、初対面で、根掘り葉掘り訊ねるのは気が引けた。

「だから、ここで泳いでいたんだね？　ドルフィンビーチは街からだと歩いて二時間近くかかるし、森も抜けなきゃならないし、どうやってきたのか不思議だったんだ」

青年が、納得したように何度も頷《うなず》いた。

小笠原へくることになったのは、同じ音大に通っている亜美に誘われたから。

亜美はダイビングのライセンスを取得していて、年に数回はいろんな海へ潜りにゆく。夏休みまで待たずに、学校を休んでまで七月に小笠原にきたのは、新日本音楽コンクールの予選が九月に控えているから。

新日本音楽コンクールは、音大生の誰もが憧《あこが》れる舞台。十月に行われる本選での優勝はもちろん、入賞でも第一線で活躍する音楽関係者の眼に留まり、音楽家への道が開けるという可能性がある。

なにより、今年の優勝者には、来年の一月に五年振りにイタリアのミラノで開催されるミラノ国際音楽コンクールの出場権が与えられることが、流香には魅力だった。

コンクールは、ピアノ部門、声楽部門、トランペット部門、ヴァイオリン部門、チェロ部門、作曲部門にわかれ、予選を通過したのちに、赤坂のアミューズホールで本選が行われる。

音大でピアノ科を専攻している亜美は、コンクールで入賞を果たしたらパリへの留学を目指し、将来はアルゲリッチのようなピアニストになることを夢みていた。けれど、亜美や、多くの流香も、世界に通用するような一流の声楽家を目指していた。けれど、亜美や、多くの音大生が「一流」を夢みるのとは別の理由があった。

「東京から、友達とふたりできてるの。ガイドブックに穴場のペンションって書いてあったから、それで」

フォレストを選んだのは流香。観光客で賑《にぎ》わっている場所に泊まるのは、気が進まなかった。喧騒《けんそう》の届かない静かな場所で、ゆっくりと考えたかった。

夢を捨てるべきかどうかについてを……。

「ペンションっていうよりは民宿って感じだけど、穴場ってのは当たってるね。ドルフィンビーチの海とおが丸が入港した二見湾の海が、同じ小笠原の海とは思えないだろう？交通の便が悪いってだけで、プライベートビーチ状態なんだから」

「あなた、土地の人……だよね？」

パッションフルーツをもうひと口啜り、流香は訊ねる。

流香は、さっきからずっと青年にたいして敬語を使っていないことに気づいた。

青年は、今年二十四歳のあの人と同じくらいか、それより年下。

でも、歳の問題じゃない。年上でも年下でも流香は、初対面の人物に馴々しい言葉遣いはしない。

なぜだろう？　今日何度目かの問いかけ。わからないけれど、青年に敬語を使うのは不自然に思えた。

「うん。家はここからずっと北に上った奥村ってところで、仕事場は大村ってところ。一応、大村は父島では一番の都会なんだ。でも、内地に比べたら全然田舎だけどね」

青年が白砂を掌《てのひら》で掬《すく》い、小指の隙間から砂時計のようにサラサラと落とした。潮の香りを乗せた夜風が、砂をさらってゆく。青年の髪もさらわれる。

空を埋め尽くす星の光が海面に滲《にじ》み、どこまでも広がる白砂は幻想的な月明かりに青っぽく染まる。微《かす》かな風の音と波の音以外にはなにも聞こえず、まるで、この地球上に青年とふたりっきりになったような錯覚に陥りそう。

「内地？」

「あ、君は知らなかったね。島の住民は、東京を含めた本土のことをそう呼ぶんだ」

流香は、青年の言葉で、この異次元空間の楽園が東京都であることを思い出した。

東京から僅《わず》か千キロメートル。人口は約二千四百人。父島の面積は千代田区の二倍。年間の平均気温は二十三度の亜熱帯。

小笠原は、ガイドブックで仕入れた情報だけではわからない魅力に溢《あふ》れていた。

「小笠原がどのくらい田舎かっていうとね、テレビがまともにみられるようになってから、まだ十年も経っていないということと、病院がないこと」

「え？　病院がないの？」

「診療所みたいなものは父島と母島に一軒ずつあるんだけれど、軽い風邪や擦《かす》り傷程度しか診ることができないんだ」

「じゃあ、ひどい怪我をしたり重い病気になったらどうするの？」

「島に、長老がいてね。彼に供え物をして、治してもらうのさ」

「それって……魔術とかそういうの？」

流香は、思わず身を乗り出した。

「もしかして、信じた？」

青年が、悪戯《いたずら》っぽく笑う。

「あ〜、嘘吐いたな？　ひっどぉい」

流香は頬を膨らませ、青年の肩を叩《たた》いた。

「ごめんごめん。海上自衛隊の空挺《くうてい》機で内地の病院まで運ぶんだ」

亜美がみていたら、きっと驚くと思う。亜美は、流香を男嫌いだと信じて疑わない。

あの人と別れてから……音大の三年生になってから、亜美とは親しくなった。

流香自身が、一番、驚いていた。こんなに愉《たの》しそうに誰かと喋《しゃべ》ったのは……思い出せないほどに、遠い昔のこと。

開放的な小笠原の雰囲気が流香を陽気にさせている、というのとは違う。そんなふうに単純な女の子であれたなら、と思う。

出口を求めて踏み出した一歩が、霧深い迷宮に迷い込むことの繰り返し。どの道を選んでも、出口はみえない。最後には、どの道を歩いているのかさえもわからなくなってしまう。

君は、僕のことをどう思っているの？

出口どころか、いま立っている場所さえわからない流香には、答えを求められることはとても苦痛だった。

青年が立ち上がる。海に向かって大きく伸びをする。流香も立ち上がり、青年の隣に並んだ。

目の前の海が、静かにさざなむ。なにも語らない。なにも求めない。でも、与えてくれる。ただ、そこにあるだけで流香の心を癒《いや》してくれる。

「ねえ……」

青年の横顔に、声をかける。

「ん？」

青年が、海から流香に視線を移す。深く、静かな瞳《ひとみ》が流香をみつめる。

どうして、あんなことを言ったの？

用意していた言葉を、流香は胸にしまった。青年の瞳をみていたら、不意に、どうでもいいような気がした。

「なんでもない。それより、本当にきれいね。東京で、空を埋め尽くす星なんてみたことがない。海に映っている星が一個でも拾えたら、どんなに素敵だろう」

流香は、海面に滲む星明かりをみつめつつぽつりと言った。

「拾ってくるから、ちょっと待ってて」

「え……なにを?」

「海の星さ」

青年はにっこりと微笑みサンダルを脱ぎ捨て裸足《はだし》になると、呼び止める間もなく海へと駆け出した。

沖に向かって泳ぎ出した青年の姿が小さくなり、飛沫《しぶき》が上がったかと思うと、みえなくなった。

「嘘……」

流香は波紋が広がる藍《あい》色の海に呆然《ぼうぜん》とした視線を投げながら呟《つぶや》いた。

不意に、流香は不安になった。それは、青年が溺《おぼ》れるのではないかとか、そういうことじゃない。

このまま消えてしまうのかもしれない……という不安。

幻を相手に喋っていたのかもしれない……という不安。

なぜ不安になるのかを考えてみる。多分、あのときの気持ちと似ているから。

流香がわからないのは、その不安を青年に感じたこと……初めて会ったばかりの青年に
……。

青年が海に潜ってまだ一分くらいのはずなのに、流香にはひどく長い時間に感じられた。

君のことが好きだ。

青年の声が蘇《よみがえ》る。微笑みが蘇る。温かく、優しく、蘇る。

心が凍える。流香は動けなくなった。氷の部屋に閉じ込められたように、動けなくなった。

手も足も、萎縮《いしゅく》する。どんどん、どんどん、萎縮する。いまの流香には、頬に触れる髪を払うことも、声を出すこともできない。

そして、氷の部屋にいる流香に触れることは誰にもできない。誰もが、流香がここにいることを知っている。でも、聞こえない。流香の叫びは、誰の耳にも届かない。

視線の先で、波飛沫が上がった。月明かりの青白い粒子を海面から出した上半身に纏《まと》う青年が大きく両手を振る。

唇から零《こぼ》れ出る安堵《あんど》のため息。思わず上がりかけた手を肩口で止める。

青年が駆け寄ってくる。肌に貼りつくTシャツ。濡《ぬ》れてウェーブがはっきりとした髪から滴る水滴。

「ほら、マリンスターだよ」

青年が息を弾ませながら、右の掌を差し出した。掌には、一円玉くらいの大きさの、絵本に出てくるような星の形をした白い貝殻みたいなものが載っていた。

「マリンスター？」

流香は、訊《たず》ね返す。

「そう、海の星。じつは、珊瑚《さんご》のかけらなんだけどね。大昔、この辺一帯は海の中で、ドルフィンビーチの白砂は、長い年月をかけて珊瑚が砕けてできたものなんだ。海底にはほかにも、三日月の形をしたものや蝶《ちょう》の形をしたものが一杯ある。子供の頃、祖父《じい》ちゃんがよく拾ってきてくれた。マリンスターは神様の落とし物だから、身につけてると幸せを運んできてくれるって」

「幸せを運んできてくれる……」

流香は、青年の掌の「星」をみつめつつ呟いた。

「勝手なこと、しないで」

自分でも、はっとするような冷たい声。

「え？」

青年が、きょとんとした顔で首を傾げた。

「いきなり海に飛び込んだりして、あなたが戻ってくる間、私はじっと待ってなければいけないの？」

そんなこと、初めて会った青年に言っても仕方のないこと。

押し寄せる後悔。できることなら、三十秒前に時間《とき》を巻き戻したかった。

なんて、いやな女だと思われたかもしれない。なんて、わがままな女だと思われたかもしれない。

けれど、流香の記憶が呼び寄せる不安が、思いとは裏腹の言葉を口にさせる。

青年が、流香の瞳をじっと覗《のぞ》き込む。その透き通った瞳は、流香の頑《かたく》なに閉じた心をも見透かしてしまいそう。

「じゃあ、一緒に行こう」

青年が、マリンスターをハーフパンツのポケットにしまい、流香に腕を差し出した。

「行くって……どこに?」

「僕のぶんのマリンスターを取りにだよ。泳げるんだろう?」

屈託なく白い歯をみせ、訊ねる青年。

「泳げるけど、私、深いところに潜れないわ」

また、後悔。そういう問題じゃないのに。

「大丈夫。潜るって言っても三、四メートルくらいだし、僕がついてる」

流香の手からパッションフルーツを取って砂浜に置いた青年が、悪戯っぽくウインクする。

自信家、とは違う。自分勝手、とも違う。青年の言動はあまりにも唐突で強引なのだけれど、相手の気持ちを考えている。おおらかに、そして繊細に。

でも、気配りじゃない。青年は、ごく自然に、無理なく、相手を包み込む。山や海が理屈なく寛大であるように。

「でも、どうして？」

流香は訊ねる。

「君の笑顔がみたいから」

青年が、さらりと言った。

そのひと言は、百の説明より、流香の胸奥に深く、深く染み渡った。

やはり青年は、心を見透かしている。不意に眼の奥が熱くなり、胸が震えた。流香は青年から海へと視線を逸らし、涙を堪《こら》えた。

なぜだかわからない。けれど、青年の言葉は流香を温かく、力強く包み込んでくれる。

この十五年間、深い闇夜を彷徨《さまよ》い続ける流香に、出口はこっちだよ、と語りかけてくれる。

あなたは誰？　問いかける代わりに、流香は青年が差し出す右手にそっと掌《てのひら》を重ねた。

◇

夕方に泳いだときよりも、海の水はひんやりとしていた。空のきらめきを照り返す海面が、流香の肩で、青年の胸で波打つ。まるで、星空に飛び込んだよう。

「摑《つか》まって」

青年の広い背中が、流香の視界に現れる。少し躊躇《ためら》ったのちに、遠慮がちに両手を肩にかけた。

平泳ぎで沖へと進む青年。雲の上に乗ったような心地《ここち》好《よ》い浮遊感。青年の躰《からだ》が海と一体になったように、滑らかに、緩やかに、水音ひとつ立てずに進んでゆく。

「耳抜き、大丈夫だね？」

泳ぎながら振り返り訊ねる青年に、流香は頷《うなず》く。鼻を摘《つま》み、小刻みに息を吐く。海に入る前に、青年が教えてくれた。

「僕も気をつけるけど、苦しくなりそうになったら肩を叩《たた》いて」

もう一度頷く。

「さあ、深呼吸を二、三度繰り返して。吸うときは大きく。吐くときは小さく、ゆっくり」

言われたとおりに、大きく息を吸い込み、ゆっくりと少しずつ吐き出す。

「最後に大きく吸い込んだら、そのまま止めて」

流香が息を止めた瞬間に、青年の躰が頭からゆっくりと沈む。教えられたとおり、両足の指先が海中に入るのと同時に右手で鼻を摘む。

力み過ぎないように、小刻みに息を吐く。耳の奥で、バリバリッ、と小さな音が鳴る。鼓膜が軽くなったような気がした。

左手でふたたび青年の肩に摑まり、両足で海を蹴《け》る。視線の先……海面から射し込む月明かりが白砂に作る網目模様の美しさに、流香は息を呑《の》んだ。

想像していたよりも海中は明るく、アップライトを当てられた水族館の水槽の中のよう。ギリギリ足がつくくらいの海で泳いだことはあるけれど、身長の何倍もありそうな深い海に潜ったのは初めての経験だった。

青白い光のカーテンに包まれた静寂の世界はとても幻想的で、これは夢ではないかと思ってしまう。

でも、両手でしっかりと摑まる青年の肩の感触が、蹴り足に感じる水の抵抗が、あなたのいる世界は夢ではないよ、と教えてくれる。

流香は、海底に向かってしなやかに泳ぐ青年に、テティスの姿を重ね合わせた。

青年が振り返り、優しく細めた目顔でなにかを訴え、白砂を指差す。青年の指先を視線で追った。

赤、黄、白、ピンク……色形様々な貝殻や珊瑚のかけらが砂から顔を覗かせる。

突然、視界が縦に流れる。青年が海面に向かって上昇を始める。

まだ平気。マリンスターを拾ってからでも大丈夫なのに。

そう思った矢先……急に、胸苦しさに襲われた。けれど、青年といると、不思議と怖くはなかった。

海面に揺らめく月明かりの光輪が近づく、近づく、近づく。光輪を突き破る。飛沫の向こう側に広がる星空……流香は、青年の肩に摑まったまま、金魚がそうするように大きく口を開けた。

滑稽《こっけい》なことだけれど、普段なにげなく吸っている空気を、おいしい、と流香は感じた。

青年がくるりと向きを変える。ふたりは、向き合う格好になった。立ち泳ぎというのだろうか……青年は手足を海中でゆっくりと動かしバランスを保っている。

「テティスは、僕が苦しくなりそうになるとわかるんだ」

青年が、流香が質問をする前に答えた。微笑を湛《たた》え、嬉《うれ》しそうに。

答えになっているような、いないような……でも、なんとなく、青年の言いたいことがわかるような気がした。

「夜の海って……あんなに明るいだなんて知らなかった」

流香は、肩を弾ませながら言った。まだ、少し喘《あえ》いでいた。

「もっと深くに行けば、月の明かりも、いや、太陽の光だって届かない。だから、昼間でも、真夜中みたいに闇が広がっている。僕は、七十メートルの世界までしか知らないけどね」

青年の瞳《ひとみ》が、珍しく翳《かげ》りを帯びた。わけのわからない不安が、流香の胸をノックする。

「でも、七十メートルなんて凄《すご》い。私なんて、いまくらいの深さでも絶対にひとりじゃ潜れないわ」

青年の瞳から翳りを消そうという目的もあったけれど、本当に驚いてもいた。

「もちろん、フィンをつけてだけどね。僕も、テティスみたいになれたら……って思うよ」

眼を細め、沖に視線を泳がせる青年。

「十分、イルカみたいだったよ」

「ありがとう。でも、違うんだ。テティスが知っている世界を、僕は知らない」

視線を沖から流香に戻した青年の眼……寂しげな眼が、胸を叩くノックの音を激しくさせる。

瞬間、いま自分が小笠原にいることも、幻想的な一時《ひととき》の直中《ただなか》にいることも忘れ、大声で泣き叫びそうになった。

「大丈夫？」

青年の声が、流香を現実に引き戻す。彼の瞳から翳りは消え、無邪気ないろが戻っていた。

「え？」

「呼吸は、もう落ち着いた？」

「あ……う、うん」

青年が訊《たず》ねていたのが、海に潜れるかどうかだったことに気づいた。勘違いに、羞恥《しゅうち》が顔を火照らせる。

「じゃあ、行くよ」

言って、青年が背を向ける。息を止めた。海底に向かって青年の背中が急斜面になる。熱を持つ頬にひんやりとした海水が気持ちいい。

二度目は、一度目より落ち着いて青の世界を見渡せた。

濃い青、ぼやけた青、薄い青……一色だと思っていた海の中は、光の加減で微妙なグラデーションが作られている。

海面に立つさざ波で、白砂に映る月明かりの網目模様がゆらゆらと揺れている。

振り返る。流香の両足はバシャバシャと水泡を作るのに、青年の両足は液体同士が融合するように海水に溶け込んでいる。

青年が首を巡らせ、自分の右横を指差した。恐る恐る、青年の肩から手を離す。

視界が回った。目の前から白砂が消え、海面が現れた。無重力空間に放り出されたようにバランスを崩し、躰が流される。手足をバタつかせるほどに、流される。

流香の掌《てのひら》を大きな掌が優しく包む。柔和な笑顔で、頷く青年。


落ち着いて。怖くないよ。


青年の細められた眼が語る。

青年の右手と流香の左手……スカイダイビングをしているみたいに漂うふたり。体勢を取り戻した流香も頷き返す。

白砂が接近する。青年が開いているほうの手を伸ばし、珊瑚《さんご》のかけらを物色する。近くで砂埃《すなぼこり》が起き、小さくひらべったい出目金みたいな魚が飛び出した。

唇に弧を描いた青年の温かな視線が、小魚を追う。青年は、この世界を慈しんでいる。流香の歌にたいする気持ちと同じ……歌を通してみつけようとしている気持ちと同じなら、彼は、この青の世界の向こう側になにを視ようとしているのだろう？

目の前に青年の掌。浜辺でみたマリンスターと同じような星の形をした白い珊瑚のかけら。でも、さっきのマリンスターよりひと回り大きかった。

流香の微笑が合図となり、青年が海の星を握り締めた左手を頭上にまっすぐに伸ばし、上昇を始めた。流香も、みようみまねで青年に倣った。

もっと、もっと、この非現実的で魅力的な世界に漂っていたかった。

青年のように息が続いたら……。

胸に広がる寂寥感《せきりよう》。自分が、ひどくちっぽけな存在に思えてしまう。

海の青が薄くなるごとに、哀しみが色濃くなってゆく。まるで、住み慣れた故郷を離れるとでもいうように。

青年がテティスと泳いでいるときも、きっと……。少しだけ、青年の気持ちがわかったような気がした。

ふたりはほとんど同時に、海面に頭を出した。流香はさっきと同じに青年の肩に摑《つか》まり、喘ぐように呼吸をした。彼は息ひとつ乱さずに、無邪気な顔で星を見上げている。

「どっちがいい？」

青年が、星に負けないほどに輝く瞳で流香をみつめ、海の中から出した左手を差し出しながら訊ねた。

濡《ぬ》れた掌に仲良く寄り添う、海の星屑達《ほしくず》。流香は、小さなマリンスターを指先で摘《つま》んだ。

「じゃあ、こっちは僕のぶんだ。これで幸せになれなかったら、ふたりで祖父《じい》ちゃんに文句を言いに行こう」

掌を握り締め、青年が屈託なく破顔した。流香も微笑を返す。

「そろそろ、戻ろうか？」

どこへ……？

喉《のど》もとまで込み上げた言葉を、呑《の》み込んだ。

どうかしている。本当に、今夜はどうかしている。

流香は、後ろ髪を引かれる思いで、小さく顎《あご》を引いた。

3　拓海の詩

貸し切り状態の真夜中の湾岸道路。左手に闇色に染まった二見湾を、右手に深い寝息を立てる旭山《あさひやま》をみながらスクーターは風を切る。

拓海は、潮の香りと濡れた緑の香りを胸一杯に吸い込みながら、ゆっくりとスロットルを開く。

景色の流れがはやまる。ヤドカリの絵が描かれた道路標識が視界を掠《かす》める。夜風にさらわれる髪も、はためくTシャツも、すっかり乾いていた。

小笠原海洋センターを過ぎたあたりから、影絵のような平屋建てと低層アパートがぽつぽつと現れる。漁協関係者の家が密集する製氷海岸に差しかかった。

戦前、この辺り一帯は屏風谷《びょうぶだに》から流れる滝の水を利用した製氷工場があったという。海岸の名は、その当時の名残だ。製氷海岸は、枝珊瑚のポイントとしても有名だ。

製氷海岸を抜けると、拓海の住む奥村に入る。奥村は、父島随一の住宅街だ。集合住宅が主な小笠原では珍しく、奥村には一軒家が多いのが特徴だ。

父島は、内地のヒトが観光に訪れたまま住み着くことが多く、拓海達のように小笠原生まれを旧島民と呼ぶのにたいし、彼、彼女らのことを新島民と呼ぶ。

現在の父島は、新島民の占める割合のほうが高くなっているのが現状だ。

アスファルトから外れ、脇道に入る。曲がりくねりでこぼことした小道。サドルの上で躰《からだ》がバウンドする。

庭先で前脚の間に黒い鼻ヅラを埋めて寝そべっていた隣家の飼い犬……マンジロウが、眠たそうな顔を上げ、気怠げに尻尾《しっぽ》を振る。

ふさふさとした栗色の被毛が美しいこの雑種犬は、小笠原に馴染《なじ》み深いジョン・万次郎に因《ちな》んで名づけられた、と留吉から聞いたことがあった。

マンジロウは本家に負けず劣らず勇敢な番犬で、見知らぬ顔が通りかかると熊のような野太い声で吠《ほ》え立てる。尤《もっと》も、村全体が顔見知りなので、マンジロウが自慢の声を披露することは滅多にないのだけれど。

甘い芳香が鼻孔をくすぐる。四、五メートル先。七瀬家の玄関先を覆うように幾重にも重なる緑葉。葡萄《ぶどう》のように垂れ下がる鮮やかな黄色の花びら。

「強い陽射しが降り注ぐ」の意味を持つゴールデンシャワーツリーは、熱帯アジア原産のマメ科の落葉樹だ。

あまりの美しさに、七瀬家の近くを偶然通りかかった観光客が、ときおり写真撮影をしている姿をみかける。梅雨が開けたちょうどいま頃が、一番きれいに咲き誇る。

スロットルを閉じる。スローダウンするスクーター。エンジンを切ってキーを抜く。

ゴールデンシャワーツリーの垂下する花びらに頭を撫《な》でられながら、拓海はスクーターを押して門扉を潜った。

月明かりに、ネオマジックパルサーのダイバーズウォッチを翳《かざ》す。

魔法使いのカエルの周囲を、魔女と星が取り囲む絵柄の文字盤。去年の拓海の誕生日に、同僚の広子がプレゼントしてくれた腕時計。みかけはおもちゃっぽいけれど、10気圧防水の本格的なダイバーズウォッチだ。

午後十一時二十分。フォレストの前で彼女と別れたのが、十一時頃だった。

ハーフパンツのポケットから、マリンスターを取り出す。彼女のマリンスターは、拓海のものよりひと回り小さい。

自然と口もとが綻《ほころ》ぶ。空を見上げた。さっきまで、彼女とみていた満天の星を……。

「祖父ちゃん、もう寝ちゃっただろうな」

拓海は呟《つぶや》き、ナガエコミカンソウが生い茂る庭を進む。

ナガエコミカンソウは返還後に小笠原に入ってきた野草で、楕円《だえん》形の葉に小さなみかんのような実をつけることから、みかん草、の名がつけられた。

黄緑色の蛾が、玄関灯に群がっている。壁に貼りつくヤモリが蛾を狙っている。

変色し黒ずんだ木枠の引き戸を、そっと開けた。カギはかかっていない。七瀬家だけでなく、小笠原の島民はどの家もカギをかける習慣がない。

そっと開けた甲斐《かい》もなく、二見湾から運ばれる潮風でたてつけの悪くなった引き戸は、ガタゴトと大袈裟《おおげさ》な音を立てる。

まっ暗な沓脱《くつ》ぎ場。手探りで電灯のスイッチを押す。琥珀《こはく》色の裸電球の明かりが闇を切り取る。漁サンを脱ぎ、古びた廊下に上がる。

返還後すぐに建てられて三十年以上が経っているので多少の老朽化は仕方がないにしても、潮風の影響で倍は傷みがはやい。

廊下を歩くたびにミシミシと床板が軋《きし》む。右手が中庭に面したこの縁側で、赤灯台の辺りで釣れたイカを肴《さかな》に日本酒を飲むのが留吉の愉《たの》しみのひとつだ。

ほかにも留吉には、いろいろな趣味がある。料理、書道、タコの葉細工……中でも、料理の腕前はプロ顔負けだった。

茶の間の障子を開けた。電気をつける。八畳の畳部屋。食卓を兼ねている卓袱台《ちゃぶだい》に載る大皿。

拓海は、手を叩《たた》き腰を下ろした。大皿に載る島寿司《しまずし》は、拓海の大好物だ。

島寿司は、ネタの白身魚を醤油《しょうゆ》漬けにし、わさびの代わりに芥子《からし》を使った握り寿司で、留吉の話によると小笠原開拓時に八丈島から持ち込まれた料理法らしい。

ネタを醤油漬けにすることで、保存食の役目を果たしたという。

今日は昼食を食べたきり、ドルフィンビーチでキャプテンから貰《もら》ったパッションフルーツを胃に入れただけなので空腹だった。

「いただきます」

「これ、拓海」

島寿司に手を伸ばそうとしたとき、寝室へと続く襖《ふすま》が開いた。

ランニングシャツにステテコ姿の留吉が腕組みをし、拓海を見下ろす。

「わしにただいまもなく、島寿司を食べる気か？」

への字に曲がった唇同様に、留吉は臍《へそ》を曲げていた。

「ごめん。もう、寝てると思ったから。それに、腰も痛めてるし」

「なんだ、人を年寄り扱いするんじゃない。ほれ、このとおり腰も……あいたたた……」

両手の指先を爪先につけようとした留吉が、腰を押さえて跪《ひざまず》いた。

「大丈夫か⁉　祖父ちゃんっ。無理するからだ」

拓海は立ち上がり、留吉に手を差し伸べる。

六日前にお祭り広場で行われた小笠原返還日祭での餅つき大会で、張り切り過ぎた留吉は腰を痛めてしまったのだ。

「なんのこれしき。お前の手なぞ借りんでも、立てるわい」

「わかってるけど、取り敢《あ》えず摑《つか》まって」

頑《かたく》なに拓海の手を拒否する留吉の腕を取り、立ち上がらせた。

「そこまで言うなら、摑まってやるわい」

留吉の腕が、拓海の肩に回された。

「もう、いつまでも子供なんだから」

言いながら、留吉を指定席……祖父の作ったタコノキの葉でできた座布団の上に座らせる。

拓海の右手首に巻かれたブレスレットも、タコノキの葉を茹《ゆ》で、その繊維を細く裂き、織って作った留吉お手製のタコの葉細工だ。

「子供はお前じゃろう？　どうせ今夜も、ドルフィンビーチでガキみたいに寝っ転がって夕陽を眺めておるうちに眠り込んだんじゃろうて」

「ビンゴ！」

拓海は留吉に向かって親指を立てた。

「冗談半分のつもりだったのに……まったく、小学生の時分からなんにも進歩がないのう」

留吉が、大袈裟にため息を吐きながら島寿司に手を伸ばす。

「お前も食え」

言って、ひと口で放り込む。驚くべきことに、留吉の歯は入れ歯ではなく自前だ。

歯だけではない。褐色で張りのある肌、筋肉質の躰……。頭が禿《は》げ上がり耳上に残った僅《わず》かな白髪以外は、とても七十五の老人とは思えないほどに留吉は若々しかった。それでも、四、五年前に比べると、ずいぶんと老け込んだ。

拓海も、島寿司をひと口に放り込む。

「うまいっ」

「あたりまえじゃ。わしの作る島寿司はカンパチを使っとるからのう。しかも、シソが利いとるじゃろ？」

留吉が自慢げに胸を張り、嬉《うれ》しそうに顔中の皺《しわ》を深く刻んだ。

「うん。最高だよ、祖父《じい》ちゃん。さすが、料理の腕は衰えないね」

お世辞ではなく、そう思う。留吉お手製の島寿司と違って小笠原で食べる一般的な島寿司は、カンパチではなくサワラを使い、シソは使わない。サワラの味気なさに比べカンパチは脂が乗っており、シソのさっぱり感が絶妙に合っている。

「料理の腕は……とは、どういう意味じゃ？　ほかは、衰えておるみたいじゃないか？」

「そんなんじゃないって」

二個目の島寿司を頬張りながら、拓海は言った。

本当に、留吉は年不相応に元気だ。けれど、ふとした瞬間に疲れた顔を覗《のぞ》き見たときなど、心配になることもある。

物心ついたときには、両親はいなかった。拓海は父と母の顔を知らないけれど、寂しいと思ったことはない。

拓海には、留吉とテティスがいる。ふたりは、溢《あふ》れるほどの愛を拓海に注いでくれる。

ふたりは、残念なことに若くはない。でも、いつまでも、元気でいてほしい。うんと、長生きしてほしい。拓海が受けた愛を返すには、どれだけの時間があっても足りない。

「あ、そうだ」

三個目の島寿司を口に放り込み、拓海はハーフパンツのポケットからマリンスターを取り出した。

「お、どうしたんじゃ？　昔、わしが取ってきたマリンスターは全部友達に上げたんじゃろう？　僕には祖父ちゃんとテティスがいるから必要ないなどと、馬鹿なこと言いおって」

「今日、ドルフィンビーチで海に潜って取ってきたんだ。僕と彼女のぶんを一個ずつ」

言いながら、拓海は冷蔵庫から麦茶を取り出し、ふたりぶんのグラスに注ぎテーブルに置いた。

「彼女のぶんって、広子ちゃんか？」

留吉が麦茶を日本茶のように啜《すす》り、訊《たず》ねてくる。

ブルードルフィンの仲間とは、プライベートでも数え切れないほどに潜っている。もちろん、広子とも。でも、職場の仲間と潜りに行くときは、たいてい境浦や扇浦の海で熱帯魚ウォッチングをするくらいで、ドルフィンビーチまで足を伸ばしたことはない。

「違う。浜辺で会った女のコだよ」

「観光客か？」

「うん。内地から友達ときてるって言ってた……そうそう、彼女、キャプテンのところに泊まってるって」

「修三のところへ？　あんなになにもない山奥にか？」

「キャプテンの話では、街に近いところは一杯らしいよ」

「もう七月だからな。まあ、考えようによったら、最高の場所ではあるがな。あのビーチの白砂と海の色の美しさは、ちょっとほかではお目にかかれんからのう」

留吉が、懐かしむような遠い眼をした。

そういえば、留吉はもうずいぶんとドルフィンビーチに行っていない。近いうちに、誘ってみよう。車で小港海岸まで行って、そこからオーシャンカヤックに乗れば森を抜ける必要はない。

問題は、年寄り扱いしてるのではない、と留吉に納得させること。へたな切り出しかたをしたならば、わしは森を通ってゆく、と言い出し兼ねない。

「で、どんな女のコだったんじゃ？」

留吉が身を乗り出す。

「天使みたいに、美しい声をしている女性《ひと》だった。浜辺で、彼女が歌ってたんだ。そしたら、テティスが彼女の歌に合わせてドルフィンジャンプをしていたんだよ」

拓海は、眼を閉じた。月光を背に心地《ここち》好《よ》さそうに宙に舞うテティスの姿が瞼《まぶた》の裏に浮かぶ。

「素敵な女性《ひと》だったな……」

拓海は独り言のように呟《つぶや》く。

黒目がちな涼しげな瞳《ひとみ》。抜けるような白肌。なだらかな弧を描く唇……思い出しただけで、胸の裏側が熱くなる。

「お前、そのコに惚《ほ》れたな？」

眼を開けた。麦茶のグラスを口もとに運びつつ、ニヤニヤと笑う留吉。

「うん。君のことが好きだ、って言ったよ」

留吉が、麦茶を噴き出し激しく噎《む》せた。

「祖父ちゃん、大丈夫か⁉」

拓海は、留吉の背中を擦《さす》る。

「お、お前……そのコとは今日初めて会うたんじゃろう⁉」

顔を朱に染めた留吉が、頓狂《とんきょう》な声で訊ねた。

「そうだよ」

「そうだよ……ってな……。それで、そのコはなんて言ったんじゃ？」

「別に、なにも」

拓海は立ち上がり、障子と縁側の引き戸を開けた。中庭の向こう側で、ゴールデンシャワーツリーのレモン色の花びらが揺れている。

イルカの風鈴が、チリリン、チリリン、と透明な音を奏でる。

この風鈴は、ブルードルフィンの社長の阿部が観光客用の景品として作ったときの余り物だった。

小笠原の夜は、昼間の灼熱《しゃくねつ》が嘘のように涼しい夜風を運んでくる。濡《ぬ》れた緑と潮の匂い。

拓海は、夜の香りが大好きだ。

蚊取り線香に火をつける。懐かしい匂いが鼻孔に充満する。

「そりゃそうじゃろうよ。どこの馬の骨かわからん会ったばかりの男に好きだなんて言われても、返事のしようがないわな」

ランニングシャツの裾《すそ》で口もとを拭《ぬぐ》いながら留吉が、呆《あき》れたように言った。

「まあね。でも、いいんだ。返事がほしいわけじゃないから。僕が、彼女を大好きだと思った気持ちを口に出したかっただけさ」

五個目の島寿司に手を伸ばしながら、拓海は白い歯を覗かせた。

まだ、大皿の上には十個以上の島寿司が残っている。

「まったく……。子供じゃないんだぞ？　しかし、まあ、お前の口から誰かを好きだと聞いたのは初めてのことだ。よほど、素敵なコだったんじゃろう」

拓海は頷《うなず》き、麦茶のグラスを傾けた。

彼女の声、眼差《まなざ》し、微笑み。すべてが、魅力的だった。初めて会ったはずなのに、ずっと昔から知っていたような……そんな気がする。

「そのコは、内地でなにをやっとるコなんじゃ？」

訊ねながら、よっこらしょ、と立ち上がり、台所に消える留吉。戻ってきたときには、右手に日本酒の一升瓶をぶら下げていた。

「ええっと……聞いてないな」

「なにをやってるかも名前も知らないコと、海に潜ってマリンスターを拾ってきたのか？」

「それも知らない」

「名前は？」

留吉が、信じられないといった顔で言った。

「そんなに、変なこと？」

拓海は訊ねた。彼女がそこにいた。拓海には、それだけで十分だった。

「変じゃろう。好きだと告白したコの名前もなにも知らないのは、やっぱり変じゃろうて」

麦茶を飲んでいたグラスに手酌で注いだ日本酒を呷《あお》りつつ、留吉が繰り返す。

「そうかな」

「そうに決まっとるよ。そのコが内地に帰ったら、連絡の取りようがないじゃろう？　お前、寂しくないのか？」

「そりゃ寂しいけどさ……」

「けど、なんじゃ？」

二杯目をグラスに注ぐ留吉が、窺《うかが》うような上目遣いを向けてくる。

「うまく言えないけれど、いまのままでも満足なんだ」

そう、自分でもわからない。でも、それは正直な気持ち。望むことがあるとすれば、いつまでも、彼女には笑顔でいてもらいたい。

浜辺で拓海は感じた。彼女の抱えている哀しみを。もちろん、それがなんなのかはわからない。だけど、感じた。とても、深く傷ついているだろうことを。

ただ、取り除いてあげたい。彼女の哀しみを、黒板の落書きを消すように。

誰かにたいしてこんな気持ちになったのは、テティスだけ。テティスも深く傷ついていた。拓海は、テティスを愛した。愛されることは望まずに、ひたすら愛した。一緒にいるだけで、幸せだった。

拓海にとって、テティスは単なるイルカではなく、その名のとおり、海の女神《テティス》。

彼女は、拓海をイルカみたいだと言った。幼い頃から、みなに同じようなことを言われた。

もしそうだとしたら、彼女にたいしての気持ちも不思議ではない。

イルカは神の使者……きっと、女神が哀しい顔をしていたら励ましたくなるはず。

「拓海」

留吉が三杯目の日本酒を呷り、急にまじめな顔を向ける。

「なんだい？」

「少しは、欲を持ったほうがいい」

「どうしたの？　急に改まって」

「お前のその無邪気さは、ときとして誤解を生む。わしにはお前のすべてがわかっとるが、理解してくれる人間ばかりじゃない。拓人《たくと》もそうじゃった。春菜さんは、拓人の大きな愛を信じきれんかった。だから、あんなことに……」

はっとするような冥《くら》い眼をした留吉が、唇を嚙《か》む。

「もうここまで。祖父《じい》ちゃん、悪酔いしてるぞ」

拓海は一升瓶を奪い、軽く留吉を睨《にら》みつける。

「馬鹿もん。酒の勢いで言っとるんじゃない。わしはな、お前をみておると拓人をみておるようで心配になるんじゃよ」

「わかってるって。でもね、母さんは、父さんの愛を感じていたと思う。だから、海の女神に会いに行ったんだよ」

「お前……本気でそう思っとるのか？」

留吉が、うっすらと潤む瞳《ひとみ》を拓海に向けた。

「ああ。思ってるよ」

「ほれほれ、そういうところがわしの心配の種なんじゃ。拓人も同じじゃ。なにも恐れず、疑わず、ぽん、と足を踏み出す。なんの躊躇《ためら》いも迷いもなくじゃ。あの事故のときだって、海に恐れを持っておったら死なずに済んだじゃろう。なのにあいつは、いとも簡単に修三の身代わりになった。まるで、席を譲るようにな。修三を恨んでおるわけじゃない。ただ、残された身としては、とてもつらい。親より先に死ぬなんて、親不孝にもほどがある。いいか？ 拓海。海に女神はおらんよ。呼吸を奪われ、魚の餌になるだけじゃよ。こんなことをお前に言うのはつらいが、拓人も春菜さんも海に殺されたんじゃ。海の底にあるのは、底無しの孤独と闇だけじゃ」

留吉は絞り出すように言うと、哀しげな瞳で拓海をみつめた。

「心配いらないって。どう頑張っても、祖父ちゃんより先に死ぬのは無理だから」

拓海は、おどけ口調で言うと屈託なく笑った。

「あたりまえじゃ。わしの歳までは生きんと、あの世でどやしつけてやるからな」

「こりゃ大変だ。トラックに轢《ひ》かれても死ねないな」

拓海の軽口に、留吉が目尻《めじり》の皺《しわ》を深く刻んだ。

「ところで、拓海。お前、ホルトの木の実はどうした？」

「あ……いっけね！ドルフィンビーチに置いてきちゃったよ。いまから、取ってくる」

拓海は大声を上げ、弾《はじ》かれたように立ち上がった。

「まったく、おっちょこちょいなところもちっとも変わっとらんの。もう遅いから、明日でいい。あんなもん、誰も盗みはせんわ。罰として、そいつを寄越《よこ》せ」

言うがはやいか、留吉が一升瓶を奪い取る。

「そうやって理由をくっつけて、また飲もうとする」

拓海が一升瓶に伸ばした手を、歳に似合わぬ素早い動きで躱《かわ》す留吉。

「なにを言っとる。ホルトの木の実の薬の代わりに、仕方なしに飲むんじゃ。あれだって、焼酎《しょうちゅう》に漬けるじゃろうが？　わしにとっては、酒は万能の薬なんじゃよ」

留吉が嘯《うそぶ》きグラスに満たした日本酒を、うまそうに喉《のど》を鳴らして飲んだ。

「しようがない。今夜は大目にみてやるか」

拓海はため息を吐きながら、腰を下ろした。

「それは、こっちのセリフじゃ」

留吉が、唇を横に広げてニッと笑った。

4　流香の詩

「どこに行ってたの？　遅かったじゃない。いま、山崎さんと捜しに行こうと思ってたんだよ」

フォレストのこぢんまりとしたロビー。丸太でできた椅子から弾かれたように立ち上がった亜美が、くりくりとした円《つぶ》らな瞳を大きく見開いて言った。うっすらと赤みがかった、マシュマロみたいにふっくらとした白い肌。いつもより一オクターブ高い声。

亜美は、怒っている。でも、愛嬌《あいきょう》のある幼い顔立ちが迫力を半減させている。

「ごめん。海をみてたの」

「ドルフィンビーチかい？」

亜美の背後から、彼女とは対照的な穏やかな笑みを浮かべた山崎が訊《たず》ねてきた。陽に灼《や》けた肌にオレンジ色のTシャツがよく似合う。胸にプリントされたヤドカリの絵が、とてもかわいらしい。

「はい。本当にすみませんでした。ご迷惑をおかけしてしまって……」

流香は、山崎に頭を下げた。

今日、フォレストに到着したときに、森のカフェの営業が終わる六時からは誰もいなくなるので、緊急時には自宅に電話を入れるようにとの説明を受けていた。

恐らく、亜美が電話で山崎を呼び出したに違いなかった。

流香が夕方にドルフィンビーチで泳いだあとにいったんフォレストに戻ったときには、亜美はまだ帰っていなかった。亜美は、東京から連れてきた知り合いのダイビングショップのガイドと境浦という海に潜りに行ったのだった。

用具はレンタルできるから一緒に行こうと誘われたけれど、断った。せっかく小笠原にきたのだから、たまにはつき合ってもいいかなと思ったのだけれど、江口というガイドが苦手だったのだ。

江口は亜美のお気に入り。何人かいたダイビングショップのスタッフの中から江口をガイド役に選んだときに、すぐにピンときた。

「ちっとも、迷惑なんかじゃないさ。ウチにとって唯一の、大切なお客様だからね。さ、それより、こっちに座って」

山崎が、丸太の椅子に右手を投げて流香を促す。

「なにも食べていないんだろう？　ウチの家内が作った握り飯だけど、よかったらどうぞ」

四つの丸太の椅子に囲まれるように、大きな樹の幹を半分に切って作ったテーブルがあり、海苔《のり》に包まれたまんまるなお握りが五つ皿の上に載っている。

「ありがとうございます」

言って、流香は腰を下ろした。亜美が流香の隣に、山崎が正面に座った。

足もとから立ち上る蚊取り線香の匂いと、大きく開け放たれた窓から忍び入る緑の香りが流香の心を優しく包み込む。

不意に、青年の笑顔が蘇《よみがえ》る。屈託のない、少年の笑顔。瞳に捉《とら》えきれない星。どこまでも広がる白砂。頬を撫《な》でる潮風。月明かりに青白っぽく幻想的に染まる海の中。

つい十数分前まで青年と過ごした一時《ひととき》が、現実だとは信じられなかった。

流香は、そっと右の掌《てのひら》を開いた。白く小さな、海の星《マリンスター》。

拾ってくるから、ちょっと待ってて。

海面に映る星を取ってみたいと呟《つぶや》く流香に、踵《きびす》を返して海へと駆ける青年の姿が瞼《まぶた》に蘇る。

思わず、口もとが綻《ほころ》んだ。流香は、慌てて唇を引き結ぶ。

観光客と島の住人が、誰もいない浜辺で偶然に居合わせただけの話。よくあること。観光客が流香でなくても、島の住人が青年でなくても、あの美しく非現実的な空間を共有したならば、誰だって同じようになるはず。

いまこの瞬間から青年はいつも通りの生活に戻り、そして流香も、いつもの自分に戻るだけ。

「みかけは悪いけど、小笠原塩を使ってるから味のほうはなかなかのもんだよ。これにアカハタの味噌汁《みそしる》があれば、言うことはないんだけどね」

山崎が、目尻の皺を深くして陽灼け顔を綻ばせた。

「いいえ、これで十分です。いただきます」

流香はマリンスターをテーブルの隅に載せ、お握りを頬張る。ほどよい塩加減とシソの酸っぱさが、食欲をそそる。

今日は、おがさわら丸を降りて二見港近くの蕎麦《そば》屋で昼食を摂《と》ったきりなにも食べていなかったので、お腹が空《す》いていた。

「白石さんは、お腹は大丈夫？」

山崎が、水筒に入った麦茶を注いだグラスを流香に差し出しながら亜美に訊ねた。

亜美の前には、氷が溶けたパッションフルーツジュースのグラスが置かれている。

「私は、外で済ませてきましたから」

「そう。あれ、それマリンスターじゃない？　海に潜ったの？」

山崎が、亜美からテーブルの隅に視線を移して言った。

「ええ」

「流香。海に潜れるの？」

「潜ったっていっても、浅いところよ。それに、島の人が一緒に潜ってくれたし」

わざと、島の人、と言った。そう、青年は島にいる多くの島民のひとり。

「あ、もしかして、それ、拓海君じゃないの？　子供みたいに無邪気な笑い顔をしていなかった？」

「名前は訊《き》いてませんけれど、たぶん、そうだと思います」

答えながら、青年の名前さえも知らなかったことに気づいた。

でも、子供みたいに無邪気な笑い顔、ですぐにわかった。

「なになに、その拓海ってコ誰よ？」

興味津々の顔で、亜美が口を挟む。好奇心が旺盛《おうせい》過ぎるところが、彼女の欠点。

「私も、よく知らないの」

「なにそれ？　私の誘いは断っといて、見ず知らずの男のコとは潜りに行くってわけ？」

半分本気、半分冷やかし。亜美が、頰を膨らませ軽く睨《にら》みつけてくる。

「そういうわけじゃないの。彼とは……」

「彼とは……なによ？」

言葉が続かない。青年と過ごした一時間にも満たない一時《ひととき》を、うまく説明できる自信がなかった。

「ね、彼って、カッコいいの？」

亜美が瞳《ひとみ》を輝かせ、身を乗り出す。

「知らないわよ、そんなの」

頬に熱を持つ自分に、流香は動揺した。

「あ〜、流香。なに赤くなってんの？　怪しいぞ」

「そんなんじゃないってば」

お握りが、喉《のど》を通らなくなる。急に、食欲がなくなった。

「でも、驚き。流香って男嫌いだと思ってたのに、島のコといい関係になるなんて」

「だから、私は……」

「拓海君らしいな」

ふたりのやり取りを穏やかに聞いていた山崎が、おかしそうに笑いながら言った。

「知らない女のコとでも、海に潜るってことですか？」

亜美が、好奇の眼を流香から山崎に移した。

「うん。あ、彼がプレイボーイって意味じゃないよ。彼は、そのまんまなんだ。人からみたら誤解を受けるようなことでも、平気でやってしまう」

「それは、正直ってことですか？」

亜美が質問を重ねる。彼女は、好奇心が旺盛なだけでなく、とことんまで疑問点を追及しなければ気が済まない質《たち》だ。

「そう、正直っていうか純粋っていうか、とにかく、子供がそのまんま大きくなったような青年だよ」

「拓海君って、いくつなんですか？」

「たしか、二十三歳だったと思うよ」

「私達より三つ上なんだ」

亜美が独り言のように呟いた。

二十三歳……。あの人より、ひとつ年下。だけど、どこまでも紳士的で大人だった彼に比べたら、もっと年下にみえる。

「拓海君っていう人間をよく表しているエピソードがあってね。留吉さん……拓海君のお祖父《じい》ちゃんなんだけど、彼からこういう話を聞いたことがある。小笠原はね、六月から八月にかけてあちこちの浜辺で海亀が産卵するんだ。拓海君が小学生の頃に学校の先生が、海亀の産卵中に、カラスが産み落とされたばかりの卵を狙うことがあるという話をしたらしくてね。夏休みに入って、拓海君は海亀がよく産卵に現れる小港海岸というところに行って、一生懸命に海亀を探した。たしかに小笠原の浜辺は海亀の産卵場として有名なんだけれど、みつけようと思って簡単にみつかるものじゃないんだ。産卵前の母亀はすごく敏感になっていて、人の気配がしたら絶対に卵を産まないからね」

山崎が言葉を切り、麦茶のグラスを傾けた。

「ある日、拓海君が八時を過ぎても帰ってこないから、心配した留吉さんがあちこちの浜辺を捜した。そしたら、小港海岸の砂浜に座っている拓海君がいた。驚くことに、一メートルほどしか離れていない場所で母亀が産卵していたそうだ」

「人の気配がしたら、母亀は卵を産まないんじゃなかったんですか？」

亜美が首を傾げる。

「そうなんだよ。普通は、ありえないんだけどね。昔から、拓海君にはそういう不思議なところがあるんだ」

わかるような気がした。青年は、あのテティスというイルカを親友だと言い、会話していた。

「留吉さんは、離れた位置から拓海君を呼び、なにをしているのかと訊いたそうだ。そしたら拓海君は、母亀が卵を産み終わるまでそばにいると答えた。海亀の産卵は、長引けば三日間に及ぶこともあるんだ。結局、母亀の産卵が終わるまでに丸二日かかったそうだ。拓海君は、一睡もしないで母亀に付き添ったらしい。その間、朝、昼、晩と留吉さんが握り飯を運んだらしいけどね。留吉さんが偉いな、と思うのは、拓海君のやりたいようにやらせたことだね。普通の親なら、小学生にそんなことをさせないだろう？　でも、ただの放任とは違う。時間が許すかぎり、留吉さんも近くから見守っていたそうだ。もちろん、拓海君には内緒でね。留吉さんが文句ひとつ言わずに許してくれたおかげで、拓海君は自分のやっていることを正しいと学んだ。学校の勉強も大切かもしれないけど、留吉さんはそれ以上に大切なこと……自然や動物を愛する気持ちがなにより大事だということを教えた。拓海君があんなに奔放で純粋な青年に育ったのも、留吉さんの寛大な心があったからだと私は思うよ」

海亀の卵を守るために、二日間徹夜で母亀を見守った少年。青年とは今日会ったばかりだけれど、彼らしい、と流香は思った。

「私も、そんなお祖父ちゃん欲しいな。でも、お父さんとお母さんはなにも言わなかったんですか？　ウチのママなら、絶対にそんなこと許してくれないわ」

流香も、それを考えていた。青年も山崎も留吉という祖父の話はしたけれど、両親のことは口にしない。

山崎の陽気な顔が、冥《くら》く翳《かげ》った。

「拓海君のご両親は亡くなられたんだ」

麦茶のグラスを口もとに運ぼうとした流香の手が止まった。

「拓海君のお父さんは、私の船乗り時代の友人だった。ある航海の日に、船が台風に直撃されたんだ。揺れに躰《からだ》を持っていかれて、私は船から投げ出されそうになった。ほんの数秒の間に、いろんなことが頭を過《よ》ぎってね。ああ、私はここで死ぬんだな、と思った。そのとき、私の目の前に影が現れた。誰かと確認する間もなく、私は突き飛ばされていた。私の身代わりに海に落ちたのが、拓海君のお父さんだった」

山崎が、絞り出すような声で言った。そして、言葉を続けた。

「お母さんは、あとを追うように海に身を投げた。拓海君が三歳のときだ」

流香は、表情を失った。

僕の父さんも船乗りで、親友だったんだ。

青年の声が鼓膜に蘇《よみがえ》る。あのとき、彼の言葉が過去形になっていた理由がわかった。でも、まさか、彼の父親が友人を庇《かば》って死んだとは思わなかった。それに、母親まで……。

いまの話を聞いているかぎり、残された子供が、両親の死の原因が山崎にあると思っても不思議ではない。

けれど、彼が山崎を語るときの表情や口調は、親の仇《かたき》にたいしてというふうはまったくなく、それどころか、親しみさえ感じる。

「ごめんなさい……私……」

亜美が、泣き出しそうな顔で言った。

「いいんだよ。別に、白石さんが悪いわけじゃない。悪いのは、私だよ。彼には、どれだけ償っても償いきれない。だけど、拓海君は恨み言を言うどころか、私に懐いてくれている。すべてを、知っていながらだ。私に気を遣ってそうしているわけではない。彼は、海のように深い心を持っている。私なんかが、及びもつかないほどのね」

山崎が唇を嚙《か》み、両手で包んだグラスに視線を落とした。

海のように深い心。たしかに、流香も感じた。彼のそばにいるだけで、なぜだかわからないけれど、癒《いや》された。さっきの話の母亀も、きっと同じような気持ちだったのかもしれない。

自分にはとても無理だと、流香は思った。彼のように強くも、寛大にもなれない。

彼は、親代わりの祖父を愛している。顔も覚えていないだろう両親のことも、そして……山崎のことも。

どうしたら彼のように無条件に人を信頼し、愛することができるのだろう？

そもそも人を愛するってなに？　相手を労《いたわ》り、大切に思うこと？　それなら、流香にだって理解できる。父だって愛してくれているし、恩師だって愛してくれている。でも、みなが言う愛は違う。

愛する人がそばにいるだけで、私は幸せ。

嘘っぽい言葉を口にする人を、これまでにうんざりするほどみてきた。

そんなのは、ドラマや小説の世界の作り話。人間は、なにかの見返りを期待したり、義務があるから他人を愛する……愛していると錯覚する。

父も、片親の子供に寂しい思いをさせてはならないという義務に、恩師も、いずれ立派な声楽家になってほしいという期待に、愛という幻をみているだけ。

あなたを愛しているわ。必ず迎えに行くから。

彼女は、そう言い残して幼い少女の前から消えた。そして教えてくれた。無償の愛など存在しないことを。

幼い少女は心に決めた。母が娘よりも優先した世界がどれだけ魅力的なのか体験することを。

「ごめんごめん。せっかくの愉《たの》しい旅行なのにお通夜みたいになっちゃったね。いま、冷たいジュースを持ってくるから待ってて」

山崎がおどけた口調で言うと立ち上がり、玄関を出た。森のカフェに行ったのだろう。

「流香。私、ひどいこと言っちゃったよ」

亜美が、沈んだ顔で言った。

「大丈夫よ。山崎さんも言ってたじゃない。亜美が悪いんじゃないって」

「そうかなぁ。うん。そうだよね。私、知らなかったんだし、しようがないよね」

沈んだ表情から一転し、亜美が破顔した。いつまでも引き摺《ず》らないところが彼女のいいところ。

亜美のようになれたら……と流香も思う。

「ねえ、流香。拓海君って、話を聞いてるだけでも、おおらかで、純粋で、すっごく魅力的な男性《ひと》じゃない？　実物も、イメージ通りだった？」

「純粋かもしれないけど、こんなにのんびりとした素敵な島で生まれ育ったら、彼だけじゃなくてみなそうなるんじゃない？」

亜美に、というより自分に言い聞かせた言葉。

そう、慌ただしい環境で育った都会っ子の眼には、彼らの生活態度が新鮮に映るだけの話。

「相変わらず冷めてるぅ。でもさ、彼のほうは気があるんじゃない？」

「そんなこと、あるわけないでしょう。まったく」


君のことが好きだ。


亜美に呆《あき》れた視線を投げながら流香は、記憶の中の青年の声に耳を傾ける。

正視するのが苦しいほどの澄んだ瞳《ひとみ》で、彼は言った。

彼は、本気で言ったのだろうか？　自分のことをなにも知らないのに、どこが好きだというの？

山崎はそうじゃないと言っていたけれど、彼は、女性とつき合うことに慣れているに違いない。

イルカと話せるのは本当だと思う。母亀に寄り添っていたのも本当だと思う。でも、だから彼がプレイボーイじゃないとはかぎらない。いいえ、純粋で優しい彼だからこそ、女のコに人気があるとも言える。

第一、自分を女神だなんて、滑稽《こっけい》にもほどがある。愛を恐れ、軽蔑《けいべつ》している自分の、どこが女神なの？

こうやって彼について考えていること自体が馬鹿馬鹿しい。

必要以上に彼を気にしている自分に、腹が立って仕方がなかった。

「私も、拓海君に会ってみたいな。ね、彼、仕事はなにをやってるの？」

瞳を輝かせる亜美に、流香は少しだけ不愉快な気分になり、不愉快になっている自分に気づき、さらに不愉快になった。

「さあ……」

「もう、本当に、なんにも知らない……」

亜美が口を噤《つぐ》んだ。

「お待たせ」

オレンジ色に染まったふたつのグラスを載せたトレイを持って山崎が戻ってきた。

「どうぞ。よく冷えてるよ」

流香と亜美の前にパッションフルーツジュースを置きながら、柔和に微笑む山崎。グラスの縁を飾るオレンジとパイナップルがトロピカルな雰囲気を醸し出す。

「私、二杯も頂いちゃっていいんですか？」

亜美が嬉しそうに顔を綻《ほころ》ばせる。

「いまは森のカフェの営業時間は終わってるから、気にしなくてもいいよ」

「ありがとうございます」

まるでデュエットのように声を揃えて礼を言い、流香と亜美はストローに口をつける。

渇いた喉《のど》に、甘酸っぱさが心地いい。流香は、ひと息に半分ほどグラスを空けた。

「あの、拓海君って、どんな仕事をやってるんですか？　流香が、訊《き》いてほしいってうるさいから」

悪戯《いたずら》っぽく舌を出す亜美の腕を、流香は肘《ひじ》で小突いた。

でも、興味がないといったら嘘になる。

「ああ、彼は大村のブルードルフィンってダイビングショップに勤めてるんだよ」

「ダイビングショップですか⁉　江口さんと同じじゃない」

亜美が頓狂《とんきょう》な声を出した。

「こんな小さな島だから、ダイビングだけじゃなくて、トレッキング……山歩きや観光名所巡りとか、なんでもやってるけどね」

ダイビングに山歩き……。拓海に、ぴったりの仕事だと流香は思った。

「ブルードルフィンに行けば、拓海君に会えますか？」

「ちょっと、もう、やめなさい」

流香は、亜美を睨《にら》みつけて言った。

「あら、いいじゃない。私が会いに行きたいんだから。それとも、拓海君は流香のものなの？」

かわいらしい眼を精一杯冷たくし、亜美がちらりと流香をみた。

そう言われれば、返す言葉はない。本当に、亜美は話の運びかたがうまい。

「拓海君は、ほとんど観光客と外を回ってるからね。彼に会いたいのなら、四時にドルフィンビーチの沖に行けばいい。観光客の仕事が入っているとき以外は、いつもテティスと戯れてるよ。そういえば、明日、白石さんは南島に行くんだったよね？　何時に出発だい？」

「江口さんが一時半に迎えにきてくれるんです」

「ということは、南島に着くのは二時頃だ。南島は、二時間しかいてはいけないって決まりがあるから、どんなに遅くても四時には発《た》たなければならない。拓海君がテティスと遊んでるのは、ちょうど南島とドルフィンビーチの中間点の海域だから、うまくいけば会えるかもしれないよ」

「ラッキー。ねっ、流香も行くでしょ？」

「え……私はいいよ。潜れないし、遠慮しとく」

「南島は潜らなくても凄《すご》く美しいところだから、一度行ったほうがいいよ。きっと、一生の思い出になると思う」

亜美とは違い、なんの下心もない山崎の言葉には抗《あらが》えない。

「ね？　山崎さんもそう言ってるんだから、行こ？」

強力な援軍を得た亜美の勢いに、流香は思わず頷《うなず》いた。

「やったね。刹那《せつな》の一夜を過ごした運命のふたりの再会！」

「こら。本音が出たな。もう、行かないぞ」

手を叩《たた》きはしゃぐ亜美に、流香は言った。

「嘘、嘘。拓海君に会うのが目的じゃなくて、流香は南島に行くんだもんね？」

流香はため息を吐きながら頷き、ストローに口をつけた。

不意に、鼓動が高鳴る。百メートルを全力疾走したときのように、心臓が弾んでいる。

「あ、そうそう。店からこれを取ってきたんだ。安物だけど、よかったら使って」

山崎が、思い出したようにショートパンツのポケットから取り出したイルカのペンダントを流香に、イルカの風鈴を亜美に差し出した。

「わー、かわいい」

亜美が黄色い声を上げ、イルカの風鈴を耳に当てると、チリリン、チリリン、と鳴らした。

「以前、ブルードルフィンが観光客に配っていた景品を拓海君が持ってきてくれたんだ。小笠原の一番人気は、なんといってもイルカだからね。そのペンダントトップはロケットになっているから、マリンスターを入れておくといいよ」

「ありがとうございます」

礼を言いながら、ペンダントトップの蓋《ふた》を開けるとマリンスターを入れた。流香のマリンスターには少し大きめだったけれど問題はなかった。

彼のマリンスターなら、ぴったりのサイズかも……。

慌てて、思考を止めた。まったく、なにを考えているの？

自分を叱責《しっせき》しつつ、流香はペンダントを首につけた。

「ところで、マリンスターってなんなんですか？」

亜美が流香の胸もとをみつめながら山崎に訊《たず》ねた。

「神様の落とし物。身につけていると、幸せを運んできてくれると言われてるんだ。じつは、砕けた珊瑚《さんご》が長い年月をかけて波に洗われ、岩に削られ、星の形になったものなんだよ」

「神様の落とし物……か。素敵な伝説ですね」

「伝説というより、留吉さんからの言い伝えなんだけどね」

「拓海君のお祖父様？」

「そう。拓人……拓海君のお父さんも、いつも身につけていたよ。留吉さんが、持ってけ持ってけってうるさいってボヤきながらね」

山崎が、懐かしむように遠くに視線を泳がせた。

「へぇ〜、拓海君のお祖父様ってロマンティックな人なんですね」

「一度、会ってみるといいよ。ロマンティストの留吉さんに」

おかしそうに笑う山崎。怪訝《けげん》そうに首を傾げる亜美。

「ま、留吉さんがロマンティストかどうかはおいといて、愛情溢《あふ》れる人であるのはたしかだよ。きっと留吉さんは、マリンスターを通じて信じる心の大切さを教えたかったんだと思う」

信じる心の大切さ……。

山崎の言葉が、流香の胸に寒々と響き渡る。

信じてきた。何年も、何年もずっと……。

疑うことを知らなかったあの頃。駅へと続く一本道で、なんの根拠もなく、ひたすら信じ、待ち続けた。

空が茜色《あかね》に染まり、どこかの家からピアノの音が聞こえる時間に父が迎えにくるまで、顔馴染《なじ》みの近所の柴犬《しばいぬ》……キンタロウを話し相手にしながら。

最初はムクムクとしていたキンタロウの躰《からだ》が大きくなり、丸い顔が長くなっても、母は現れなかった。

いつの日からか、母を待つ、というよりも、キンタロウに会いに行く、という口実をみつけて出かけるようになった。そう思わなければ、耐えられなかった。

月日が流れ、主《あるじ》のいない犬小屋と地面に投げ出されたリードをみて、流香は、もうこの場所へくる理由を失った。

ひとりで待つには、気の遠くなるような日々を送らなければならないことを……信じることの虚《むな》しさを、そのときの流香は知っていた。

「流香。マリンスターがあれば、お父さんのことも、きっとうまくいくよ」

亜美が、耳もとで囁《ささや》き片目を瞑《つむ》った。

励ましてくれている。流香も、そうであればいいと思う。けれど、おとぎ話を信じるには無情の時間《とき》が流れ過ぎた。

爪先から体温が漏れ出したように、どうしようもなく心が冷えてゆく。無意識に、そう反応するようになっていた。

暗闇に射す光に胸を躍らせたのは遠い昔。光に手を伸ばした瞬間に、よりいっそう深い闇に覆われることを流香は覚えた。

青年には悪いけれど、マリンスターを身につけるのは小笠原にいる間だけ。

なにかを信じたり期待する気持ちは、永遠に溶けることのない厚い氷河の中で凍える寝息を立てている。

それでよかった。信じ、期待するから、裏切られたときに人間は傷つく。無人の氷河にいるかぎり、もう誰も、流香を傷つけることはできない。

「うん」

流香は頷き、微笑を返す。マリンスターの伝説を、信じ切っているとでもいうように。

微笑の裏に隠された孤独な素顔を……暗鬱《あんうつ》とした氷壁の心を、誰にもみせたくはなかった。

ストローを口に含む。口内に広がるパッションフルーツジュースは甘くも酸っぱくもなく、ただ、冷たいだけだった。

流香の視界を、猛スピードで流れゆく青。でも、どれだけの速度で駆け抜けても、青が途切れることはない。

灼熱《しゃくねつ》の陽射しに火照った頬を心地《ここち》好く冷やす波飛沫《なみしぶき》。ボートが揺れるたびに、流香のお尻《しり》は上下に弾んだ。

◇

流香と亜美は、舳先《へさき》に向かって右側の椅子に並んで座っていた。

左側の椅子……流香達の正面には江口が座っている。

亜美がピンクに黒、江口がブルーに黒のウエットスーツをそれぞれ着ていた。ふたりの足もとにはボンベ、マスク、スノーケル、フィン、そしてBCと呼ばれる救命胴衣のようなものが置かれている。

亜美に出会うまではスクーバダイビングとスノーケルの違いも知らなかったけれど、いまでは、かなり詳しくなっていた。

ダイビングをしない流香と、急遽《きゅうきょ》、南島ツアーに参加することになった山崎はTシャツに短パンという格好だった。

江口が予約していた現地のダイビングショップのボートが出発直前に故障し、代替えを探してもオンシーズンでどこにも空きがなく、亜美から事情を聞いた山崎が、魚釣り用でよければ貸してあげるよ、とフィッシングボートのオードリー号を操縦してくれることに

い。

　オードリー号という名前は、山崎の好きなオードリー・ヘプバーンに因《ちな》んでつけたらしい。

　ドルフィンビーチと同じで、南島は東京都だということが信じられないような美しい楽園だった。

　純白の石灰岩でできた南島の大地は、雨風に彫刻されて小さな突起を作り、まるで尖塔《せんとう》が並んでいるように壮観な眺めだった。

　珊瑚が砕けてできたらしい眼を疑うような浜辺の白砂には、二千万年前に絶滅したと言われるヒラベソカタマイマイというカタツムリの親戚《しんせき》のような貝殻が無数に散らばり、扇池という弓形《ゆみなり》の海岸線を持つボニンブルーの内湾から、浸食によってぽっかりと大口を開けた岩壁の向こうに続く陰陽池というエメラルドグリーンの水溜《みずた》まりにかけての景色は、この世のものとは思えないほどに幻想的だった。

　南島では、ほとんどの時間を山崎とともにしていた。ガイド役の江口は、現地のガイドに南島案内を任せて亜美とふたりで外海へと潜りに行った。

　山崎は、帰りの時間を気にしていた。ボートが故障したせいで、出発が予定の一時半より三十分遅れの二時になった。

　山崎が帰りの時間を気にする理由。拓海に会うため。拓海は、四時にテティスと待ち合わせるのが日課。ふたりの待ち合わせ場所は、南島とドルフィンビーチのちょうど中間あたり。

結局、亜美と江口が戻ってきたのが四時ピッタリだった。

山崎の話では、拓海とティスのデートの時間は、五分のときもあれば一時間のときもあるという。時間の長短は、その日のティスの機嫌によるらしい。

もう、四時を十分過ぎている。時間を気にしている自分に気づき、流香は慌ててダイバーズウォッチから視線を外した。

「流香。江口さんって凄《すご》いんだよ。さっきも、五十メートルくらい潜ってたんだから」

亜美が、興奮した口調で言った。

「亜美ちゃん。恥ずかしいからやめてよ。五十メートルなんてたいしたことないって。俺みたいに年に三百本以上も潜ってれば、誰だってそれくらいイケるよ」

江口は、言葉とは裏腹にまんざらでもなさそう。

五十メートル……。ボンベを背負っているといっても、それが凄いことなのはわかる。けれど、青年はたしか酸素もなしに七十メートル潜ると言っていた。

「え？　江口さん、一年で三百本も潜ってるんですか!?」

「まあね。一日に三、四本潜るのはザラだし、三百本なんてあっという間さ。昔は、もっと凄かったよ。四百本は、イッてたんじゃないかな」

江口が、白い歯を零《こぼ》した。人工的な笑顔。

それに比べて青年の笑顔は飾り気がなく……。

またた。なにかと言えば青年、青年。こんな大自然に住んでいるのだから、飾り気がなくて当然のこと。

「流香ちゃんは、ダイビングとか嫌いなの？」

江口が、組んだ腕を太腿《ふともも》に乗せ、前屈《まえかが》みに……流香のほうに顔を近づけ訊《たず》ねてきた。

「嫌いってわけじゃないんですけど、向いてないような気もするし……」

「そんなことないって。流香ちゃん、声楽やってるんでしょ？　だったら肺活量があるはずだし、絶対才能あると思うよ。明日、潜ってみない？　俺が教えてあげるから、なにも心配いらないから。ね？」

「江口さん。変な気を起こしちゃだめですよ。流香には、小笠原に王子様がいるんですからね」

「そんなつもりじゃないよ。でもさ、流香ちゃん、小笠原は初めてじゃなかったの？」

「いえ……あの……」

「昨日の夜、ドルフィンビーチの浜辺で、とってもロマンティックな出会いがありました。王子様の名前は拓海君。お姫様は流香ちゃん。王子様はダイビングショップに勤める野生児で、お姫様は美しい声を持つ歌姫でした。ふたりは、マリンスターを取りに、幻想的な月明かりが射し込む海の中へと仲良く潜りましたとさ」

亜美が、鼻の上にキュッと皺《しわ》を刻み、悪戯《いたずら》っぽく笑った。

「よけいなことばっかり言わないの」

流香は、亜美を窘《たしな》めた。

「へぇ。流香ちゃんの王子様は、俺と同業なんだ」

江口の、同業、という表現に違和感を感じた。ふたりは同じ職業に違いはないのだろうけれど、少なくとも青年が海を相手に仕事をしているというイメージはなかった。

流香は、聞こえないふりをした。江口に、いちいち否定も肯定もする必要はない。じっさい、海原を駆けるボートのエンジン音は想像以上に大きく、大声を出さなければ掻《か》き消されてしまう。

「ところで、マリンスターってなに？」

江口が訊ねてくる。

流香の代わりに、亜美が昨日山崎から聞いた話の受け売りをした。こういうときは、お節介屋さんの亜美の存在は心強い。

「幸せを運ぶ神様の落とし物か。拓海君っていう王子様は、本当にロマンティックだね」

「流香。それ、マリンスターが入ってるんでしょ？　江口さんに、みせてあげなよ」

流香の首にかけられたペンダントを指差す亜美。昨日、山崎から貰《もら》ったイルカのペンダントトップには、彼女の言うとおりにマリンスターを入れていた。

「落としちゃったら、困るから」

ときどき、ボートが大きく揺れるのは本当。でも、マリンスターを取り出せないほどじゃない。

「ふぅ〜ん。すっごく、大事にしてるんだ？」

亜美が、からかうように言った。

「そんなんじゃないってば」

嘘じゃない。マリンスターなんて信じてはいないし、今日だって、山崎に悪いからペンダントをつけてきただけ。

「小笠原のダイバーなら、本数もかなりこなしてるんだろうな。一度、会ってみたいな。その拓海君って王子様に」

江口が、独り言のように言った。マリンスターより、青年に興味……というより、ライバル意識を持ったよう。

自分と青年はなんでもないのに、勝手にライバル意識を持たれるのは不愉快だった。

「もうすぐ会えるかもしれませんよ」

亜美が、テティスと青年の話をした。本当に、お喋《しゃべ》りな亜美。

「私も、喋ってみたいな。江口さんは？」

「イルカとは話したことないけど、海とはいつも喋ってるよ」

「海？」

「そう、海。いまから、お前の胸に飛び込む。だから、しっかりと俺を抱き締めてくれって。エントリーするときに、いつも海に語りかけているのさ」

「かっこいい〜」

黄色い悲鳴を上げる亜美。

流香は、顔を上に向けた。

果てしなく広がるブルーの絨毯《じゅうたん》をゆっくりと流れるムクムクとした雲。まるで、羊の子供のよう。空気が澄んでいるせいか、小笠原の空は呆《あき》れるほどに青かった。

この空と東京の空が続いているなんて、信じられなかった。

不意に、流香の視界に一羽の鳥が現れた。その鳥はお腹と首の周りが白く、ほかの部分は灰色だった。パッとみた雰囲気は鳩に似ているけれど、鳩がこんなところにいるわけがない。

翼を水平に広げ、心地《ここち》好《よ》さそうに浮いている。そう、飛んでいる、というより浮いている、という感じ。

「山崎さん。あの鳥、なんていう名前ですか？」

「え？　どれどれ……あっ、あれは、オオシロハラミズナギドリだよっ」

操縦席から空を見上げた山崎がボートの速度を下げ、大声で叫んだ。

「オオシロハラなんとかって鳥は、そんなに珍しいんですか？」

亜美が訊ねる。好奇心旺盛《おうせい》な彼女が、山崎の興奮した様子に興味を持たないはずがない。

「オオシロハラミズナギドリはね、環境省が絶滅危惧《きぐ》の鳥類に指定している世界的にも珍しい幻の鳥なんだ。繁殖地がかぎられていて、日本では小笠原諸島と硫黄島《いおうじま》がそうなんだけれど、私も実物をみるのは初めてだよ。いやぁ、しかし、信じられないな。夢のようだよ」

山崎が顔を空に向けたまま、感無量、というふうに独りごちた。

「鳥、お好きなんですか？」

流香は、山崎に訊ねた。

「好きなんてもんじゃないよ。歩く野鳥の会と言われているくらいだからね」

本気とも冗談ともつかないような口調。その間も、視線を空から離さない。山崎は、本当に鳥が好きなのだ。

流香も、ふたたび空を見上げた。

幻の鳥……オオシロハラミズナギドリは、束の間、上空をゆっくりと旋回したのちに、南島のほうへと飛び去った。

私は、会えるだろうか？　私の前から消えた幻の鳥に……。

山崎が満足そうな顔を正面に向け、ボートの速度を上げた。

流香は、潮の匂いを含む風を肌に感じながら眼を閉じた。

オーストラリアの海で、巨大な雄のアシカに襲われ撃退したことを自慢げに語る江口の声。へぇ、すごいですねー、と感嘆する亜美の声。

ふたりの会話が、エンジン音が、舳先《へさき》が波を掻きわける音が、次第に鼓膜から遠のいてゆく。

ボートの揺れに身を任せているうちに、心地好いまどろみが流香を優しく包み込む。

「あ、いたいた、ほら、あそこ」

もう少しで眠りに落ちそうなところで、山崎の大声が流香をまどろみから引き戻す。

ゆっくりと眼を開ける。山崎の指先を追う。四、五十メートル先の海面に漂う人影。人影は、ゆったりと海面を漂っている。

「拓海君ですか!?」

亜美が弾んだ声で訊ねる。にっこりと頷《うなず》く山崎。流香の鼓動が高鳴る。

人影……青年がどんどん近づく。青年は俯《うつぶ》せになり、海面を滑るように泳いでいる。青年の躰《からだ》がクルリと回転し、代わりにテティスが現れる。

ふたりは、ダンスを踊るように両手を繋《つな》ぎ、代わり番こに体勢を入れ替えながら青の上を気持ちよさそうに滑っている。

不意に、青年とテティスの姿が消えた。束の間の静寂のあと、唐突に海面が盛り上がり、激しい水飛沫《みずしぶき》の中から青年とテティスが手を繋いだまま飛び出した。

太陽に吸い込まれるように、高く、高く舞い上がるふたり。

やっぱり、青年とテティスは会話をしている。

流香は、ただ、ただ、圧倒され、声を失った。黄金色にきらめく水滴を纏《まと》い、今度は頭から海面に落ちるふたり。

ふたたび、激しい水飛沫。ふたたび、青の中へと消える青年とテティス。

「すっごいよ、流香。こんなのみるの初めてっ。イルカのショーみたいだよ!」

亜美が船縁《ふなべり》から身を乗り出し、興奮気味に捲《まく》し立てた。本当は流香もそうしたかったけれど、これ以上亜美に誤解されるのはいやだった。

「ドルフィンジャンプか……。ちょっと慣れたイルカとなら、そう難しいことじゃないんだけどね」

江口が、素っ気ない口調で亜美に言った。

「あのイルカはね、ほかの人間には指も触れさせてくれないんだよ。というか、人間が近づいたら消えるんだ」

山崎が、青年とテティスに眼を向けたまま、誰にともなく言った。

青年とテティスが揃って浮かび上がる。海面から上半身を出し、なにかを語り合うように向き合っている。

もう、青年の輪郭や目鼻立ちがわかるほどにボートは近づいている。

「拓海君っ」

山崎がエンジン音をものともしない、よく透る声で呼びかけた。青年が振り向き、マスクを取り両手を大きく振る。とても無邪気な笑顔で。

「拓海くーん」

亜美まで青年の名を呼び、手を振り返す。

初めて会う人の名前をいきなり君づけで呼ぶなんて、失礼だと思う。

流香は、意味もなく空を見上げた。初対面の従兄弟《いとこ》と向き合う空気を居心地悪く感じる少女のように。

ボートは、物凄《ものすご》いはやさで青年に近づいているのだろう。流香の心の準備などお構いなしに。

「ほら、流香。どこみてるの？　拓海君だよ」

肩を叩《たた》かれた。頬にタコ焼き。満面の笑みで舳先の向こう側を指差す亜美。

それがなに？　みたいな興味なさそうな顔で、亜美の指先を追う。

ククククククッ　クククククッ　ククククッ

テティスが青年に向かって甲高い鳴き声を残し、海中へと潜る。

「悪かったね。デートの邪魔しちゃって」

山崎が叫んだ。エンジン音がのろくなり、ボートの速度が落ちる。

「もうそろそろ、帰ろうかなって思ってたところですから」

青年も叫び返し、クロールでボートに近づいてくる。

鼓動が高鳴る、高鳴る、高鳴る……。流香は首を後ろに巡らせた。なにか、気になることやみたい景色があるわけではなかった。

「やあ」

青年の声。流香にかけているのは明らか。腕を小突かれた。多分、亜美。流香は、いま初めて気づいたとでもいうように、ゆっくりと振り返る。

「あら」

わざとらしいリアクション。自分がいやになる。

「また会ったね」

海面から上半身を出した青年は、船縁にかけた両腕に顎《あご》を乗せ流香を見上げると白い歯をみせた。

「そうね」

素っ気なく言った。いやな女に思われたかもしれない。構わない。島の若者に、どう思われようと。

「あ、そのペンダント……」

青年が流香の胸もとを指差す。

「マリンスターを入れるために、山崎さんがくれたんです。私は、イルカの風鈴を頂きました。私、東京で流香と同じ音大に通っている白石亜美です」

亜美が横から口を出し、小学校の転校生のような自己紹介をした。

どうしてアガるの？　まったく、頬まで赤くして。

流香は心の中で問い詰める。

「よろしく。七瀬拓海です」

右手を差し出す青年の掌《てのひら》を握り返す亜美。

「ルカさんって、どういう字？」

青年が、亜美から流香に視線を移し訊《たず》ねた。

「流れる香り」

また、素っ気ない物言い。亜美が、呆《あき》れた顔をする。

「そう、いい名前だね」

言うと、青年は、流れる香りか……と呟《つぶや》いた。

「拓海君って言ったっけ？」

それまでひとり蚊帳《かや》の外に置かれていた江口が立ち上がり、青年に歩み寄った。

「よろしく」

江口を見上げ、右手を差し出す青年。

「素潜りで、息こらえの勝負をしないか？」

青年の右手を無視し、江口はフィンを履きながら言った。

「いいよ」

無邪気に口もとを綻《ほころ》ばせる青年。たとえれば、駆けっこを挑まれた小学生のように。

「タイムを計ってもらってもいいですか？」

江口が振り返り、山崎に言った。

「そりゃ、構わないけど」

既に青年はボートに上がり、船縁に腰かけている。褐色の肌に弾《はじ》ける水滴が陽光を眩《まぶ》しく照り返す。

青年は、仕事のときもウエットスーツを身につけないのだろうか？　けれど、そのほうが青年には似合う、と流香は思った。

「ここの水深は？」

江口が青年から一メートルほど距離をあけて腰を下ろしながら訊ねた。

「三十メートルってところかな」

「じゃあ、海底まで行って、どっちが息が長く続くか勝負だ」

そんな危ないこと、やめたほうがいい。

思わず、声に出しそうになる。

どうして、男の人はくだらないことで張り合ったりするのだろう。

「せーの……」

江口のかけ声とともに、背中から海面に落ちるふたり。大きな水音。打ち上げ花火のように宙に拡散する飛沫。

「流香。拓海君って、すっごくカッコいいじゃないっ」

ふたりの姿が海中に消えるなり、亜美が興奮口調で言った。

「そうかしら。東京なら、珍しくないんじゃない？」

「ううん、そうじゃない。なんか、こう、東京にいる男のコと、全然タイプが違うんだよね。なんだろう？　自然に育てられたっていうか……とにかく、とっても不思議な青年だわ。彼の眼をみてると、癒《いや》されるって感じがするの」

クリスチャンみたいに胸前で十指を絡ませ、独りの世界に入る亜美。どこか別次元を漂っているふうに、瞳《ひとみ》は泳ぎ、声がうわずっている。

知ってるわ。心で呟く。亜美がうまく言葉で表現できない頭のモヤモヤは、流香にもよく理解できる。

「でも、大丈夫かしら。江口さん、魚みたいに潜るのうまいんだから」

青年を気にかける亜美。まったく現金なコ。さっきまで、江口さん、江口さんだったくせに。

青年は言っていた。僕の知っている世界は七十メートルまでだ、と。三十メートルくらい、なんてことないはず。

でも、江口はとても自信ありげだった。

「亜美ちゃん、心配するなら、江口君をしたほうがいい」

山崎の穏やかな声が背後から聞こえる。

「え……？」

海面をみつめていた亜美が振り返る。

「江口君が魚なら、拓海君はイルカだからね」

豪快に笑う山崎。

「でも、江口さんってダイビングショップのダイバーの仲間内で素潜りの大会みたいなことをやったときに、優勝したことがあるんですって」

興味なさそうなふうを装い亜美と山崎の会話に耳を傾けながら、ダイバーズウォッチに眼をやる。ふたりが海に潜って、二分が過ぎた。

「それはたいしたものだね。だけど、公式な記録じゃないけれど、拓海君は日本記録の保持者と同じかそれ以上に潜れるからね。彼がもし本気になれば、世界記録だって夢じゃないと思う」

「世界記録!? 凄い凄い。ね、聞いた? 世界記録も夢じゃないってよ!?」

亜美が、幼子が母親のスカートの裾《すそ》をそうするように、流香のTシャツの袖《そで》を引く。

「うん」

流香は気のない返事をし、ダイバーズウォッチの秒針を追う。

青年なら、できると思う。でも、彼も生身の人間。体調が悪いときに、どんなアクシデントがあるかわからない。

声楽もそう。その日の体調によって、音域が違ってくる。高い音域が出なくても死ぬことはないけれど、海の中はそうはいかない。

四周目を回る秒針。自分は、一分でも肺が潰《つぶ》れそうだったのに……。

「尤《もっと》も、世界記録を樹立するには、本格的なトレーニングを積んだりしなければならないけどね。ま、どっちにしても拓海君は記録や大会なんかに興味のある男じゃない。彼が深くを求めるのは、海を家だと思ってるからさ」

「海が家か……。本当に、イルカみたいですね」

亜美と山崎の会話が耳を素通りする。四分三十秒を過ぎた。約一メートル先。海面から上半身を出した江口が、激しい水音。流香は、弾かれたように顔を上げた。

蒼白《そうはく》な顔で空気を貪《むさぼ》っている。

立ち泳ぎでボートに近づき船縁《ふなべり》に摑《つか》まる江口を、山崎が引き上げる。

「な……何分、ですか……?」

仰向《あおむ》けになった江口が、胸を大きく波打たせ喘《あえ》ぎながら訊ねた。

「四分三十五秒ってとこかな」

「くそ……」

江口が悔しそうに吐き捨てる。

「いや、立派なもんだと思うよ。ただ、相手が悪かったね」

「そうですよ。四分三十五秒なんて、凄《すご》いですよ」

流香は、山崎と亜美の声を背に、腕時計と海面を交互にみた。

秒針は六周目を過ぎた。

不意に、脳裏に蘇《よみがえ》るミッキーマウスの文字盤。駅に続く一本道とミッキーマウスの時計を嵌《は》めた細い左手首……秒針と道を交互に追っていた遠い日々が蘇る。

深く潜ることに……長く潜ることに、なんの意味があるの?

馬鹿馬鹿しい。くだらないにも、ほどがある。

「何分……経ちました？」

息を弾ませる江口の声。

「あと十秒で七分になるね」

「彼、大丈夫かな？　負け惜しみじゃなくて、いくらなんでも、七分はきついですよ」

江口がのろのろと身を起こし、船縁から身を乗り出し海面を覗《のぞ》き込む。

流香も、江口と同感だった。

「心配しなくても、大丈夫だって」

あくまでも呑気《のんき》な山崎。この中で青年のことを一番よく知り、信頼しているのだろうけれど、万が一、ということもある。

「ねえねえ、江口さん。みてきたほうがいいんじゃないですか？」

亜美の言葉に、心で頷《うなず》く流香。

「そうだな。行ったほうがいいかな」

江口が船縁に腰を下ろしたとき……海面が盛り上がり、水飛沫《みずしぶき》に包まれた青年が姿を現した。

「ほらね」

山崎が、亜美に向かって目配せをした。

江口のときとは違い、青年は微《かす》かに息を乱しているだけ。心地好《ここちよ》さそうに頭を左右に振る青年。優雅に靡《なび》く毛先から拡散した水飛沫が宙に舞う。

「タイムは⁉」

江口が山崎を振り返る。

「七分三秒」

「日本記録より三十秒以上も……」

江口が放心したように呟《つぶや》き、青年をみた。

「拓海君、みんな、心配してたんだぞ」

船縁に取りつく青年に、微笑み交じりに語りかける山崎。

「ごめんなさい。居心地がよくて、なんだか戻りたくなくなっちゃって」

青年が頭を掻《か》き、屈託なく笑った。

「でも、拓海君。日本記録を超えたなんて凄いっ。どうやったら、そんなに長く息を止めていられるんですか？」

亜美が瞳を輝かせ訊《たず》ねた。

「馬鹿みたい。そんなことして、なにになるの⁉」

自分でもびっくりするくらいの強い口調。瞬間、みんなが沈黙した。

青年だけは、驚いたふうもなく静かな瞳で流香をみつめている。

「流香、どうしたのよ？」

亜美が、眼をまんまるにして流香をみる。

「ごめん、ひどいこと言っちゃって……」

流香は、青年に詫《わ》びた。

「いいよ。僕も、そう思うから。いったい、なんのために潜ってるんだろうって。ただ、一分でも長く、一メートルでも深く潜ってると、海の住人になれたような気がするんだ。気づいたときには、息が止まりそうであっぷあっぷしてるけどね」

青年が、冗談めかした口調で言うと肩を竦《すく》めた。そんな青年の姿が、よけいに流香を心苦しくした。

「本当に、ごめんなさい。私……」

「拓海君。このあと、仕事入ってるの？」

山崎が、梅雨空のように重苦しい空気を振り払うような明るい声で言った。

「いいえ。ウェザーステーションに行く予定だったお客さんがキャンセルになっちゃったんで」

「じゃあ、流香ちゃんをどっかに案内してあげなよ。テティス号に乗せてさ」

言って、山崎が青年の背後を顎《あご》でしゃくった。

流香達の乗るボートから二、三十メートルくらい離れた場所に浮く赤いカヌーのような乗り物。あれが、テティス号というのだろうか？

「あ、私は……」

「いいじゃない。流香。行きなよ。私も、江口さんとふたりっきりになりたいし。ね？」

流香の言葉を遮り、江口に同意を求める亜美。

「おっと。どうやら、おじさんはお邪魔のようだね」

「そのようですね」

おどけ口調の山崎に亜美が切り返す。みんなの爆笑が、セルリアンブルーの空に吸い込まれる。混乱していた流香は笑うに笑えず、ひとり取り残された気分になる。

「行こう」

青年が立ち泳ぎをしながら言うと、背を向けた。

「え？」

「昨日みたいに、摑まって」

「でも……」

「ほら、はやく」

振り返る青年の澄んだ瞳に引き込まれるように、流香は立ち上がり、船縁を摑みながら足から海へと飛び込んだ。

「さあ、摑まって」

「これくらい、泳げるから」

精一杯の抵抗。背中に亜美達の視線を痛いほどに感じる。

「そう。じゃあ、行くよ」

青年が唇で弧を描き、背を向けた。自分に合わせてくれているのか、ゆったりとした平泳ぎでテティス号へと向かう。流香も、平泳ぎで青年に続く。

「イルカの恋人同士みたいだよーっ」

背後から亜美の声が追ってくる。

流香は恥ずかしくなり、顔の半分を海水に浸した。火照った頰に触れる海水が、冷たく心地好かった。

5 拓海の詩

遠くから、オーシャンカヤックに乗った男性が手を振ってくる。南島に向かうのだろう。男性の隣には、クリーム色の被毛を靡《なび》かせたゴールデン・レトリーバーが気持ち好さそうに眼を細めている。

拓海も、オールから離した右手を大きく振り返した。

流香は、彼方《かなた》に霞《かす》む中山峠に物憂げな視線を投げている。彼女は、テティス号に乗ってからずっと押し黙っている。

「南島に行ってたの？」

オールでゆっくりと青を掬《すく》いながら、拓海は訊《たず》ねる。海面に映るテティス号の赤が静かに波打つ。

「うん」

中山峠に顔を向けたまま、微かに頷く流香。寂しげな横顔。中山峠をみつめているはずの視線は、なにか別のものを視ている。そのなにかが、彼女の瞳《ひとみ》を哀しく染める。

拓海は、胸が苦しくなる。

「リクエストは？」

「え？」

流香が顔を正面に戻す。拓海は、凍えそうなオブラートに包まれた彼女の瞳の奥を覗《のぞ》き込む。

力を抜いて。

心で語りかける。

「行ってみたいところだよ。今日は君の専属のガイドだから、どんなリクエストにも応《こた》えるよ。内地に帰りたいっていうのは、オーシャンカヤックじゃ無理があるけどね」

冗談っぽい口調で言い、肩を竦めてみせる。流香がうっすらと唇で弧を描き、瞼《まぶた》を細める。拓海の心が弾む。でも、すぐに彼女の顔から微笑は消える。

「私、有名な声楽家になれると思う？」

唐突な、流香の質問。昨日の夜、ドルフィンビーチで聴いた彼女の歌声が鼓膜に蘇る。とても幻想的で透き通った声音……。これまでに、あんなに素敵な歌声を耳にしたのは初めてのことだった。

「うん。なれるさ」

即座に、拓海は答える。少しの躊躇《ためら》いもなく、疑いもなく。

「ずいぶんと、簡単に言い切るのね。一流音楽大学を卒業した恩師に幼稚園の頃から師事して、日に数時間のレッスンを受ける毎日。友達が遊んでいるときも、音符を覚えたり発声練習に明け暮れる日々を送り続け、中学からは音楽大学の付属校に入り、音楽高校に進学して、学校でも自宅でもレッスン、レッスン、レッスン。音大生になれば音楽コンクールを目指して、声楽科にかぎらずどの科も日に七、八時間のレッスンはあたりまえ。プライベートの時間がなくなるだけじゃなく、音楽大学はお金がかかるの。とくに私の通っている大学は私立だから、一年で三百万円。この金額は、入学金や授業料だけでレッスン代は別。学校の授業だけで音楽コンクールの上位入賞を果たせるほど甘い世界じゃないの。それに、音楽コンクールで優勝したらプロの声楽家になれるチャンスは開けるけれど、有名な声楽家……つまり、少しでも音楽の世界に興味がある人なら誰でも知っている声楽家になれる保証はないの。ほかの生活を犠牲にして、何千万円もかけて、有名な声楽家になれる卒業生はほんのひと握りだけ。この世界は、努力と実力とお金が必ずしも実を結ぶ世界じゃないの。でも、その三つがなければスタートラインに立つこともできない……」

拓海に、というよりも、自分に言い聞かせるように乾いた口調で語る流香の瞳が哀しげに揺れていた。

「大変な世界なんだね。でも、有名な声楽家ってやつに、きっとなれるさ」

「根拠はなに？　あなたは、音楽のことなんてなにも知らないでしょう？　私は、日本だけじゃなくて、世界中に名の知れ渡るような声楽家になりたいのよ」

流香が、頬に貼りつく濡《ぬ》れた髪を指先で払いのけ、眉根《まゆね》を寄せる。

もどかしそうな流香。パズルを完成できない子供のよう。子供は知らない。パズルのピースが足りないことを。

彼女がなくしたパズルのピースは、いったい……。

拓海は、オールを漕《こ》ぐ腕を止めた。テティス号が惰力で海面を滑る。

「音楽のことは知らない。だけど、テティスのことはよく知っている。君の歌声は、ヒトを信じられなくなった彼女の心に響いた。テティスの心を摑《つか》むのは、たぶん、世界中のヒトの心を摑むのと同じくらいに難しいと思う」

微《かす》かに、それは本当に微かに、流香の瞳がきらめいた。けれど、きらめきの消えた瞳は、ほんの数秒前よりも翳《かげ》りを増した。

「ありがとう。でも、私にはどうにもならない……」

流香がなにかを言いかけ、思い直したように口を噤《つぐ》んだ。

「留吉さんのところ」

そして、不意に言った。

「え？」

「さっき、どこに行きたいか、なんでもリクエストに応じるって言ったでしょう？　だから」

惰力が底を尽く。完全に動きを失ったテティス号がさざ波に揺られる。小港海岸の方面からきた一隻の小型ボートがおよそ十メートルの距離で擦れ違う。船尾で、青いイルカの絵の描かれた旗が風に泳ぐ。

ブルードルフィンの観光客用のフィッシングボート……パパイヤ号がスローダウンする。

「拓海さーん」

小柄で筋肉質な童顔の青年……あきらが、操縦席から手を振った。あきらは、ブルードルフィンの同僚だ。

「南島かい？」

デッキチェアに座るカップルに眼をやりながら、拓海は訊《たず》ねた。

「はい。拓海さんは？」

あきらが、拓海と流香を交互にみやり訊ね返す。

「プライベートだよ」

「じゃあ、ごゆっくり」

拓海の言葉に意味ありげな微笑みを残したあきらが、パパイヤ号の速度を上げて走り去った。

「会社の人でしょう？　仕事、大丈夫なの？」

「うん。今日は朝から四組のお客さんを相手にしたからね。それより、なんだっけ……あ、そうそう、ウチにきたいんだったね？　別に構わないけれど、小笠原にまできて、僕の家なんかでいいの？」

「勘違いしないで。あなたの家に行きたいんじゃなくて、留吉さんに会ってみたいの。あなたが小学生の頃の海亀の話、山崎さんから聞いたわ。二日間も泊まり込みで母亀の産卵につき添うあなたもあなただけれど、それを許したお祖父《じい》ちゃんも立派だと思う」

「そっか……キャプテンから聞いたんだ。まあ、超がつく頑固者で変わり者だけど、たしかに立派な祖父ちゃんだな」

中学生になったときに、留吉と親しくしていた近所のおじさんが教えてくれた。拓海が母亀とともにした二日間、食事を差し入れてくれただけでなく、留吉が陰から孫のわがままを見守ってくれていたことを。

「じゃあ、本当にいいんだね？」

流香が頷《うなず》く。拓海はふたたびオールを手に取り、ゆっくりと、そして力強く、青を掬った。

◇

「突然お邪魔して、大丈夫かしら」

ナガエコミカンソウの生い茂る庭。スクーターを押しながら歩く拓海の背後から、不安げな声をかける流香。

「平気だよ。祖父ちゃんは寂しがり屋だから、話し相手ができて大喜びさ」

拓海は振り返りながら言う。

「だけど、格好もこんなだし……」

流香が、Tシャツの裾《すそ》を摘《つま》んでヒラヒラさせた。

あのあと拓海は、着替えたい、という流香のためにドルフィンビーチにテティス号をつけ、フォレストに行った。

亜美という友人と江口という内地のガイドはおらず、フォレストに隣接する森のカフェでキャプテンと無駄話をしながら流香が着替え終わるのを待った。

森のカフェに現れた流香は、薄いピンクのTシャツに白のショートパンツという出立《いでた》ちだった。

ふたたびふたりはテティス号に乗り、小港海岸にオーシャンカヤックを接岸し、バス停の近くに停めていたスクーターに流香を乗せて奥村の自宅に向かったのだった。

「夏の小笠原じゃ、ワンピース姿のほうがおかしいよ。気にしなくても大丈夫だって」

スクーターを玄関脇に停め、拓海は言った。小さく顎《あご》を引く流香をみて、木枠のガラス戸を引いた。ヤモリがお尻《しり》を振って逃げてゆく。

「祖父ちゃん、ただいま」

言いながら、さあ、と流香を促す。

漁サンを脱ぎ、廊下に上がる。流香が自分のビーチサンダルと拓海の漁サンの向きを揃え、物珍しそうにキョロキョロと首を巡らせながらあとに続く。

「ただいま」

茶の間の障子を開ける。

「なんじゃ、今日ははやい……お、そちらの娘さんは？」

卓袱台《ちゃぶだい》の上に開いていた本から顔を上げた留吉が、老眼鏡を鼻先にずらし、流香に視線をやった。

「昨日話した、ドルフィンビーチで会った女性《ひと》だよ。流香さんっていうんだ」

「あ、初めまして。私、柏木《かしわぎ》流香と申します。今日は突然にお邪魔してしまいまして、申し訳ございません」

背筋をピンと伸ばした流香が、両手をお腹の前に重ねてペコリと頭を下げる。

「ああ、お前が愛の告白をした女のコじゃな？」

流香がびっくりしたように拓海をみて、そして頬を赤くして俯《うつむ》いた。

「祖父ちゃん、愛の告白だなんて、そんな……」

「なんじゃ？　このコのことを、好きと言うたんじゃろうが？」

「そりゃそうだけどさ。いきなりそんなこと言ったら、流香さんが驚いちゃうだろ？」

「初めて会った男に好きだと言われるほうが、よっぽど驚くじゃろうて？　のう、流香さん」

「はい……」

流香の頬の赤味が、耳朶《みみたぶ》からうなじに広がる。

「ほれ、みてみい。わしの言うとおりじゃて」

勝ち誇ったように胸を張る留吉。

「わかったわかった。とにかく、座って」

拓海は、やれやれ、とばかりにため息を吐き、流香に座布団を差し出した。

失礼します、と言って正座する流香。挨拶《あいさつ》するときも感じたことだけれど、発声練習をやっているせいか、流香の姿勢はとてもよく、こんなに美しく正座する女性をほかでみたことがない。

拓海も流香の隣に胡座《あぐら》をかいた。

「その座布団はな、わしが作ったんじゃよ」

「え？　お祖父様が？」

流香が、眼をまんまるにする。

「そうじゃ。それはタコノキという木の葉を使っておってな。タコノキの葉は、丈夫で、通気性がよくて、座布団にピッタリなんじゃよ。拓海が腕に嵌《は》めとるブレスレットも、わしのお手製じゃ」

「そうなんですか!?　凄《すご》いですね」

流香が座布団と拓海の右手首に交互に視線を投げ、弾んだ声音で言った。

「まあな」

留吉が、自慢げに小鼻を膨らます。

「そうじゃ。流香さんにも拓海とお揃いのブレスレットを作ってやろう。小笠原には、いつまで？」

「明後日《あさって》の船で、東京に戻ります」

今月の父島発のおがさわら丸は五便。流香は、六日間の予定できたのだろう。東京から小笠原まで二十五時間半もかかるので、六日間といっても実質の宿泊は三日間となる。

観光客はみな、内地に戻る。それはわかっていた。

拓海は、ぼんやりとした視線を宙に泳がせた。

「明日までしかおらんのか？　じゃあ、間に合わんのぅ。どうする？　拓海」

東京……。小笠原も東京都に違いはないけれど、内地の東京は、拓海にとっては別世界。

風に吹かれたイルカの風鈴が可憐《かれん》な音を立てる。

「おい、聞いとるのか？」

拓海の目の前で、窓拭《まどふ》きをするように掌《てのひら》を上下させる留吉。

「え？　なに？」

「だから、流香さんが明後日発つのなら、ブレスレットが間に合わんという話じゃよ」

「あ、ああ。ウチで、預かっておけばいいじゃない。また、いつかくるだろう？」

留吉から流香に顔を向け訊ねた。

「ええ……そうね」

留吉の眼を気にした流香が、慌てて口もとを綻《ほころ》ばせる。

「そうか。それじゃあ、特別にかわいいブレスレットを作っておいてやろう。ほれ、拓海。ぼさっとしてないで、流香さんになにか冷たい飲み物でも出さんか」

「ごめんごめん。アイスコーヒーでいい？」

立ち上がり、拓海は訊《き》いた。

「あ、お構いなく」

「いいんじゃよ。遠慮なんぞせんでも。わしは、日本酒を頼む」

「まったく、どさくさに紛れて調子に乗るんだから」

拓海は軽く留吉を睨《ね》めつける。

「そう堅いことを言うな。お前が、初めて家に女のコを連れてきた祝いじゃ」

留吉が首を竦《すく》め、右手をヒラヒラとさせる。

「先週は、たしか芦辺《あしべ》さんとこのシロが子供を産んだ祝いといって、昼間から飲んでたよね？」

「流香さん。わしはこうやってな、いつも孫にイジめられとるんじゃよ」

留吉が肩を落とし、わざとらしくため息を吐いてみせる。流香が微笑ましそうに留吉と拓海のやり取りをみている。

拓海には、その笑顔が泣いているようにみえた。

台所に向かう。冷蔵庫を開け、アイスコーヒーの入ったガラスポットを取り出す。

このアイスコーヒーは、三日月山の農園で自家栽培されている豆を挽《ひ》いた粉で作ったものだ。

三つのグラスを並べ、ふたつには氷とアイスコーヒーを、ひとつには日本酒を注ぐ。流香のぶんにはストローを挿す。グラスをトレイに載せ、茶の間に戻る。

「ところで、流香さんは、浜辺でなにを歌っておったのかな？」

「『夜と夢』という、シューベルトの歌曲です」

「その、シューなんとかっていうのは、有名なのかな？」

「祖父《じい》ちゃん。シューベルトも知らないのか？　もう、恥ずかしいな」

拓海は、アイスコーヒーを流香と自分の前に、日本酒を留吉の前に置きながら言った。

「なんじゃ。そういうお前は、シューなんとかって男を知っとるのか？」

「あたりまえだよ。ほら、『白鳥の湖』を作った人だよ」

「それはチャイコフスキー。シューベルトで有名なのは、『魔王』があるわ。音楽の時間に、習わなかった？」

流香がクスクスと笑いながら、拓海をみた。

本当は恥ずかしいことなのに、なんだか嬉《うれ》しくなる。

「偉そうなことを言っとったくせに、お前も知らんのじゃないか」

「ごめん」

拓海は頭を掻き、首を竦める。

「ま、取り敢《あ》えず、流香さんと拓海の出会いを祝して乾杯といこうか」

留吉が、日本酒のグラスを宙に掲げた。拓海が勢いよく、流香が遠慮がちにグラスを触れ合わせる。

「頂きます」

ポーションタイプのミルクとシロップをひとつずつ入れ、ストローでアイスコーヒーを吸い上げた流香が、おいしい、と弾む声音で言った。

「それはボニンコーヒーといってな、明治時代から栽培されとる小笠原産のコーヒーなんじゃよ」

「小笠原産のコーヒーなんですか？」

流香が驚いたように眼を見開く。

「コーヒーと言えばブラジルとかが有名なんじゃろうが、日本産もなかなかのもんじゃろう？」

留吉が、グビリと日本酒を呷《あお》りつつ言った。

「ええ。こんなにおいしいアイスコーヒーは初めてです」

「コーヒーだけじゃない。小笠原は、海も山も素晴らしい。どうじゃ？　流香さん。先々、小笠原に住んでみる気はないかね？　男は、わしみたいな色男ばかりじゃぞ」

言って、留吉が豪快に笑った。

「え……はぁ……」

流香が曖昧《あいまい》な笑みを浮かべて拓海をみた。

「祖父ちゃん、なに言ってるんだよ。流香さんが困ってるだろう。彼女は音楽大学に通って、有名な声楽家を目指しているんだ。こんな田舎に住めるわけないじゃないか？」

拓海は、いつまでも大きな子供の祖父を諭した。

「そうか。ところで、声楽家というのは、ほれ、あの、舞台で歌ったり踊ったりする芝居をなんて言うたかの……？」

「ミュージカルかい？」

「そうそう、そのミューチカルみたいなもんかね？」

「歌いながらお芝居をするという点では、似てると思います。ただ、歌劇の場合はドイツやフランスの古典歌曲が主で、踊りはありませんけれどね」

留吉の的外れだろう質問にも丁寧に答える流香。拓海にしても、声楽家がどんなものであるかが、よくわかってはいない。

「なるほどな。ところで、流香さんのご両親は内地でなにをなさってるんじゃね？　やっぱり、その、声楽家という仕事をやってるのかな？」

日本酒を飲み干した留吉が流香に顔を向けたまま、拓海に空のグラスを差し出した。

「もう、これが最後だからね？」

拓海は留吉の手からグラスを取りながら釘《くぎ》を刺し、腰を上げる。

「父はホテルを経営しています。母は……声楽家です」

拓海は歩を止めた。

不意に、胸が震える。凍え、かじかみ……氷河に閉じ込められたように、とても冷たく、寒々と震える。

振り返りたい気持ちを抑え、台所へと行く。日本酒を注ぎ、茶の間へと戻る。

「ホテル経営か……。それは凄《すご》いのう。では、流香さんは、富豪の娘さんじゃな？」

「そんな……。いまは不景気で、大変みたいです。それに、音大に入った金食い虫の娘もいますし」

流香が屈託なく破顔する。彼女が明るく振る舞えば振る舞うほどに、胸の震えが激しさを増す。

「まあ、食い潰《つぶ》すだけのお金があるだけましじゃよ。拓海なんぞ金食い虫になりたくても、肝心の餌がないからのう」

カカカカ、と笑い、拓海から受け取った二杯目のグラスを傾け喉仏《のどぼとけ》を上下させる留吉。

「あの……訊いてもいいですか？」

流香が遠慮がちに切り出す。

「なんじゃね？」

「拓海さんが小学生の頃に海亀の産卵に二日間つき添っていたという話を山崎さんから聞いたんですけど、ご心配ではなかったのですか？」

「ああ、そんなこともあったのう。まあ、心配ではあったな。いくら小笠原がのんびりしとると言っても、七歳か八歳の子供が夜の浜辺で二日間も過ごすんじゃからな。だがな、わしが心配しとったのは、こやつがさらわれるとか怪我をするとかそんなことじゃなかった。流香さんにはわからんかもしれんが、わしが一番気にかけておったのは、こやつが母亀と一緒に海に帰ってしまうんじゃないか……ってことだったんじゃよ」

「海に帰る……ですか？」

流香が身を乗り出す。

「そう、海に帰る、じゃ。こやつは昔から、そういうところがあってな。ときとして、常人には理解できん行動をするんじゃよ。ま、その変なところがあるから、母亀やテティスと通じ合えとるとも言えるんじゃがな」

「なんだよ、祖父ちゃん。それじゃ、僕が変人みたいじゃないか？」

軽口を返したものの、内心、拓海は驚いていた。あのとき留吉が、小学生の孫にたいして、そんなふうに心配していたとは思ってもみなかった。

「イルカや海亀と会話をするなんぞ、十分に変じゃろうが？」

留吉が腹を抱えて笑う。

「ひっどいな。ねえ？」

同意を求めるように、拓海は流香に顔を向ける。唇に手を当てた流香が、珍しく声を出して笑っている。切れ上がった目尻《めじり》に涙まで滲《にじ》ませて……。

冥《くら》く冷たい氷の部屋に空いた、ほんの小さな穴から柔らかな光が射し込む。それは、眼を凝らさなければわからないほどに弱々しく微細な光だけれど、たしかに存在している。

もっともっと光が集まれば、厚く閉ざされた氷の壁もきっと融《と》かせるはず……。

ふたりの笑い声に、拓海の笑い声が重なった。

◇

月明かりに青白く染まる白砂。風の作る波紋の広がる水音。夜空を煌々《こうこう》とした光で滲ませる星屑《ほしくず》。

誰もいないドルフィンビーチに、ふたりが砂を踏み締める湿った音が密《ひそ》やかに響き渡る。

「思っていたとおり、素敵なお祖父様だったわ」

家を出てから初めて、流香が口を開いた。

奥村から小港海岸までスクーターに乗っているときも、小港海岸からドルフィンビーチまでテティス号に乗っているときも、ふたりは、ひと言も言葉を交わさなかった。

流香は、思い詰めたように唇をきつく引き結び、ずっと押し黙っていたのだった。

「ありがとう。ずいぶんと調子に乗って、見苦しいところをみせちゃったけどね」

流香がいるのをいいことに、あのあと留吉は三杯のグラスを重ね、最後には酔い潰れていた。

「ううん。お祖父様の話、とても面白かった」

森に足を踏み入れる。大きく息を吸った。湿った土の匂いと濡《ぬ》れた葉の匂いの入り交じった森の夜気が肺を満たす。

月明かりも星明かりも樹々の枝葉に遮られ、闇が色濃く垂れ籠める。

拓海は懐中電灯をつける。この森は、フォレストと森のカフェへと続いている。昨日の夜も、彼女を同じようにして送った。

「そう。ほっとしたよ。いつもあの調子なんだ。ところで、祖父《じい》ちゃん、なに言ってたの？」

「じゃあ、わしはお先に失礼するよ。ちょっと、きてくれんかの？　寝室に向かう途中で立ち止まり、留吉は流香を呼び寄せ、耳もとでなにかを囁《ささや》いていた。

「それは秘密。それより……」

流香が言い淀《よど》み、歩を止めた。

「ん？」

拓海も歩を止め、彼女と向き合った。

「昨日の夜のことだけれど……どうして、あんなことを言ったの？」

まっすぐに拓海をみつめる流香の長い睫《まつげ》が小刻みに震えている。睫だけでなく、細い肩も、濡れた唇も……。

彼女が、ありったけの勇気を振り絞って訊《き》いたのだろうことはわかった。もちろん、あんなことを、が、なにを指しているのかも。

「正直、僕にもよくわからない。ただ、君とあそこで出会うことが、ずっと前から決まっていたような気がした。何年前とかじゃなくて、何十年、いや、何百年も昔から決まっていた……そんな気がしたんだ」

「そんなの、答えになってない。あなた、どうかしてるわよ。私は、運命の糸とかそういうのは、まったく信じないの。明日どうなるかだってわからないのに、何百年も昔から昨日の出会いが決まっていただなんて、どうやって信じろっていうの!?」

流香が、うわずった声で叫んだ。

「ごめん。でも、僕はあのとき、君を好きだという自分の気持ちをどうしても伝えたかった。これは、嘘でもごまかしでもない」

「あなたが私のなにを知っているっていうの？　私の生まれは？　通った学校は？　給食で必ず残した食べ物は？　好きな映画は？　怖い虫は？　小学校の頃に宝物にしていたお人形の名前は？　いままで一番嬉《うれ》しかったことは？　つらくて、死んじゃいたいと思った出来事は……？　なんにも、知らないでしょう？　なのに、どうして好きだなんて言えるの!?」

矢継ぎ早に質問を続ける流香の眼に水滴が盛り上がる。拓海は懐中電灯のスイッチを切った。枝葉の間から射し込む月明かりが、彼女の頬に銀色の光の轍《わだち》を仄《ほの》かに浮かび上がらせる。

頬になにかが当たった。足もとでひっくり返りもがくハナムグリ。

「人を愛するのに、時間や理由がそんなに重要なのかな？」

拓海は、ハナムグリを拾い上げ、ブーゲンビリアの花びらにそっと載せながら独り言のように呟《つぶや》いた。

「たしかに、僕は君のことをなにも知らない。名前だって、今日、初めて知った。けれど、僕にはひとつだけわかっていることがある。いつの時代に君と巡り合っても、僕は出会った瞬間に告白しただろうってことを」

月が雲に隠れたのか、闇が深くなる。仄かにみえていた流香の顔が漆黒に呑《の》み込まれる。

懐中電灯のスイッチを入れる代わりに、眼を閉じた。

「軽々しく言わないで……愛だとか好きだとか、そんなこと、軽々しく口にしないでよっ」

土を踏む濡れた足音が遠ざかる。拓海は、眼を閉じたまま空を見上げた。

拓海には、泣き顔の向こう側に流香の笑顔をみたように、満天に輝く星がはっきりとみえた。

6
流香の詩

小枝に止まる黄色の小鳥が、チチッ、チチッ、とかわいらしい声で鳴き、傾げるようにした首を周囲に巡らせている。

小鳥が止まる枝から少し離れた木の葉には、鮮やかな緑色をした小さなトカゲがカムフラージュしているつもりなのか、身動《みじろ》ぎひとつせずにじっとしている。

ブンブンと羽音を立てる黒くふとっちょな蜂が呑気《のんき》に、水色の羽根を持つ美しい蝶《ちょう》が優雅に宙を舞う。

フォレストの二階……客室の窓から見渡す原色の世界は、ガイドブックに書かれているように東洋のガラパゴスといった趣に溢《あふ》れていた。

気のせいか、小笠原の鳥も、トカゲも、昆虫も、みな、島の人達や海や山のようにひどくのんびりとしてみえる。

足踏みしているような時間《とき》の流れ。この島は、東京よりも時計の針が何時間か遅れているのではないかと錯覚しそうになる。

枝葉の間から覗《のぞ》いてみえる抜けるような青空と強烈な陽射しが嘘のように、ひんやりとした風が頬を撫《な》でる。湿度が低いせいか東京とは違い、気温が三十度近くになっても一歩陽の当たらない場所に入れば肌寒ささえ感じる。

「本当に、ひとりで平気？」

亜美が、心配そうに声をかけてくる。

「うん。今日一日ゆっくりすれば大丈夫。気にしないで、行っといで」

流香は振り返り、微笑んだ。

「でも、私ばっかり、なんだか悪い気がするな」

ワンピースタイプの水着の上に男物のTシャツといった出立《いでた》ちで立ち尽くす亜美が、申し訳なさそうに言う。

今日で小笠原も最後だから、とケータ島という離島でのダイビングに誘う亜美を、躰《からだ》がだるいから部屋にいる、と流香は断ったのだった。

「平気だって。慣れない場所にきて、疲れが溜《た》まったんだと思う。今日は、ひとりでのんびりしていたいの」

躰がだるいのは本当。けれど、疲れが溜まっているのが理由じゃない。

昨日の夜のことが、頭から離れなかった。

なぜ、あんなにひどいことを言ってしまったのだろう。なにより、なぜ、気持ちを確かめようなんてしたのだろう。

男の人に告白されたのは、初めてじゃない。なのに、どうして青年のことだけを……。

周囲の誰もが恋人と認めていたあの人の言葉にも、取り乱すことはなかったのに。

「そう。じゃあ、私、行くね。下で、江口さんが待ってるから」

「うん」

弾《はじ》ける笑顔で手を振り、部屋を出る亜美。

父島から五十キロメートル離れたケータ島は、ダイバーの憧《あこが》れの地だという。亜美は、小笠原旅行のプランを立てたときから、ケータ島行きを愉《たの》しみにしていた。

流香は亜美の背中を見送り、視線を窓の外へと戻した。

黄色の小鳥も緑色のトカゲも黒くふとっちょな蜂も、どこかに消えていた。水色の蝶は、淡い紫色の花びらに止まり、羽根を休めている。

青年が地面に落ちていた虫を優しく拾い上げ、止まらせてあげた花……。

ひとつだけわかっていることがある。いつの時代に君と巡り合っても、僕は出会った瞬間に告白しただろうってことを。

どうして、そんなことがわかるの？

記憶の中の青年に、流香は問いかけた。

拓海は、あんたと同じじゃよ。ただ、あやつは自分でそれに気づいてないだけじゃ。

昨日、青年の家を出る前に、留吉に呼ばれて耳打ちされた言葉。
流香は戸惑った。自分と同じとは、どういうことなのだろう？
山崎から聞いた、青年が幼い頃に両親を失った話のことを言っているのだろうか？

テティスが知っている世界を、僕は知らない。

ドルフィンビーチで出会った夜。青年は海をみつめながら呟くように言った。流香には、あんなに哀しそうな瞳《ひとみ》をする青年が意外だった。そして、わけもわからず、不安な気持ちになった。

わしが一番気にかけておったのは、こやつが母亀と一緒に海に帰ってしまうんじゃないか……ってことだったんじゃよ。

留吉の言いたいことは、流香にもなんとなくわかった。
流香が歌に求めているなにかを、青年は海に求めているのかもしれない。
けれど、留吉はなぜあんなことを？　自分と青年が似ているなんて……。
流香は頭を小さく振り、立ち上がった。どうでもいいこと。明日には、東京に帰るのだから。それで青年とは、二度と会うこともない。

黒くてふとっちょな蜂が、どこからともなく舞い戻り、花びらや木の実の周りをあてもなく舞う。そして、また、どこかへと消える。

ベッドに仰向《あおむ》けになる。天井で回る小さなファン。小笠原の遅い時間《とき》の流れに合わせるように、クルクル、クルクル、ゆっくりと回る。

正直、お前がここまで頑張るとは思わなかった。だが、たとえ出場できることになっても、ミラノのコンクールには行かせない。

九月の新日本音楽コンクールの予選に出場することが決まったときに、父は苦渋の表情で言った。

流香には、父の苦しい胸のうちがよくわかる。でも、これだけは譲れない。これだけは……。

亜美の読みかけの小説を手に取る。グレイトギャッツビー。

この小説のヒロイン、わがままで、勝手で、派手好きで、私に似ているかもしれない。

亜美の言葉が蘇《よみがえ》る。本を読みたいわけじゃない。眠ってしまえば、夢をみる。もう、幼い頃の自分に会いたくはない。
駅へと続く一本道に佇《たたず》む少女には……。

◇

流香は、誰もいない白い砂浜を歩いていた。みたこともないようなコバルトブルーの海は、陽光を受けて宝石をちりばめたようにキラキラと光り輝いている。
流香は歩を進める。どこまで歩いても、人影ひとつ見当たらない。
とても寂しげな風の音……哀しげな潮騒《しおさい》。空は紺碧《こんぺき》の絨毯《じゅうたん》を広げたように青く、太陽は眼を開けていられないほどに燦々《さんさん》と輝いているというのに、流香の心も躰も寒々と冷えきっている。

誰かいないの？

流香の声は、すぐに身を切るような風にさらわれる。

ねえ、誰か……。

五、六メートル先に蠢《うごめ》く小さな影。流香は小走りに駆け出した。

小さな影は子犬だった。ピンと立った耳。円《つぶ》らな瞳。黒く濡《ぬ》れた鼻。薄い茶色の毛をした子犬に見覚えがあった。

キンタロウ、キンタロウじゃない？　どうしてこんなところに？

流香はキンタロウの頭に手を伸ばす。掌《てのひら》に硬く冷たい感触が広がる。キンタロウはガラスの箱に閉じ込められている。

誰が、こんなにひどいことを……。

いま、出して上げるからね。

流香はガラスの箱を持ち上げようとしたけれど、ピクリとも動かない。蓋《ふた》らしきものも扉らしきものも見当たらなかった。キンタロウはガラス箱の隅に身を寄せ、上目遣いに流香を見上げ、怯《おび》えていた。

なにしてるの？

声がした。顔を上げた。波打ち際で手を振る影絵のような黒い影。顔はみえないけれど、声で男の人だということがわかった。

どこから現れたのだろう。でも、そんなことはどうでもよかった。

このワンちゃんを助けてあげて。

流香は立ち上がり、両手を口に当てて叫んだ。

無理だよ。

影が答えた。

どうして?

流香は問い返す。

そのコが願わなければ、そこから出ることはできないんだ。

哀しげな声で、影が言った。

ワンちゃんが、出たいと願っていないわけないじゃない⁉　ねえ、なぜそんなことを……。

流香の声を、激しい波の音が呑《の》み込んだ。高い塀のような真っ黒な波が空を覆い、影に襲いかかる。

危ない、逃げてっ。

流香は叫んだ。

これは君が創った世界だから、僕には……。

影の声が途切れ、黒い波の中へと消えた。

流香は泣き叫び、その場に腰から崩れ落ちた。

叫喚に非常ベルの音が交錯した。

眼を開けた。天井でのろのろと回るファン。胸の上に伏せられたグレイトギャッツビーの文庫本。ベルは非常ベルではなく、電話のものだった。

腕時計をみる。午後七時二十五分。いつの間にか、眠り込んでしまったみたい。それにしても、いやな夢だった。

流香はヘッドボードに手を伸ばし、受話器を取る。

「もしもし？」

『あ、流香ちゃん？　よかった、いてくれて』

山崎が、ほっとしたように言った。

『いま、拓海君がきてるんだけど、下りてこられる？』

「え!?」

流香は慌てて跳ね起きた。

『流香ちゃんに、用事があるんだって。じゃ、待ってるから』

「あ、もしもし……」

ツーツーツー、という発信音。

「こんな時間に、なんの用なのよ!?　もう……どうしようっ」

ベッドから飛び下りた流香は、ボストンバッグを引き寄せる。化粧ポーチを取り出し、バスルームに駆け込む。

鏡の中の自分と向き合う。ボサボサの髪。寝起きの腫《は》れぼったい瞼《まぶた》。なんてひどい顔。ドライヤーを使い、ブラシで髪を梳《と》かす。パフで顔を叩《はた》き、ルージュを引き直す。

山崎の電話を切って十分が経つ。時間がない、時間がない。ファンデーションやらルージュスティックやらブラシやらをそこら中に散らかしたまま、バスルームを飛び出す。ビーチサンダルをつっかけ、ドアを開ける。

流香は立ち止まり、ふと考えた。こんなに急いじゃって、馬鹿みたい。唇をきつく引き結び、いままでと一転したゆっくりとした足取りで、階段を下りる。

「やあ」

丸太の椅子に腰を下ろしていた青年が、片手を挙げていつもの笑顔……無邪気に顔を綻《ほころ》ばせた。

なにしてるの？

不意に、夢の中の黒い影と青年の姿がダブった。

まさか、そんなこと……。思考のスイッチをオフにする。

思わず、流香も微笑み返す。

微笑んだことに、小さくため息を吐く。あの笑顔をみると、ついつい、心が和んでしまう。

「なんの用かしら？」

微笑んでしまったぶんを取り戻すとでもいうように、流香は冷たい声音で言った。

「みせたいものがあるんだ。一緒にきて」

青年は、流香のそっけない態度などお構いなしに、手を取り玄関へと向かう。

「ちょ……ちょっと待ってよ。きてって、どこに？」

「くればわかるさ」

青年に手を引かれるままに、外へ出る。森のカフェを抜け、石の階段を下りる。ドルフィンビーチとは逆方向に懐中電灯の明かりを向ける青年。

「どこに行くのか、教えてよ？」

「内緒だよ。愉《たの》しみが半減しちゃうからね」

青年が振り返り嬉《うれ》しそうに言った。

三十メートルほど進んだときに、青年が歩を止めた。

「眼を閉じて」

「え……？」

青年の言葉に、鼓動が高鳴る。

「みせたいものがあるって、言っただろう？」

勘違いに、頬が熱くなる。眼を閉じた。

「ちょっと、斜面になるから気をつけて」

言いながら、青年が手を引きゆっくりと歩き出す。掌《てのひら》の温《ぬく》もり。なにもみえないけれど、怖くはなかった。

足首に草の葉が触れる。ビーチサンダルの下で小枝が乾いた音を立てる。足場が軟らかくなり、とても不安定になる。

　青年が歩を止める。

「さあ、いいよ」

　青年に促され、眼を開ける。

「蛍……」

　思わず、流香は呟《つぶや》いた。そして息を呑む。

　足もと一面に広がる緑の蛍光色。眼を凝らすと、その蛍光色の湖は、小さな傘を開いたような円形が寄り集まってできたものだった。

「これはグリーンペペという夜《や》光茸《こうだけ》で、雨が降ったあとが一番きれいに光るんだ。だから、梅雨が明けたばかりのいまの季節は最高なんだ」

　蛍の光を湖面に反射させたような幻想的な空間に、流香はただ圧倒された。まるで、宇宙空間にいるような気分に襲われた。

「信じられない……。どうすれば、こんなに美しい色が出るのかしら」

　流香は、ため息交じりに言った。

「酵素の作用で発光すると言われているんだけれど、本当のことは学者にもわかっていないらしい」

「原因不明？」

「うん。でも、理由なんてどうだっていい。僕は、このグリーンペペの美しさを知っている。どんな理由で光っていようとも、美しいという事実に変わりはない。僕は、それだけで満足さ」

青年がグリーンペペを見渡しながら言った。

青年のさりげない言葉が胸に響く。たしかに、美しいという表現でも言い表しきれないこの幻想的な世界をみていると、現実世界のいろいろな悩みや拘《こだわ》りが他愛もないことに思えてくる。

宇宙から地球をみた宇宙飛行士が、一切の出来事をちっぽけに感じるようになったと、口を揃えて世界観が変わったようなことを言っているのを新聞かなにかで読んだことがある。

流香には、その気持ちが少しだけわかったような気がした。

青年が流香をここへ連れてきたのは、ただ、珍しいキノコをみせたかっただけなのかもしれない。

それでもよかった。それでも……。

「残念だわ。明日には、東京に帰らなければならないなんて」

流香も、前を向いたまま言った。本音が、自然に口をつく。この素晴らしい小笠原を離れることが名残惜しかった。

そして……。

流香は、胸奥の蠢《うごめ》きから眼を逸《そ》らす。肩に触れる指先。ゆっくりと首を横に巡らせる。

グリーンぺの光に照り返され薄い緑色に染まる青年の顔……流香をみつめる、優しく、深い眼差《まなざ》し。

青年が、Tシャツの首からペンダントを取り出しにっこりと笑った。

幸せを運ぶ神様の落とし物……流香のマリンスターの入ったのと同じ、イルカのペンダント。

つられるように、流香もペンダントを取り出し微笑み返す。

「戻ろうか」

流香が頷《うなず》くと、青年が斜面を下り始める。

振り返った。もう一度、蛍の湖を網膜に焼きつけてから青年の背中に続いた。

7

拓海の詩

「ほれほれ、なにをしとる。もう一時過ぎじゃ。急がんと、間に合わんぞ？」

作務衣のズボンにランニングシャツといった出立《いでた》ちの留吉が、麦藁帽《むぎわらぼう》を被《かぶ》りながら急《せ》かすように言った。

「僕はいいから、祖父《じい》ちゃんだけ行っといでよ」

拓海は、アカハタの味噌《みそ》汁《しる》を啜《すす》りながら言った。

「なにを言っとるんじゃ。おが丸の出航日は、島民総出で見送るのが決まりじゃろうが？」

留吉が、呆《あき》れたように言う。

小笠原では、留吉の言うように内地に帰る観光客を「お見送り」するのがひとつの名物になっている。

小笠原名物の「お見送り」は、宿泊施設のスタッフ、飲食店の店員、ダイビングショップのガイド……数百人の観光客がそれぞれの場所でそれぞれに触れ合った人々が二見港に集結するので、留吉の言うように、父島中の島民が集まったのではないかと思うほどに壮観だ。

二見港には小笠原太鼓が鳴り響き、おがさわら丸に乗り込む観光客には島民からハイビスカスが手渡される。観光客は甲板に出てくると別れを惜しむように島民に手を振り、汽笛が鳴らされおがさわら丸がゆっくりと岸壁を離れると、「さようなら」と「いってらっしゃい」の声に送られながらハイビスカスを海へと投げる。

「お見送り」は、これだけでは終わらない。

ダイビングショップのガイド達が中心になった並走船グループが、スタンバイしていた何隻ものボートでおがさわら丸を追いかける。そして、舳先《へさき》で大きく手を振りながら次々と海にダイビングし、ようやくフィナーレを迎える。

一度でも小笠原を訪れた観光客は、この熱烈な「お見送り」を一生忘れないことだろう。

拓海も並走船グループの一員であり、ブルードルフィンのスタッフは社長以下六名総出で三隻のボートに乗りわけておがさわら丸を追走する。

今日も、ブルードルフィンの連中はもう二見港に集合していることだろう。

「そうだけど、なんだか今日は気が進まないんだ」

「はっはぁ～ん。あのコのことじゃな？」

留吉が腕を組み、窺《うかが》うように拓海をみた。

「うん」

拓海は、縁側越し……空に視線を投げる。雲ひとつない青空。今日も、いい天気だ。

海面にお腹を向けて日光浴を愉しむテティスの姿が眼に浮かぶ。静かに打ち寄せる波に身を任せ、ゆらゆらと漂うテティスの姿が……。

「なんじゃ、はっきりせんのう。とにかく、あのコもお前が顔をみせんとがっかりするじゃろうて。小笠原にいる間だけは、寂しい思いをさせんようにしてあげなさい」

留吉が、珍しく真顔で言った。

「祖父ちゃん、小笠原にいる間だけは……って？」

拓海は、空から留吉に視線を移した。

「わしがただ、酒を喰《く》らって酔っ払っていただけだと思っとったのか？　わしが両親のことを訊《き》いたときにあのコは、すごく哀しい眼をしておった。とくに、母親のことを話すときにな」

しみじみと語る留吉を、拓海は眼をまるくしてみつめた。

まさか、留吉が自分と同じふうに感じていたとは思わなかった。

「あのイルカとお前を引き合わせておいて、本当によかった。テティスがおらんかったら、お前もあのコのように……」

言いかけて、留吉が口を噤《つぐ》む。

「え……？」

「いや、なんでもない。それより、どうするつもりじゃ？　本当に、あのコを見送らんつもりか？」

「やっぱり、行くよ」

拓海は、味噌汁を飲み干し、サンマの塩焼きを口に放り、麦茶で流し込んだ。

流香と会えるのも、これで最後なのかもしれない。そう思うと、居ても立ってもいられなくなった。

「それでいいんじゃ」

留吉が嬉《うれ》しそうに顔中の皺《しわ》を深く刻み、玄関へと向かう。拓海もあとに続く。お揃いの漁サンをつっかけ、外へと出る。

拓海はスクーターに跨《また》がり、エンジンキーを入れた。ダイバーズウォッチをみる。一時を十分回っていた。

大村の二見港までスクーターを飛ばせば、おがさわら丸の出航時間の二時には十分間に合う。

「祖父ちゃん、うしろに……」

振り返った拓海は、声を失った。木枠のガラス扉に摑《つか》まり地面に膝《ひざ》をつく留吉。

「祖父ちゃんっ」

スクーターを飛び降り、留吉に駆け寄った。

「大丈夫か!?」

留吉の肩を抱き、拓海は叫んだ。

「だ、大丈夫じゃ……。ちょっと……眩暈《めまい》がしただけじゃよ」

脇腹のあたりを掌《てのひら》で押さえ、苦悶《くもん》の表情で絞り出すように留吉が言った。額には、びっしりと脂汗が浮いている。

「どこか、苦しいのか!?」

「わしのことはいいから、はよう行かんか……」

「なに言ってるんだよ。祖父ちゃんを置いて、行けるわけないじゃないか？」

「本当に心配は……」

留吉が躰《からだ》をくの字に折り曲げ、苦しげに呻《うめ》いた。

「ほら、言わんこっちゃない。さ、部屋に戻ろう」

拓海は留吉の腋《わき》の下に頭を入れ、抱きかかえるように立たせた。驚くほど軽い留吉の躰が、拓海を不安にさせる。

寝室の布団に留吉を寝かせ、拓海は腰を上げる。

「どこに行くんじゃ……？」

「診療所に電話をかけて、往診を頼むんだよ。場合によったら、内地に飛ばなきゃならないだろ？」

父島に一軒だけある診療所では、入院が必要な重い病気の場合は手に負えず、海上自衛隊の空挺機《くうていき》で内地の病院に運び込まれるのだった。

「なにをこれしきで大袈裟《おおげさ》なことを……。わしの躰はわしが一番よくわかっとる……。それより、見送りに行ってこい……」

「もう、そのことはいいって。祖父ちゃんのほうこそ、本当に医者を呼ばなくても大丈夫か？」

拓海はタオルを手に取ると布団の脇に座り、留吉の額に滲《にじ》む汗を拭《ふ》き取る。

「ああ……。いままでも、何回か同じようなことがあってな。こうやって横になってれば、じきにおさまるから……」

喘《あえ》ぐように、留吉が言った。

「いままでも何回かあったって……。どうして言わなかったのさ？　腹か？　どこが痛いんだ？」

拓海は、留吉の顔を覗《のぞ》き込み矢継ぎ早に訊《たず》ねる。

「ほれほれ……。そばでやいのやいの言われたら、治るもんも治らんじゃろうて。少しだけ、静かに眠らせてくれんか」

留吉が薄目を開け、口もとを綻《ほころ》ばせた。

「あ、ごめん。でも、具合がよくなったら、一緒に病院に行くって約束してくれよ？」

「わかった、わかった」

留吉の皺々の手が、拓海の頬を優しく撫《な》でる。そして、ゆっくりと眼を閉じる。

拓海は留吉の傍らで胡座《あぐら》をかき、胸のあたり……静かに、小さく上下する掛け布団の動きをじっとみつめた。

片時も、眼を離さなかった。ほんの少し掛け布団が上下する間隔が長くなっただけで、身を乗り出し、留吉の寝息に耳を傾けた。

二十分が過ぎた。拓海は、同じ姿勢のまま留吉の寝顔をみつめていた。

「いつまで、そうしているつもりじゃ？」

不意に、眼を閉じたまま留吉が口を開く。

「あ……眠れない？　なんだか、心配だからさ」

「わしが言っとるのは、いまのことじゃない。わしが百まで生きたら、それまでずっとこの家におるつもりか？」

「なんだよ、藪《やぶ》から棒に。決まってるじゃないか、そんなこと」

「誰が、決めたんじゃ？」

相変わらず、眼を閉じたまま留吉が質問を重ねる。

「誰って……。もう、おかしなこと言うなあ。孫が祖父《じい》ちゃんのそばにいるのはあたりまえじゃないか？　それに、僕が面倒をみなきゃ、誰が祖父ちゃんの面倒をみるのさ」

「なんにも、おかしくはない。お前は、たとえ十人兄弟だったとしても、いまと同じようにこうしておるはずじゃ」

留吉が小さく息を吐き出し、眼を開けた。

「春菜さんのことを、気にしておるのか？　自分がそばについてあげとったら、あんなことにはならんかったと……そう思っとるのか？」

拓海をみつめ問いかける留吉の声は、いつになく哀しげだった。

「そんなの考えたことないよ。だって、父さんと母さんの顔も知らないんだよ？」

そう、七十メートルより深い海の色を知らないように……テティスが知っている世界を知らないように……。

「そうじゃったな。わしが馬鹿じゃった。お前がつらくなるだろうと思って、拓人と春菜さんの写真を全部処分してしまってな……。やっぱり、お前にみせておくべきじゃったよ。ふたりが、お前をみつめるときの幸せそうな顔をな。じゃがな、拓人が死んでからの春菜さんは、春菜さんじゃなかった。すっかり無口になって、病人みたいに顔色が悪くなってしもうてな。いや、ようにじゃなく、病人じゃった。躰じゃなく、心のな」

「もう、いいよ、祖父ちゃん。本当になんにも気にして——」

「お前は、まだ三歳じゃった。三歳といえば、なんにもわからん幼子じゃよ。春菜さんはあの日、お前を連れて買い物に行こうとした。わしはお前のお守りを買って出た。当時の春菜さんの状態では、お前を連れて外を歩かせるのは不安じゃったからな。ところが、二時間経っても三時間経っても春菜さんは帰ってこんかった。わしが様子をみに出かけようとしたときに、その報《し》らせは入った。こんなことになるとわかっておったら、彼女を引き止めておくべきじゃった……」

留吉の重なり合う睫《まつげ》が……皺々の喉仏《のどぼとけ》が、小刻みに動く。

「祖父ちゃん……」

留吉の手に、そっと掌を重ねる。

「拓海」

ふたたび開いた留吉の赤く潤んだ眼が、拓海をまっすぐにみる。

「お前がそばにおらんかったから、母さんはああなったわけじゃない。わしが、お前を引き止めたんじゃよ。だから、なにも気にせんで、これからは好きなようにやりなさい」

留吉の手の温かさが、拓海の心を包み込む。

「僕は、好きなようにやってきたよ。祖父ちゃんは、自由にさせてくれてるじゃないか？テティスも紹介してくれたし、海亀のときだってさ」

「そう、お前がそばで見守ってあげたおかげで、あのイルカも母亀も、どれだけ癒《いや》されたかのう。お前はたくさんの愛を持っておる子じゃ。だが、愛しかたと愛されかたを知らん。そばで見守ることだけが、愛だと思っとる。それは悪いことじゃないが、ときには、求めることも必要じゃ。わかるか？」

拓海は、留吉の瞳《ひとみ》をじっとみつめ返し、頷《うなず》いた。

「さあ。もう少し、休んだほうがいい」

留吉の手を布団の中に入れ、立ち上がる。縁側へと向かう。

「拓海」

「なんだい？」

拓海は振り返る。

「タコノキの葉は、まだ残っとったかな？」

「ああ。まだ、座布団三枚ぶんは作れるくらいはあるよ」

「あのコに、約束したからのぅ。ひと眠りしたら、作業に取りかからんとな」

「祖父ちゃん、無理すんなよ。時間は、たっぷりとあるんだから」

留吉が頷き、背中を向けた。

力強い小笠原太鼓の音が、風に乗って聞こえてくる。数え切れないほど耳にしたお馴染《なじ》みのリズムは、終盤に差しかかっている。

まもなく出航の時間。拓海は二見港の方角に視線を泳がせる。船縁《ふなべり》から手を振り、ハイビスカスを海に投げる観光客達の姿が眼に浮かぶ。

眼を瞑《つむ》った。耳を澄ます。太鼓の音が、美しき神秘的な歌声に変わる。あの、夜空に流れる星に夢を乗せて下界へと運ぶような麗しき歌声に……。

瞼《まぶた》の裏に広がるドルフィンビーチの海の青に、流香の投げたハイビスカスの赤が漂っていた。

第二部

1

流香の詩

窓から見下ろす表参道の街路樹の葉が、夜風に身を委《ゆだ》ねる。通りに連なる車のヘッドライトが闇を拒絶する。銀紙を細く切ったような小雨が光の帯にひっきりなしに突き刺さる。

流香は窓辺を離れ、空になった二台の加湿器のポットに水を入れる。一台はベッドサイドのナイトテーブル。もう一台は窓際のデスクの上。

ほどなくすると、それぞれの加湿器の噴霧口が、霧状の飛沫《しぶき》を宙に拡散させ、シュワシュワと音を鳴らし始めた。

外はこんなに雨が降っているというのに、ホテルの室内はひどく乾燥している。乾燥は喉に悪いばかりではなく、風邪のウイルスを呼び寄せる。

ピアニストにとっての命が指なら、声楽家にとっての命は声。

流香の通う音大の声楽科の先輩が、笑い話のような実体験を話してくれたことがある。

その先輩があるとき、ピアノ科とヴァイオリン科の友人と三人で山中湖のペンションに遊びに行ったときのこと。

夜、部屋に戻り明かりをつけたら、閉め忘れた窓から侵入したらしいネズミが床を横切ったという。

ピアノ科とヴァイオリン科の友人は空気を切り裂くような悲鳴を上げたのだけれど、その先輩だけは唇を掌《てのひら》で押さえて必死に我慢したという。

悲鳴は、声帯が無防備な状態のときに突発的に発してしまうので、喉に悪いという。先輩が言うには、車をいきなりトップギアに入れるような無謀なことらしい。

流香は、その話を聞いたときに先輩のプロ意識を感じた。決して、大袈裟《おおげさ》な話ではないと思う。

声楽家の喉は楽器。優れたテクニックの持ち主のピアニストであったとしても、肝心なピアノの調子が悪ければいい音を出せないのと同じ。

その意味では、声楽科の学生はほかの科の学生よりも日常生活の上でも気を遣わなければならない。

九月十五日のコンクールの予選まで、あと十三日。万が一、風邪でも引いたら大変なことになってしまう。

予選を通過すれば一ヵ月後……十月十五日の本選が控えている。そして、もし、本選で優勝したならば……。

君のお母さんは十五年前に、イタリアのミラノ国際音楽コンクールに出場していた。残念ながら入賞は果たせなかったけれど……というより、あるアクシデントがあったらしくてね。その後はふっつりと消息を絶ったまま、行方がわからないらしい。

あの人……間宮の声が鼓膜に蘇《よみがえ》る。

音楽大学に入り間宮と出会ってすぐに、流香は母の消息を調べてもらった。誰かに、母のことを話したのは初めてだった。彼に秘密を打ち明けたのは、心を開いたから、とは違う。

父から聞かされていたのは、娘より声楽家の道を選んだ妻の話だけ。それ以上のことは、どんなに訊《たず》ねても教えてはくれなかった。

間宮と初めて会ったのは、流香が一年生のときに音楽大学で行われた新入生発表会の場で。

発表会は、新入生のお披露目式のようなもの。声楽科の場合は、ひとり八分の持ち時間で、一日に三十五人の学生が選曲した課題曲を五日間に亘《わた》って披露する。

課題曲は、コンサート・アリアを含む「オペラ・アリア」の範囲内で自由に選曲できる。

流香が選んだのは、ヴェルディの「リゴレット」～慕わしい人の名は～だった。

流香の通っている音楽大学では音大生同士の技術の交流という目的で、発表会の際には声楽科の学生が歌うときにはピアノ科の学生が伴奏を務めることになっていた。

声楽科とピアノ科の学生は、発表会に向けて一日数時間に及ぶレッスンをともにする。声楽家にとっては、伴奏者との相性はとても大事。同じ曲を弾いても伴奏者によって奏でる調べが違ってくるので、合う合わないがどうしても出てくる。

そう、声楽家と伴奏者は人間関係の縮図。友人になれる人となれない人。同じ映画の話題をある人としたら、一晩中語り明かすほどに会話が盛り上がり、別の人としたら五分で会話が途切れる。

ちょうど、そんな感じ。ようするに波長が合うか合わないか。だから、どんなタイプの伴奏者と組むのかは、選曲と同じくらいに重要なこと。

流香のパートナーとなったのは、三年生の藤川由美という女子学生だった。最高の相性とはいかないまでも、由美の控え目な伴奏は流香にとって心地《ここち》好《よ》く歌えるものだった。

中には、独奏と勘違いしているような、相手の呼吸もなにも無視した伴奏者も多い。そのようなパートナーに当たったときには、歌う側からするとリズムが狂い、とても歌に集中できる状態ではなくなってしまう。

由美とレッスンを重ねるうちに、いまひとつだった呼吸もピッタリと合うようになった。

アクシデントが起こったのは、発表会を翌日に控えた夜のことだった。声楽科の講師からの電話で、由美が四十度近い熱を出して寝込んでいることを報《し》らされ、流香の頭の中は真っ白に染まった。

講師は代替えの伴奏者として四年生の男子学生を勧め、これからすぐに大学のレッスン室にきてほしいと言った。

いまさら別の伴奏者に、しかも発表会の前日の夜に……無理に決まっている。

でも、講師の勧めを断るわけにもいかずに、流香は大学へと向かった。

講師とレッスン室で待っていたのは、背の高い誠実そうな男子学生だった。三、四歳しか年が違わないとは思えないほどに、男子学生は大人っぽい雰囲気を醸し出していた。

間宮俊哉《としや》です。よろしく。

男子学生はみた目の印象通りに折り目正しく自己紹介を済ませると、一秒さえ無駄にできないとばかりにすぐにピアノの前に座った。

正直、間宮に期待はしていなかった。それは彼の技術云々《うんぬん》の問題ではない。難関を突破して音大に入学し、厳しいレッスンを積んできた四年生なら、技術の面で問題があるはずがない。

けれど、呼吸の面はそうはいかない。由美とも一ヵ月間、毎日のようにレッスンをともにし、ようやく互いの波長が合うようになった。

一日で、波長や呼吸がどうこういうのが無理な話。

心の整理がつかないまま、レッスンは始まった。

流香の予想は大きく裏切られた。間宮の奏でるピアノの音色は流れるように美しく、透き通っていた。波長がどうの、呼吸がどうのと考える必要もなく、気づいたときには流麗な旋律に手を引かれるように伸び伸びと歌っていた。

たとえるならば、声に翼が生えたような……それ以外に表現できないような心地好さ。

こんなにも相性のいい人間がいるなんて、流香には驚きだった。

その夜は、深夜までレッスンが続いた。何十回となく歌っても心地好さは変わらず、六時間に及ぶレッスンにも疲れはなかった。

翌日の発表会は睡眠不足だったけれど、流香は三位入賞を果たした。

間宮はその後も、時間をみつけては流香のプライベートレッスンにつき合ってくれた。

それは一、二時間程度のものであったけれど、声楽と同じにピアノ科の学生も一日に八時間あまりのレッスンは必要であり、たとえ一、二時間といえども非常に貴重な時間であるのを流香は知っていた。

それに、一年生と違い四年生には、卒業に向けての様々な演奏会やコンクールがあり、それこそ寝る間も惜しむほどの超ハードスケジュールに忙殺される毎日なのだ。

君のレッスンといっても、ピアノを弾いているわけだから、僕にとってもレッスンになっているのさ。

間宮の時間を犠牲にしていることを心苦しく思い、明日からはひとりで大丈夫です、と告げる流香にたいして、彼は誠実な微笑みを湛《たた》えながら言った。

声楽の伴奏が……それもピアノ科とは異なる課題曲をどれだけ弾いたところで間宮のレッスンにはならないことはわかっていた。

けれど、間宮とともにする一時間ないし二時間は、普段の数時間ぶんのレッスンに値するということもあり、流香は、申し訳ないと思いながらも彼の厚意に甘えた。

必然的に、間宮とは毎日のように顔を合わせた。レッスン後には、ごく自然な流れで食事やお茶をともにした。

彼の誕生パーティーにはお祝いに駆けつけプレゼントを手渡し、流香の誕生日には間宮が手配したピアノ・バーに声楽科やピアノ科の仲間が集まり、様々な曲や歌で祝福してくれた。

間宮が流香のためにと弾いてくれたリストの「ラ・カンパネッラ」の、本物の鐘の音以上に澄み切った旋律はいまでも耳から離れない。

流香は、間宮を尊敬していた。憧《あこが》れてもいた。でも、それはひとりの男性としてではなく人間として、優秀な音楽家としての感情だった。

彼と様々な時間を過ごし、様々な場所に行ったのも、恋人と、というよりも、恩師と、という意識が強かった。

彼は違った。

今度、君のことを僕の父と母に正式に紹介したい。

つき合いが始まって半年が過ぎた頃、唐突に彼は切り出した。

間宮は、流香をひとりの女性としてみていた。気づいていなかったと言えば、嘘になる。

けれど、気づかぬふりをしていた……間宮の期待に応《こた》えられないとわかっている以上、そうするしかなかった。

もう少し、考えさせてください。

曖昧《あいまい》な返事しか返せない自分自身に、流香は失望した。でも、自分のためにこれだけ親身になってくれた彼を傷つけるようなことはできなかった。

彼はいやな顔ひとつみせずに、そうだね、急ぐことないね、と言ってくれた。

それがいっそう、罪悪感に爪を立てた。彼が誠実であればあるほど、優しくあればあるほど、流香は心苦しくなった。

間宮を愛そうと努力した。けれど、愛の存在を信じられない流香が、誰かを愛せるわけがなかった。それに、努力するということ自体、間宮にたいしてひどく失礼な気がした。

はっきりと告げたほうがいい。そう思いながら、ずるずると時間《とき》は流れた。

僕は、君を愛している。

年が替わり、卒業を間近にした間宮は流香に想いを告白した。

流香が、一番恐れていた言葉……。

あなたを愛しているわ。必ず迎えに行くから。

間宮の声に、母の声が重なった。

瞬間、流香の心はどうしようもなく冷えていった。もちろん間宮を軽蔑《けいべつ》したのではなく、蘇《よみがえ》りそうになる悲痛な記憶にたいして、肉体と心がそう反応するようになってしまうのだった。

君にとって、いったい僕はどういう存在なんだろう？　君は、僕のことをどう思っているの？

彼は、とても哀しい眼をしていた。ごめんなさい。流香は俯《うつむ》き、そう言うのが精一杯だった。

君の気持ちはわかった。きっと、僕になにかが足りなかったんだろう。僕は来月からイタリアに留学する。予定では二年だけれど、いったん、来年の十月には帰国するつもりだ。十月には、新日本音楽コンクールの本選があるからね。君の夢なんだろう？　本選で優勝してミラノ国際音楽コンクールの舞台に立つことが。そして、お母さんを捜すことが。十月の本選が終わったら……僕は君にプロポーズをする。もちろん、君がいまと気持ちが変わらないのなら、それでもいい。そのときは、きっぱりと諦《あきら》めるさ。これは、僕自身の問題だからね。

彼は最後まで紳士的で、大人だった。

流香はデスクチェアに腰を下ろし、頬杖《ほおづえ》をついた。デスクの上のカレンダー。あと一ヵ月後に、間宮が帰国する。

零《こぼ》れ出るため息。一年前と、なにも変わっていない。彼が期待している言葉を、返せそうになかった。

いいえ、ひとつだけ、変わったことがある。

流香は、ゴミ箱に山となった丸めた紙屑《かみくず》にちらりと視線をやった。

丸めた紙屑は、書きかけては捨てた手紙。ゴミ箱から、窓越しの夜空に視線を移す。

黒ペンキで塗り潰《つぶ》されたような、星ひとつない闇空。

二ヵ月前にドルフィンビーチで見上げた、宝石をちりばめたような星空とは大違い……。

しんと澄み渡った空気。吸い込まれるような空。眩《まぶ》しいほどのピュアホワイトの砂浜。心地好《ここちよ》い風に揺らぐ木の葉の緑。みたこともないような海の青。

そして、二ヵ月間忘れたことのない……。

流香は、頭を振り、少しも色褪《いろあ》せずに蘇る拓海の笑顔を追い出した。一番最後の書きかけの手紙を破り、くしゃくしゃに丸め、ゴミ箱に放《ほう》った。

あの三日間は、夢をみていたようなもの。第一、拓海は存在自体が現実的じゃない。流香と彼では、生活スタイルも歩んできた道程も、東京の空と小笠原の空くらいの違いがある。

流香は東京に戻ってからは、一日の大半を大学とスタジオで過ごすレッスン漬けの毎日。拓海はきっと、テティスと海で戯れる毎日を送っていることだろう。

流香にとっての小笠原での三日間は特別でも、拓海にとっては三百六十五日のうちのありふれた三日間に過ぎないはず。

流香はペンダント……マリンスターの入ったイルカのペンダントを外し、抽出《ひきだし》の一番奥にしまった。

「幸せを運ぶ神様の落とし物……そんなの、嘘に決まってる」

バタン、と勢いよく抽出を閉める。流香はMDコンポのリモコンを手に取り、スイッチを入れる。気分転換。ほどなくして流れてくる曲……レーナ・マリアの歌うシューベルトのＡｖｅ Ｍａｒｉａ。

流香は、シューベルトの、というより、彼女が歌うこの曲が大好きだった。

艶《つや》があり透き通った彼女の歌声は、「清らかな乙女の祈り」を表現するこの曲の魅力を最大限に引き出している。

両腕がなく、左足が右足の半分の長さしかないという障害を持って生まれてきた彼女は、そのハンデを物ともせずに、三歳の頃から水泳教室に通い、十代後半には障害者の国際水泳大会で数々のメダルを獲得した。

音楽では、五歳で聖歌隊のメンバーとなり、ハイスクールの音楽専攻科を経てストックホルム大学に入学し、卒業後、ゴスペル・シンガーとして頭角を現した。

肉体的ハンデを抱えながら、ほぼ毎年のようにチャリティーコンサートで全世界を駆け巡り人々に夢と勇気を与え続けている彼女は、楽人としてだけではなく、人間的にもとても尊敬できる女性だった。

ただ単に声量のある人や技術的に優れている声楽家はほかにも大勢いるのかもしれないけれど、彼女の歌にはハートがある。

彼女のように、聴く者の心を摑《つか》むような魅力溢《あふ》れる声楽家に流香はなりたかった。

レーナ・マリアの歌声に、ノックの音が重なる。流香は立ち上がり、ドア・スコープを覗《のぞ》く。ドアを開け、父を招き入れる。

父の部屋は流香の部屋よりひとつ上の階……十一階にある。三つの部屋があるスイートルームで、高校を卒業するまでは流香もそこに住んでいた。

「十時頃に電話を入れたんだが……」

言いながら、父がソファに腰をかける。いまは十一時を少し回っている。父が電話をかけたという時間は、まだ、渋谷《しぶや》のスタジオでレッスンの最中だった。

「今日も、歌のレッスンか？」

父が訊《たず》ねる。眉間《みけん》に縦皺《たてじわ》を刻みながら。

「そう。もうすぐ、コンクールの予選だから」

流香は平静を装い、さりげなく言った。部屋に備えつけのコーヒーカップにサイフォンからコーヒーを移す。父はブラック。流香はミルクを少しと砂糖をひと匙《さじ》だけ。味も香りも、青年の家で飲んだボニンコーヒーには遠く及ばない。

「予選を通過して本選に出場したところで、どうにもならないと言っただろう？」

苦虫を嚙《か》み潰したような顔で言う父の前に、無言でコーヒーカップを置く。父の正面のソファに腰を下ろす。

「流香。お前の気持ちはわかるが……」

「お父さん。今度の本選でだめだったら諦めるから、それまではやらせて。お願い……」

流香は父の言葉を遮り、縋《すが》る眼を向ける。

「私は、お前をミラノにやるつもりはない。だから、本選もなにも関係ないと言ってるんだよ」

「私がお母さんみたいにそのままいなくなってしまうから？　私は、大丈夫だから。お母さんが立ったのと同じ舞台を、体験してみたいだけ」

重苦しく刺々《とげとげ》しい空気とアンバランスな優しい歌声。曲は、Ｔｈｅ Ｒｏｓｅに変わっていた。

「そういう問題じゃない。彼女と同じ舞台に立って、なにがわかるというんだ？　わかったところで、なにになるというんだ？　どうせ気紛《きまぐ》れだろうと思い、軽はずみに音楽大学へ行かせた私に問題があるのはわかっている。いまさら、歌をやめろというのが勝手だということもわかっている。だがな、流香。すべてをわかった上で、頼んでいるのだ。大学をやめても、就職口なら父さんがなんとかしてやる。だから、わかってくれ……。頼む、この通りだ」

父が、昔より白髪の目立つようになった頭を下げる。

「お父さん、やめてよ、そんなこと……」

「じゃあ、言うとおりにしてくれるのか？」

父が顔を上げ、祈るような瞳《ひとみ》でみつめてくる。

「ごめんなさい……。こればかりは、お父さんの頼みでも聞けないの……」

瞬間、父のずいぶんと皺の深くなった顔が強張《こわば》った。

「わかった。勝手にするがいい。ただし、来年度からの学費を出すつもりはないし、もちろん、ミラノに行くことになっても、一切の援助をするつもりはない」

「そんな……」

頭の中に、闇が広がる。星ひとつ浮かばない東京の空と同じ、真っ暗な闇が……。

新日本音楽コンクールの本選で優勝し、ミラノ国際音楽コンクールの出場権を勝ち取った者には、三十万円の副賞とミラノまでの往復の航空券が手渡される。

でも、それ以外の滞在費やレッスン費用はすべて自費になる。

ミラノ国際音楽コンクールへの出場が決まった場合には、最低でも二ヵ月前には現地に入らなければならない。

五年に一度の世界最高峰の声楽の祭典には、各国から選ばれた者達が集い、与えられた持ち時間である二十分間に最高の状態で歌を披露できるようレッスンに励む。

レッスンならば日本でやるのも同じかといえば、それは大きな間違いだ。

同じ課題曲を歌うにしても、日本の審査員と現地の審査員では好みが異なる。簡単に言えば、日本で百点満点を取れるような歌いかたをしても、現地の審査員は六十点しかつけてくれない、ということがあたりまえの世界なのだ。

郷に入れば郷に従うの諺《ことわざ》通りに、現地の審査員から高評価を得る歌唱法を身につけるには、現地の審査員の特性を知り尽くしたトレーナーのもとでレッスンを積まなければならない。

それともうひとつ。現地の水に慣れること。一週間程度の観光旅行でも、環境や食事の変化で体調を崩すことが多い。世界の音楽関係者が注目するような大舞台を控えているとなれば、そのプレッシャーとストレスは旅行者の比ではない。

だから、現地入りする際には、気心の知れた人に身の回りの世話係として同行してもらい、コンクール一本に集中できる環境を整えてもらう。

間宮が、あるとき、おもしろいたとえをしてくれたことがあった。


国際的な音楽コンクールに出場する人の心境は、ちょうど競走馬によく似ていると僕は思う。アメリカやフランスで無敵の競走馬がね、日本が主催する国際レースに出たときに、明らかに数ランク格下の日本馬に簡単に負けてしまうんだ。なぜこんなことが起こるのかというと、直前輸送といって、レースの数日前とかに日本に入国することに問題があるんだよ。馬だって生き物だろう？　十何時間もの長旅に加えて、時差惚《じさぼ》けもあるし、水も食事も合わないし、環境が違うから精神的に落ち着かないし、馬場の硬さも違うし……。なにからなにまでが戸惑うことばかりで、そのストレスは物凄《ものすご》いものだと思う。これで、実力通りの結果を出せというのが無理な話なんだよ。だから、レースの一、二ヵ月前から日本に入国し、疲れや時差惚けを取り、食事や環境に慣れ、初めて踏み締める馬場を本番前に調教で体験した馬というのは、実力通りの結果を出せているんだ。僕達の世界も、同じようなものだと思わないかい？

まったく、同感だった。でも、現地にはやく入ればそれだけ有利にはなるけれど、そのぶんお金もかかるということ。

現地の一流のトレーナーは一回のレッスンで五万円はかかる。週に一回のレッスンとして、二ヵ月で四十万円。

次に、スタジオ使用料が二ヵ月借り切って約八十万円。これだけで、百二十万円になる。

あとは、アパートメントの保証金や家賃、自分と世話係の人のふたりぶんの食費や活動費……それらをすべて合わせると二百万円を軽く超えてしまう。

ミラノ国際音楽コンクールの出場権を手にするには、十月十五日の新日本音楽コンクールで優勝しなければならない。

そのためには、いままで以上に、レッスン漬けの毎日を送る必要がある。

アルバイトをしようにも、とてもそんな時間を取れないのが現実。

「悪く思わないでくれ。すべては、お前のためなんだ」

父が、流香から眼を逸《そ》らし、コーヒーカップを口もとに運んだ。

「嘘……。私のためだなんて、嘘よ。お父さんは……お母さんのことを思い出すのがつらいだけなのよっ。自分を捨てたお母さんのことを赦《ゆる》せない……」

乾いた音が、室内の空気を震わせる。流香は頬を押さえ、びっくりしたような眼で父をみた。

父に手を上げられたのは、初めてのこと。頬よりも、心が痛かった。

「私……諦《あきら》めません。必ず、ミラノへ行きます」

うわずる声で言うと、流香は立ち上がりデスクチェアへと座った。

「ぶったりして、悪かった」

父が席を立ち上がる気配を背中で感じながら、流香ははやくも後悔しはじめていた。

ドアが開き、閉まる音。父にあんなひどいことを言ってしまった胸苦しさと、一切の援助が断ち切られることへの絶望。

流香は、あたり一面なにもみえない暗闇の海に放《ほう》り出されたように心細くなり、不安になる。ついさっきまで勇気づけられていたレーナ・マリアの歌声も、心なしか物哀しく聞こえる。

不意に、暗闇に蛍の湖が広がった。緑の蛍光色に照らし出される拓海が、胸もとのイルカのペンダントを指先で摘《つま》み上げ、にっこりと微笑んだ。

流香は、躊躇《ためら》いながらも、万年筆を手に取った。すっかり薄くなった便箋《びんせん》に、ペン先をゆっくりと走らせた。

2 拓海の詩

「祖父《じい》ちゃん。海は久し振りだろう。ドルフィンビーチは何年振りだった？　何度も、何度も放り投げられたよね？　でも、不思議と怖くなかった。海の中にいると、誰かの大きな腕の中に抱かれているようで、なんだか、とても安心できたんだ。祖父ちゃんのおかげだよ。泳ぎがうまくなったおかげで、テティスとも出会えたし……。本当に、祖父ちゃんには感謝してるよ」

ずいぶんと冷たくなった風が、拓海の髪をさらう。さざ波に揺らぐオーシャンカヤックの上に立ち上がる。生憎《あいにく》の曇り空で、海の青もひんやりとくすんでいる。

「僕とテティスがデートする場所に……っていうのが、約束だったよね？　海は冷たいかもしれないけれど、我慢しろよ」

拓海は、瓶の蓋《ふた》を開けた。そして、右手を高々と掲げ、そっと瓶を逆さにする。留吉が風に流され、拡散し、青の中に溶け込んでゆく。

「もう、うるさいこと言わないから、思う存分飲んでいいよ」

遺灰に続いて、両手で持った一升瓶……日本酒を豪快に海に撒《ま》く。

拓海は、空になった一升瓶を片手にぶら提げ、青を見渡した。ただ、じっと立ち尽くし、ひたすら青を見渡した。

今日の風は、なんて冷たいのだろう。真冬の海の上でも、こんなに風を冷たく感じたことはない。

これで、父も、母も、留吉も、海へと帰った。

拓海は、青から右手首の二本のブレスレットに視線を移す。一本は拓海の腕にちょうどいい大きさ。もう一本は、手首に食い込んでいる。

ほれ、できあがったぞ。

二ヵ月前。流香を見送ろうと二見港へ向かおうとした矢先……留吉が倒れてから二日後の夜に、ブレスレットはできあがった。

具合がよくなったからと、拓海にタコの葉細工の材料を寝室に持ち込ませた留吉は、一心不乱にブレスレット作りを始めた。

少しは休んだほうがいい。そう心配する拓海に、芸術家が乗ったときに邪魔するんじゃないわい、と軽口を叩《たた》き、ほとんど寝ずに作業に没頭した。

病み上がりではあったけれど、拓海のブレスレットを作ったときも同じように徹夜状態で仕上げたこともあったので、留吉の好きにさせていた。

じっさい、ブレスレットを作っているときの留吉は活力に満ち、本来の元気を取り戻したかのようにみえた。

異変が起こったのは、流香のブレスレットが完成して、すぐのことだった。留吉は、疲れたから少し寝る、と言い残し寝室へと消えた。

翌日、朝ごはんの用意をして留吉を起こしに寝室に入った瞬間、拓海の頭の中は真っ白に染まった。

胸の上で両手を組んだ留吉は、とても安らかに眠っていた。拓海は、ひと目で、最愛の祖父が二度と目覚めることのない眠りに就いたことを悟った。

拓海の一報に駆けつけた医師は、留吉の死因が肝硬変であったことを告げた。

深酒が、一見頑丈にみえる祖父の肉体を内部から蝕《むしば》んでいたのだった。

告別式はお祭り広場で行われ、父島中の島民が集まりしめやかに祖父を見送った。留吉は誰からも愛され、慕われていた。集まった島民の祖父の遺影をみつめる優しい眼差《まなざ》しが、留吉の人柄を表していた。

告別式の後、留吉の遺品を整理しているときに、仏壇の抽出《ひきだし》から一通の遺書のようなものがみつかった。

お前には内緒にしとったが、内臓を患っとることはだいぶ前から知っておった。隠すつもりはなかったんじゃが、本当のことを言えば、お前はわしを内地の病院に入院させることじゃろう。情けない話じゃが、七瀬家は愛はあっても金がないときておる。老い先短いわしのために、お前に金の苦労をかけたくはなかった。

わしは、十分過ぎるほど幸せな人生を送らせてもらった。思い残すことは、なにもない。

お前の最大の祖父さん孝行は、七瀬家に生まれてきたことじゃよ。

正直な話、拓人と春菜さんを続けて亡くしたとき、わしは立ち直れんほどに落ち込んだ。

だが、いつもお前は優しい笑顔でわしのそばにいてくれた。お前のおかげで、わしはどれだけ癒《いや》されたかわからんよ。

迷惑のかけ通しじゃったが、迷惑ついでに最後に頼みがある。このブレスレットを、東京の歌姫さんに渡してきておくれ。

いやだとは言わせんぞ。わしが身を削って作ったブレスレットだからのう。

そして、東京に発《た》つ前に、わしの遺灰をお前とあのイルカがいつも戯れとるドルフィンビーチの海に撒いてくれ。

あ、そうそう、日本酒も忘れずにな。

これからは、自分の思った道を歩みなさい。

拓海。二十三年間、ありがとうな。

　まるでいまそこにいて語りかけているような、留吉らしい手紙の文章だった。

留吉は、死を覚悟していた。命が尽きる前に、ブレスレットを作ってくれた。

自分と流香の、橋渡し役になるために……。

拓海は、立ち尽くしたまま天を見上げる。小笠原の空に不似合いな曇り空。太陽が隠れた灰色の空は、いまにも泣き出してしまいそうにみえる。

どのくらいの時間、そうしていたのだろう。

クク　ククククッ　クク　ククククッ

顔を、空から海に移した。オーシャンカヤックから四、五メートル離れた海面で上半身を出すテティス。

いまは、まだ朝の九時。テティスとデートする四時までには、かなりの時間がある。

いつもなら、すぐに近づいてくるのに、テティスは拓海の様子を窺《うかが》うように、じっと立ち姿勢でみつめている。心なしか、彼女の愛らしい顔が哀しげにみえる。

「きてくれたんだね。こっちにおいで」

拓海は腹這《はらば》いになり、船縁《ふなべり》に両腕を載せた。テティスが青を滑り、拓海の目の前にくるとふたたび立ち姿勢で顔を出す。

「もう、大丈夫だよ」

拓海は右手を伸ばし、テティスの左の胸びれをそっと握った。

た。
　留吉が死んでからの二ヵ月間、拓海はいつもと変わらずテティスと青の世界で戯れ合っ
た。
けれど、拓海の心を感じ取ったのだろうテティスからは、それまでのやんちゃぶりはす
っかり影を潜めていた。ただ、静かに、拓海のそばにつき添ってくれた。
まるで、慰めてくれているかのように……。
それでよかった。テティスがそばにいてくれるだけで、拓海は癒され、その瞬間だけで
も哀しみを忘れることができた。
　家に帰ればふたたび哀しみが舞い戻ってくるのだけれど、テティスの慰めのおかげで、
少しずつ、留吉の死を受け入れることができるようになった。
いまでも完璧《かんぺき》に立ち直れたわけではないのだけれど、それでも、テティスがそばにいて
くれなかったら、孤独の闇から抜け出せなかったと思う。
「とうとうひとりになっちゃったけれど、僕にはお前がいるから平気だよ」

　キュキュッ　キュキュキュキュッ　キュイッ　キュイッ

テティスが嬉《うれ》しそうに、まるっこい頭を上下に振る。彼女のこんなに嬉しそうな顔をみ
たのは、久し振りのこと。拓海の口もとも、自然に綻《ほころ》ぶ。
「今日は、お前に報告があるんだ。流香さんって知ってるだろう？　ドルフィンビーチの

浜辺で、とても美しい声で歌っていた女性《ひと》だよ」

テティスが大きく開いたくちばしを上に向け、クィッ、クィッ、クィッと甲高い声で鳴く。

もちろん　知ってるわよ

テティスの声が聞こえる。

「明日から十日くらい、東京に行くんだ。彼女が、僕に助けを求めている。もしかしたらそうじゃないのかもしれないけれど、それならそれでもいい。僕が、流香さんのそばにいてあげたいんだ。テティスなら、わかってくれるよね？」

テティスが、円《つぶ》らな瞳《ひとみ》で拓海をみつめる。とても、優しい瞳。ふたたび、お辞儀をするように何度も頭を上下に振るテティス。

「ありがとう」

テティスが小さくジャンプし、拓海の頬にキスをする。拓海は立ち上がり海に飛び込むと、テティスのつるつるした頭を抱き寄せた。お返しに、おでこにキスをする。そして、束の間、抱き合った。

テティスの鼓動を感じる。テティスの温《ぬく》もりを感じる。テティスの想いを感じる……ふたりの躰《からだ》が溶け合い、一体になる、一体になる、一体になる……。

言葉にできない安堵《あんど》感に……幸福感に躰中の細胞が満たされてゆく……。

「じゃあ、僕は行くから。会社に休暇願いを出したり荷造りしたり大変だから、今日はもう、会いにはこられないけど……大丈夫かい？」

キュキュキュキュッ　キュキュッ　キュキュッ

私は大丈夫　気をつけて　行っておいで

くちばしをパクパクとさせ、陽気な声を上げるテティス。

「十七日には、戻ってくるからね」

拓海は言うと、最後にテティスの頭を撫《な》で、テティス号に上がる。オールを手に取り、青を力強く漕《こ》ぐ。

振り返る。五メートル、十メートル、十五メートル……いつまでも、いつまでもテティスは同じ場所で動かず、拓海をみつめている。

心の奥で、微《かす》かになにかが囁《ささや》きかける。けれど、その囁きはあまりにも優しく小さ過ぎて、拓海の耳には届かない。

拓海は、オールから離した右手を大きく振った。

それに応《こた》えるように、流線型の影が宙に舞った。厚く垂れ籠めていた雲の隙間から射し込む光が、流線型の影を黄金色に染めた。

3
流香の詩

薄闇色に染まる表参道の街路を、重い足取りで歩く。

オープンカフェでお茶を飲むカップル。道行く女の人に声をかけるなにかのスカウトマン。シャッターの下りた銀行の前で人待ち顔で佇《たたず》む高校生ふうの男のコ。金色の毛を靡《なび》かせる大型犬と遊歩道を小走りに駆ける、タンクトップにショートパンツ姿の外国人の女性。路上にシートを広げ、アクセサリーを売るレゲエ風の男の人。

見慣れた光景のなにもかもが、グレイのフィルターをかけたようにくすんでみえる。

まるで、古い無声映画を観ているように。

今日は日曜日。大学は休みで、朝の八時から渋谷のスタジオに小学校時代からの声楽の恩師である田島美津子教授と缶詰の状態になり、レッスンを終えたのが一時間前の午後六時。十時間のレッスンのうちに、三十分の昼食タイムを挟んだだけの過密スケジュール。

どれだけ過酷なスケジュールであっても、目標があってのものならば苦にはならない。

だけど、いまの流香には、何十時間……いいえ、何百時間をレッスンに費やしても無意味なこと。

五日前。父から宣告された援助の打ち切り……。

新日本音楽コンクールの本選までは、問題はない。今学期一杯の学費も、今年一杯のレッスン料も払い込んであった。

でも、ミラノへは行けない。たとえコンクールの本選で優勝しても、なんの意味もない。

もし父の立場なら……流香も娘に同じことを言ったのかもしれない。けれど、娘が諦《あきら》めきれない気持ちもわかると思う。

だから、よけいに、どうしていいのかわからなくなる。

あの日は混乱して、どうにかしていた。彼にあんな手紙を書いてしまったのも……。

唇を割って出るため息。もう、とっくに拓海のもとに手紙は到着しているだろう。

まったく、なにを考えているのかしら。

小笠原を案内してもらったお礼に、コンクールの予選に招待したいだなんて。みえみえの口実。第一、コンクールの予選に招待することがお礼になるなんて、意味が通っていない。

それに、拓海はこないはず。彼には、小笠原の海が似合っている。テティスもいるし、留吉もいる。空に星も海に青もない東京に、くる理由がない。

構わない。別に、本気できてほしいと思ったわけじゃない。チャイコフスキーとシューベルトの違いもわからない彼にきてもらっても……。

留吉と拓海の漫才のような会話が蘇《よみがえ》る。自然と、口もとに微笑みが浮かぶ。

流香は、街路樹を見下ろすように聳《そび》えるクライシスホテルの正面玄関を素通りし、裏手へと回った。従業員通用口のドアを開けた。

華やかなロビーとは対照的な無機質なコンクリートに囲まれた通路を抜け、自宅直通のエレベータのボタンを押した。

このエレベータは柏木家専用で、流香の住む十階と父の住む十一階以外のフロアには止まらず、宿泊客や従業員が使用することはできない。

「あ、お嬢様」

扉が開き、エレベータに乗り込もうとしたときに、背後から声をかけられた。

振り返る。支配人の久納が、品のいい笑顔で頭を下げる。久納は、クライシスホテルがオープンした十年前から父のもとに仕えている最古参の従業員だった。

流香は、いつも穏やかな微笑みを湛《たた》えているこの老紳士が好きだった。

「ロビーに、白石様がおみえになっております」

「え？　亜美が？」

「はい。二、三十分ほど前におみえになられて、ロビーで待たせてほしいと」

「ありがとう」

流香は久納に礼を言い、ロビーに向かった。

団体旅行客に交じって、亜美がクロークの隣のソファに座って文庫本を開いている。

「亜美」

流香が声をかけると、文庫本から顔を上げた亜美が弾《はじ》ける笑顔で手を振る。

「どうしたの？」

流香も手を振り返しながらソファに歩み寄る。

亜美とは、毎日のように大学で顔を合わせている。彼女がホテルを訪れたのは、去年の流香の誕生日以来のこと。

「ちょっと、用事があってね」

「携帯に、電話をくれたらよかったのに」

言いながら、亜美の隣に腰を下ろす。足もとに、男物のリュックが置いてある。誰かの、忘れ物だろうか？

「ううん。いいのよ。久納さんに訊《き》いたら、七時頃には帰ってくるって言ってたから、待たせてもらうことにしたの」

「そう。で、なにか急用でも？」

「急用っていえば、物凄《ものすご》い急用だわね」

亜美が意味ありげに笑い、ソファから腰を上げる。

「行こう」

「え？　どこへ？」

「いいから、いいから」

亜美が左手で流香の手を、右手でリュックを拾い上げる。

「ちょっと、その荷物……」

亜美は流香の声に耳を貸さず、足早にロビーを奥へと進む。ロビーの片隅……水槽の置かれている喫煙エリアに向かう。

クライシスホテルは表参道という場所柄、外国人の宿泊客が多いので、アメリカのホテル並みに喫煙エリア以外は禁煙となっていた。

「あなた、煙草を吸うようになったの？」

「ほら、あれをみて」

流香の問いかけに答えず、亜美が正面を指差した。亜美の指先を追った。熱帯魚が泳ぐ水槽……。

「水槽が、どうかした……」

言葉を呑《の》み込んだ。膝《ひざ》に手をつき、色とりどりの熱帯魚が泳ぐ水槽を覗《のぞ》き込む男性の背中……。

「まさか……」

流香は、放心したように呟《つぶや》いた。

「なにが、まさかよぉ。もう、水臭いんだからぁ。拓海君を東京に呼んだんなら呼んだって言ってくれなきゃ」

眼を三日月型に細めた亜美が流香の腕を肘《ひじ》で小突く。

「違うの……そんなんじゃないって。ほら、もうすぐコンクールの予選があるでしょう？

小笠原でお世話になったから、それで、招待しただけなんだから」

流香は、自分にたいしてするのと同じ言い訳をしどろもどろになって口にした。

どうして、彼が亜美と？　それより、亜美の連絡先をなぜ？　亜美も、手紙を出したのだろうか？

混乱する頭の中に、疑問符がウサギのように跳ね回る。

「いいって、いいって。照れなくても。それにしても、流香って、結構、積極的なんだね？」

悪戯《いたずら》っぽく、含み笑いをする亜美。

「もう、本当に、そんなんじゃないんだって……」

「拓海くーん」

流香の言葉を遮り、亜美が大声で彼を呼ぶ。

「ちょ……ちょっと、亜美……」

心構えができていないのに……もう、お節介屋の亜美。

拓海が、ゆっくりと振り返る。

「やあ」

懐かしい笑顔……無邪気な笑顔で片手を挙げる拓海。その笑顔をみたとたん、混乱していた気持ちがすぅっと落ち着いた。

「きたんだ」

流香は、きてくれたのね、という言葉の代わりに素っ気なく言う。素直になれない自分に腹が立つ。

「亜美さんに、迎えにきてもらったんだ。眼が回っちゃいそうだったよ」

「いやぁ……噂には聞いていたけれど、内地は凄いね。ビルと車の多さに、眼が回っちゃいそうだったよ」


気を悪くしたふうもなく、拓海が朗らかに笑う。

「流香、山崎さんに携帯電話の番号を教えてなかったでしょう? だから、拓海君、私にかけてきたのよ」

言い訳めいた亜美の説明に、素直になろうとした心が頑《かたく》なになる。

「そう」

ちっとも気になんかしていない、という興味のなさそうなリアクション。

「もう、流香ったら。せっかく拓海君がきてくれたのに、もっとなにか、ほかに言葉があるでしょう?」

咎《とが》めるように言い、亜美が軽く睨《にら》む。

「たしかに招待の手紙は出したけれど、それは、一度会っただけの友人の知人にだって出してるもの」

亜美が、呆《あき》れたように大きく眼を見開く。

そんな気はないのに、ひどい言葉が口をつく。亜美以上に、自分自身が一番呆れていた。

東京での生活が始まれば、元の自分に戻れると思っていた。違った。気を抜けば、心を占めるのは彼の面影ばかり。

これが、恋？　これが、人を好きになるということ？

考えただけで眩暈《めまい》がするような自問の声に、流香は苛《さいな》まれた。

十五年間否定し、恐れ、軽蔑《けいべつ》してきたそんな感情が、自分の胸にあるはずがない。しかも、拓海とは会ったばかり……過ごしたのはたったの三日。

もし、そんな感情が存在するのなら、間宮を愛したはず。一年の時間をともにした彼が、そんな感情が存在しないことを証明してくれた。

愛など存在しない。少なくとも、自分と母の胸には……。

でも、拓海と会ってからは……小笠原での一時《ひととき》は、自分でも説明できない行動ばかり。

自分を見失いそうな不安……いま、ここにいる自分が本当の自分なのか、駅に続く一本道で母を待っていた自分と同じ自分なのかもわからなくなる。

拓海につらくあたる理由……。本当は、わかっていた。彼が温かな眼差《まなざ》しで流香をみつめるほどに、優しく見守ってくれるほどに、怖かった。

手を伸ばした瞬間に、彼が蜃気楼《しんきろう》のように消えてしまわないかが……。

水槽の中で、プクプクと空気の弾ける音が鳴る。

「流香。拓海君に悪いでしょう？」

「いいんだよ。僕が、きたくてそうしたんだから」

拓海はやんわりと言うと、亜美から流香に顔を向ける。大雨が降っても、台風がきても、雷が鳴っても、そこにある海のようにおおらかに、流香をみつめている。

そんなに、優しい眼をしないで……。また、あなたを傷つけるようなことを言ってしまいそうだから。

「まったく、拓海君がそんなんだから、流香が甘えちゃうのよ。じゃ、私、これからレッスンがあるから帰るね。はい、これ」

亜美が小さなため息を吐きながら、リュックを拓海に渡す。

「今日は、いろいろとありがとう」

「いいえ。これくらい、おやすいご用よ。また、なにか困ったことがあったら連絡して」

礼を言う拓海に、胸を、ポン、と叩《たた》いてみせる亜美。

「ごめんね、忙しいのに」

「それは、拓海君に言いなさい」

亜美が、拓海のときとは一変した小学校の先生のような厳しい表情で窘《たしな》めると踵《きびす》を返した。

ふたりで、正面玄関まで亜美を見送る。

「とにかく、ありがとう」

ロビーに戻る途中に、唐突に流香は言った。とにかく、が余計だけれど、一歩前進。拓海が相手じゃなければ、もっと素直になれるはず。

「でも、ホテルに電話したほうがよかったね。なんだか、びっくりさせちゃったみたいだから」

「仕事は、どうしたの？」

流香は、答えずに話題を変えた。コンクールの予選は八日後。どうするつもりなのか、気になった。

「しばらく、休みをもらってきたんだ」

「大丈夫なの？」

ロビーのソファに座っている着飾った老婦人が、眉根《まゆね》を寄せて拓海をみる。流香は、すぐに老婦人の表情の意味がわかった。

洗い晒《ざら》しのTシャツに、色褪《いろあ》せたブルージーンズ。九月だから、というのが老婦人のしかめっ面の理由ではない。

クライシスホテルの宿泊客は老婦人にかぎらず、みな、フォーマルな装い。拓海の格好は、明らかに浮いている。

でも、とても似合っている、と流香は思う。彼に、スーツは必要ない。もちろん、いい意味で。

「七月と八月のピークを過ぎて、これからは年末のシーズンまでは暇になるから平気さ」

拓海が、あっけらかんとした口調で言う。

老婦人が、夫らしい隣の老紳士に耳打ちをする。老紳士が、老婦人のしかめっ面が伝染したように眉をひそめる。

流香は、ふたりを睨みつける。拓海は、老夫婦の視線などお構いなしに、大理石張りの床や、壁にかけられたシャガールの絵に物珍しげな視線を巡らせている。

遠足にきた幼稚園児みたいな彼をみていると、老夫婦にたいする不快感が嘘のように消えた。

「お祖父《じい》様は元気？」

「あ、そうそう、忘れてた」

拓海が急に大声を上げて立ち止まり、ジーンズのポケットから取り出した淡いピンク色のブレスレットを流香に差し出す。

「はい、これ。祖父ちゃんから」

「もしかして、あのとき言っていた？」

「そう。タコノキの葉で作ったブレスレットだよ」

「ありがとう。とっても、かわいいわ」

流香は早速、左の手首にブレスレットを嵌《は》めながら言った。細かく織り込まれたタコノキの葉に、桃色の染料を染み込ませたブレスレットは、お世辞ではなく、本当に素敵だった。

「お祖父様に、お礼の電話を差し上げなきゃ」

「そんな、気を遣わなくてもいいよ。それに、祖父ちゃんはいま旅行中なんだ」

「そう、残念だわ。じゃあ、お礼を言っておいてくださる？」

「で、手紙にも書いたけれど、小笠原に帰るまではウチのホテルに泊まってってね。父には、私のほうから頼んでおくわ。あ、もちろん宿泊料はいらないから」

淡々とした口調。故意に。事務的に。ほんの少しでも、情の入る隙がないように。

「でも、悪いよ。こんな立派なホテルに、ただで泊まらせてもらうだなんて。泊まるくらいのお金は持ってるから。それに、野宿にも慣れてるから」

屈託なく白い歯をみせる拓海。

「ここは、小笠原とは違うのよ？ 気にしないで。あなただけじゃなくて、招待した人には泊まってもらってるんだから」

拓海に遠慮をさせないための嘘。コンクールの出場自体を反対している父が、招待客を無料で泊めるはずがない。

正直、まだ、父には拓海のことを話してはいない。もしだめだと言われたら、そのときは、自分でお金を出すつもり。

「流香、お友達かい？」

噂をすれば……。

久納を引き連れどこかに出かけようとした父が歩を止め、拓海をしげしげとみつめた。

「こちら、小笠原に旅行したときにお世話になったガイドさんで、七瀬さん」

流香は、父の顔色を窺《うかが》いながら拓海を紹介した。

「こちらは、ウチの父です」

今度は、拓海に父を紹介した。

父は、彼の格好をみてどう思うだろうか？　ホテルマンには、無意識のうちに外見で人を判断するという職業病がある。

それに、ひとり娘を持つ父親が概してそうであるように、父もボーイフレンドの存在を快く思わない。間宮を自宅に招いたときにも、父は終始不機嫌な顔をしていた。

「初めまして、七瀬拓海です」

拓海が、転校生の挨拶《あいさつ》のような初々しさで右手を差し出す。それは、作った、というふうではなく、素のままの彼が顔を覗《のぞ》かせた感じ。

「柏木泰三《たいぞう》です。娘が、お世話になりました。七瀬さんは、小笠原でガイドをなさってるんですか？」

父が、拓海の掌《てのひら》を握り締め、興味深そうに訊《たず》ねた。それは、ホテルマンとしての興味ではなく、個人的興味。父の表情で、流香にはわかる。

「はい。ブルードルフィンという小さなダイビングショップです。流香さんとは、浜辺で知り合いました。海に潜ってマリンスターという珊瑚《さんご》のかけらを拾ったり、夜光茸《やこうだけ》をみに行ったり。お父さんも、もし小笠原にいらっしゃることがあったらウチの会社に寄ってください。僕が、案内しますから。小笠原は、海も山も夕陽も、とっても素敵ですよ」

微塵《みじん》の疚《やま》しさもなく、娘との出会いを父親の前で告げる拓海。媚《こ》びるでもなく、好印象を与えようとするわけでもなく、ただ、純粋に小笠原の素晴らしさを伝えようとしている彼の姿に、父の顔が柔和に綻《ほころ》んだ。

流香は、拓海の横顔に見惚《みほ》れている自分に気づき、慌てて眼を逸《そ》らす。

「ほぉう。それは羨《うらや》ましい。で、東京にはお仕事かなにかで？」

「コンクールの予選に、招待されたんです」

流香は、弾《はじ》かれたように父を窺った。せっかくの好印象が、台無しになってしまう。

「コンクールの予選に？」

案の定、父の眉間《みけん》に縦皺《たてじわ》が寄る。

「ええ。僕、音楽はなんにもわからないですけど、流香さんのそばにいたくて」

流香は、耳を疑った。初対面の父にそんなことを言うなんて……。

頬が熱を持ち、心臓がパクパクと音を立てる。

コンクールのことだけでもまずいのに……もう、父の厚意は期待できない。それだけじゃなく、流香がお金を払うと言っても宿泊を断られてしまうだろう。

「はっはっはっ。流香。彼は、面白い青年だね。泊まるところが決まっていないのなら、一一〇二号室を使ってもらいなさい」

「え……？」

ふたたび、耳を疑う。父の眉間から消えた皺が、目尻《めじり》に移動している。予想だにしなかった父の言葉に、流香は驚きを隠せなかった。

一一〇二号室は、流香の部屋の上階……父が住む部屋と同じ階にある来客用の客室だった。

「最初から、そのつもりだったんだろう？」

父が、悪戯《いたずら》っぽい口調で言った。こんなに上機嫌な父は、久し振りのことだった。

「でも、いいの？」

「もちろんだとも。支配人。じゃあ、私は先に車で待ってるから、七瀬さんをお部屋に案内してもらえるかな。では、私はこれで失礼します。東京にいらっしゃる間は、ご自由にお部屋をお使いください」

久納に指示を出し、拓海に向き直ると父が満面の笑みをみせて言った。

「ご親切に、ありがとうございます」

深く頭を下げる拓海に、父が軽く手を挙げ正面玄関へと向かう。

父の背中が消えたとたんに、張り詰めていた気が抜ける。流香は、彼に気づかれないように小さく息を吐く。

これほどあっさりと、父が拓海を受け入れるとは思わなかった。

つまり、彼は父に気に入られたということ。なんとなく、その気持ちはわかる。

「ご案内致しますので、こちらへどうぞ」

久納がふくよかな顔を綻ばせ、エレベータへと右手を投げた。

◇

「すっごい部屋だね」

部屋に入るなり、拓海はクロゼットを開けたりバスルームを覗いたりしながら弾んだ声を上げた。

一一〇二号室は、流香の部屋と同じシングルルーム。けれど、パウダールームの洗面台やバスルームの壁や湯船には大理石を使用した贅沢《ぜいたく》な造りだった。

拓海が、窓を開け放ち空を見上げた。

「小笠原の空とは、大違いでしょう?」

流香は拓海の隣に並び言った。

「うん。それに、びっくりするくらいに明るいんだね」

彼の言っている意味は、すぐにわかった。

通りを行き交う車のライト。ビルのテナントから漏れ出す明かり。街路の灯。

都会の夜は、人工灯で溢《あふ》れ返っている。

「ほら、月の光が行き場所を失っている」

拓海が、ビルの上に浮かぶ月を指差し呟《つぶや》く。

ドルフィンビーチでみた幻想的な光の帯を放出する月に比べ、この窓からみえる月はお皿のようにまるく白いだけ。月光はすべて人工灯に吸収される。

「かわいそうだね」

拓海がお皿の月を遠い眼でみつめながらポツリと言った。

「なにが？」

「水槽の中の魚達さ。あの魚達は、海の青を知らない」

拓海は、喫煙エリアの熱帯魚のことを言っているのだろう。

「でも、生まれたときから水槽の中だったら、そうとも言えないんじゃない？　もともと、海の素晴らしさを知らないんだから、比べようがないでしょう？」

「だから、かわいそうなんだ。その水槽の中がすべての世界だと思っている。一歩踏み出せば、素敵な世界があることに気づいていない」

拓海の言葉が、胸を刺す。

水槽の中の熱帯魚に、氷塊の中に閉じ籠《こも》る自分の姿が重なる。傷つくことを恐れ、心の扉にカギをかける自分の姿が……。

彼が熱帯魚の話題を口にしたのは、単なる偶然？　それとも……。

「私は、そうは思わない。外の世界を知らないことがいい場合だってあるでしょう？　大きな魚に食べられちゃったり、餌が取れなかったり……海にだって、一杯危険はあるじゃない。水槽の中にいれば食べられる心配もないし、餌だって貰《もら》えるし」

ついつい、語調が強くなる。彼の瞳《ひとみ》。いつもの、温かな瞳が流香をみつめる。流香は堪《たま》らず眼を逸らす。闇空に視線を漂わせる。

「迷惑だわ」

その温かな瞳を拒絶するような冷たい瞳を拓海に向ける。自分を守るために、また、彼を傷つけようとしている。

「え？」

「父に言ったことよ。私のそばについていたいだなんて、そんなこと、誰も頼んでないわ」

いけない、いけないと思いつつも、声になるのは心とは裏腹のことばかり。

「わかってる」

湧《わ》き出る泉のように、拓海の優しさが溢れ出す。

「とにかく、あなたは、招待客のひとりとして呼んだだけなの。勘違いしないで」

精一杯、無感情を装い言い残し、流香はドアへと向かう。

「なにかわからないことがあったら、フロントに電話を入れるといいわ」

振り返らずに告げ、部屋を出た。後ろ手で閉めたドアに、背中を預けて長い息を吐く。

自分で手紙を出していながら……。

罪悪感に、チクチクと痛む胸。廊下の向こう側から久納が現れる。慌ててドアから背中を離す。

「あら、お父さんとお出掛けになったんじゃなかったんですか？」

「ちょっと、忘れ物を取りにきまして」

「久納さん」

会釈をし、父の部屋へと急ぐ久納を呼び止める。

「なんでしょう？」

歩を止め、振り返る久納。

「あの……彼、七瀬さん、東京のこと全然わからない人だから、いろいろと教えて上げてください」

「それは構いませんけれども、お嬢様がご案内して差し上げたらいかがですか？」

窺《うかが》うように久納が言った。

「私、レッスンで時間がないんです」

それは本当。でも、夜に食事するところを教えるくらいの時間はある。

「そうでしたね。わかりました。お父様の用事が終わりましたら、早速、七瀬様のお部屋に伺ってみます」

「ありがとう」

流香は礼を述べ、エレベータへと向かう。

「あ、そうそう。さきほど、山崎様という方からフロントにお電話がありました。お部屋にお繋《つな》ぎしたのですが、いらっしゃらなかったので」

「山崎さん？」

流香は振り返り、訊《たず》ね返す。もしかして、フォレストの？

「ええ。なんでも、小笠原でお嬢様がお泊まりになったペンションのオーナーさんとかなんとか……」

やっぱり、あの山崎だ。

「七瀬さんに……じゃなくて？」

「はい。柏木流香さんをお願いします、と言っておられました」

「わかりました」

なんの用事だろう？　流香は首を傾げながらエレベータに乗り込む。十階。自室に戻り、携帯電話のメモリを開く。緊急用にと聞いていた、山崎の携帯電話の番号を残しておいてよかった。

ベッドに腰かけ、ヘッドボードの電話のプッシュボタンを押す。遠距離電話特有の沈黙のあとに、コール音が鳴り始める。

『もしもし、山崎ですが？』

五回目のコール音が途切れ、ノイズ音に交じって山崎のよく透る声が聞こえてくる。

「お久し振りです。柏木です」

『ああ、流香ちゃん。料金かかるから、こっちからかけ直すよ』

「いいえ、お気になさらないでください。その節は、なにかとお世話になりました」

『いやいや、私のほうこそ助かったよ。流香ちゃん達が泊まってくれたおかげで、今年一杯はなんとか営業を続けていけそうだよ』

山崎が冗談めかして言うと、陽気に笑った。

『拓海君、そっちに行ってるんでしょう？』

「はい。お部屋に、電話をお繋ぎしましょうか？」

『いや、いいんだ。それより、拓海君は元気にしてるかな？』

「ええ、そのようですけど……」

なんだか変な感じ。どうして本人に訊《き》かないのだろう？

『彼、なにか言ってた？』

「なにを、ですか？」

流香は訊ね返す。山崎が電話をかけてきた目的がわからなかった。

『やっぱり、言ってなかったんだな』

山崎が独り言のように呟く。

「なにか、あったんですか？」

『うん。流香ちゃん、留吉さんのことを知ってるよね？』

「はい。山崎さん達と南島に行った帰りに、一度、お会いしました」

『留吉さん、亡くなられたんだ』

窓の隙間から、冷たい風が流香の肌を切りつける。

「え……」

頭の中が、白く染まる。流香は、左の手首……タコノキの葉のブレスレットに眼をやった。

「いつ……いつですか⁉」

我を取り戻し、流香は訊ねる。

『もう、二ヵ月になるかな。流香ちゃん達が帰る日に、留吉さん、倒れちゃってね』

記憶を巻き戻す。あの日、拓海は二見港に姿を現さなかった。

知らなかった。そんなことが、あっただなんて……。

祖父《じい》ちゃんはいま旅行中なんだ。

ブレスレットのお礼に電話を入れるという流香に、彼はそう言った。小笠原で会ったときと変わった様子もなく、朗らかに、屈託なく。

心配させないために彼は……。

「そうだったんですか……」

『余計なお世話かもしれないけれど、一応、君の耳に入れておこうと思ってね』

「余計なお世話だなんて、そんな。留吉さんは、突然にお邪魔した私にも、よくしてくださって。報《し》らせて頂き、ありがとうございます」

『そう言ってもらえると、嬉《うれ》しいよ。ああみえても拓海君は、内心、かなりショックだったと思う。これで、彼はひとりになってしまった。私は親代わりのつもりだけど、やっぱり、本当の家族とは違うからね』

言って、寂しげに笑う山崎。

返す言葉が、見当たらなかった。そんな状況にもかかわらず東京にきてくれた彼に、ひどいことを言ってしまった。

『じゃあ、私はこれで。拓海君には、私から電話があったことは内緒にしておいてほしい』

「わかりました。本当に、ありがとうございます」

山崎が電話を切るのを待ち、受話器を置く。

「私ったら、なんて馬鹿なの……」

流香は頭を抱えて、ベッドに仰向《あおむ》けになる。

きたんだ。

たしかに招待の手紙は出したけれど、それは、一度会っただけの友人の知人にも出しているもの。

私のそばについていたいだなんて、そんなこと、誰も頼んでないわ。

拓海に言ったひどい言葉の数々が、流香の頭の中でグルグルと渦巻く。

いいんだよ。僕が、きたくてそうしたんだから。


彼の柔らかな声が、心を締めつける。

流香は跳ね起き、ショルダーポーチを肩にかけドアへと向かう。歩を止める。デスクに駆け戻り、抽出《ひきだし》からイルカのペンダントを取り出し首につける。

外に出る。エレベータを使い、十一階へ。一一〇二号室の前で立ち止まる。大きく深呼吸を繰り返し、ドアをノックする。

「開いてます」

部屋から声が返ってくる。ノブを回し、ドアを開けた。窓を開け放ち、桟に腰かけ空をみていた拓海が首を巡らす。

「危ないわよ。それに、カギをかけないなんて不用心だわ。ホテルの中でも、盗難がしょっちゅう起こってるんだから」

「カギって、生まれてから一度もかけたことないんだよね」

「信じらんない」

飄々《ひょうひょう》と言う拓海に、流香は呆《あき》れた声を出した。

でも、すぐに思い直す。あんなにのんびりした環境で生活していれば、カギなど必要ないというのも納得できる。

「僕に、なにか用事？」

拓海が訊ねる。一瞬、彼の視線が首もとのペンダントで止まった。

「あ、そうそう。その、用事っていうか……食事、まだでしょう？」

「そういえば、まだだったな」

「私もまだなの。よかったら、一緒に食べに行かない？」

思いきって、切り出した。これだけのことを言うのに、血圧が倍は上がったような気がする。

「うん。行こう」

拓海は弾んだ声で言うと桟から飛び下り、リュックを手に取った。

4

拓海の詩

「それにしても、凄《すご》い人数だね？」

舗道でたむろする髪を金や茶に染めた若者、千鳥足のサラリーマン、洒落《しゃれ》たバーの前でメニューを覗《のぞ》くＯＬ、携帯電話のボタンを押しながら歩く制服姿の女学生。

通りを行き交う人波を眺めながら、拓海は言った。

いまは夜の十時。拓海の住む奥村は、八時を過ぎるとパッタリと人足が途絶える。小笠原一の繁華街で飲食店が密集する大村が賑《にぎ》わうといっても、この何十分の一の人出だ。

「そう？　ここは青山寄りだから、まだましなほうよ。渋谷のほうに行ったら、こんなの問題にならないくらいの人で溢《あふ》れ返っているわ」

拓海と並び歩く流香が、大きく両手を広げて言った。

骨董《こっとう》通りというところのファミリーレストランで、食事をした帰り道。

流香は海老《えび》と帆立てのドリアとアイスティーを、拓海はカツカレーとオレンジジュースを注文した。

食事中、流香は新日本音楽コンクールの予選について様々なことを喋《しゃべ》った。

予選っていっても、出場するためには各ブロックで行われる地区予選を勝ち抜かなければならないの。参加資格は、二十歳以上で三十五歳未満だったら誰でも出場できることになっているけれど、声楽経験のない素人が勝ち上がることはまずありえないわ。

どんなに、歌がうまくてもだめなの？

うん。だって、出場者のほとんどが、毎日七時間も八時間も専門のトレーナーをつけてレッスンを積んでいる、音大生や音大の卒業生なのよ？　課題曲が歌謡曲なら可能性はあるけれど、声楽は、発声法からなにからまったくの別物だから。

何位までの人が、九月十五日の予選に出場できるの？

三位入賞者までよ。最終予選は、地区予選を勝ち上がってきた約五十人の入賞者達で争うの。その中から選ばれた十人が、十月の本選に出場できるってわけ。

その本選に勝てば、君の言っていたミラノのコンクールに出場できるんだ？

ええ、そうよ。その切符はたったの一枚だけ。でも、私、必ず本選で優勝して……。

それまで、瞳《ひとみ》を輝かせ説明していた彼女は、急にトーンダウンし、言葉を濁した。

結局、コンクールの話題はそれっきりになり、小笠原の思い出話に移ったのだった。

「あの女のコ達は、高校生だろう？　こんな時間まで制服を着て、学校の帰りかい？」

拓海は、携帯電話のボタンを押しながら歩いてくるふたり連れの女学生に視線を投げながら言った。竹芝桟橋から流香のホテルにくるまでの電車の中でも、ほとんどの学生が同じように携帯電話を片手にしていた。

小笠原では、あまりみられない光景だった。

「学校の終わる時間は、小笠原も東京も同じよ。どこかで遊んでいた帰りよ。それに、あの制服は高校のじゃなくて、渋谷の中学校の制服だわ」

「え？　中学生が十時過ぎまで遊んでいるの？」

「十時なんて、まだまだ序の口よ。朝帰りとかする子もいるのよ」

「君も、そうだったの？」

「私？　ウチは父が厳しかったから、高校生のときまで門限が七時だったの。信じられないでしょう？」

流香が、肩を竦《すく》めて言った。

「君のお父さん、とても優しそうにみえたけどな」

「優しいには優しいんだけれど、これだけは譲れない、っていうことには、凄く厳しいの」

流香の声が沈み、横顔が冥《くら》く翳《かげ》る。ファミリーレストランでみせた表情と同じ……とても、哀しげな瞳。

「どこか、公園とかないかな？」

「え？」

流香が立ち止まり、疑問符の浮かんだ顔を向ける。

「公園じゃなくてもいいから、どこか落ち着ける場所」

「難しいリクエストね。このへんに、そんな場所……」

言いかけて、流香が顎《あご》に指を当て考える仕草をする。

「いまでもあるかどうかわからないけれど、それでもいい？」

拓海は頷《うなず》く。嬉《うれ》しそうに破顔し、小走りに駆け出す流香。拓海もあとを追う。

大通りを曲がる。人気のない裏路地を進む。ときおり立ち止まり、周囲の電柱やマンションや塀を確認するように首を巡らせていた流香が、ふたたび駆け出し、路地を曲がった。

「あった……」

息を弾ませ流香が言う。老朽化した古いビルを、懐かしそうな顔で見上げている。

「行くわよ」

流香が悪戯《いたずら》っぽい顔で振り返り、声を潜めた。頼りない蛍光灯に照らし出されたエントランスに足を踏み入れる。管理人室のような小窓にはブラインドが下りている。

流香がエレベータに乗る。拓海もあとに続く。八階のボタンを押す。ゴトゴトと、大袈《おおげ》裟《さ》な音を立てながらエレベータが上昇する。

扉が開いた。流香は、会社のプレイトのかかったドアに挟まれた廊下を迷わず進む。突き当たり。非常口のドアを開けた流香が、螺旋《らせん》階段を上る。屋上へと続くドアのカギをそっと回し、振り返り舌を出す。

こんな流香をみるのは、初めてのこと。心が弾む。流香の嬉しそうな顔をみると、拓海も嬉しくなる。

屋上に出ると、風が強くなった。壊れかけた看板がカタカタと音を立てる。

小笠原と違い、湿気含みの生温《なまぬる》い風。流香は脇目も振らずに屋上の端……鉄柵《てっさく》のほうへと走る。そしてしゃがむと、鉄柵に一心不乱に視線を這《は》わせている。

拓海はゆっくりと流香の背中に歩み寄る。

なにを探してるの？

そう声をかけようとしたとき……。

「残ってたんだ……」

流香が、感慨深そうに呟《つぶや》いた。

「私が小学生の頃、このビルの七階に入っていた音楽教室に通っていたの。休憩時間に、こっそり屋上にきては、空を見上げていた。ときどき、飛行機が飛んでて……それをみるのが楽しみだった。当時は、その飛行機が国内線か国際線かも、もちろん、どこへ行くのかもわからなかった。でも、飛行機を眺めるのが好きだった。大人になったら、私も必ずあの飛行機に乗るんだって決めていた」

拓海は、流香の隣に腰を下ろす。彼女の視線の先……黒いペンキで塗られた鉄柵に彫られた文字。

絶対に、ミラノの大会に出る　流香

その幼い文字からは、彼女の秘められた強い想いやどうしようもない深い哀しみが伝わってくる。

そっと、流香の背中に手を当てた。瞬間、躰《からだ》がビクンと反応する。ピアノ線のように張り詰めた気が、掌《てのひら》越しに伝わる。

拓海は眼を閉じ、青の中の女神を思い浮かべる。テティスにそうしたように、テティスがそうしてくれたように……。

微《かす》かに……それは本当に微かに、彼女の張り詰めた気が緩んでゆく。

掌に伝わる微細な震動。眼を開ける。きつく唇を引き結んだ横顔。流香の躰が、長い睫《まつげ》が小さく震えている。

力を抜いて……。君が踏み出せるようになるまで、そばにいるから。

5　流香の詩

部屋までの廊下が、やけに長く感じられる。まだ、足が震えている。拓海の掌の温《ぬく》もりが、背中に残っている。

もう少しで、自分を見失ってしまいそうだった。理由もなく、泣き出してしまいそうだった。

拓海の掌は彼の眼差《まなざ》しと同じに、とても優しく、背中に触れられているときに、遠い、遠い昔……哀しみも、孤独も、不安も、なにも感じない幼き自分を思い出した。

二ヵ月前……初めて拓海と出会ったときも、不思議な青年だと思った。

なにも知らないはずなのに、拓海は流香のすべてを見通しているような気がする。それも、ずっと、昔から知っているような。

考え事をしているうちに、部屋を通り過ぎてしまった。踵《きびす》を返す。深刻そうな顔をした父がエレベータのほうから歩いてくる。

「ちょっと、話があるんだが……いいかな？」

父が、部屋のドアを指差す。拓海と食事に行った帰りが遅くなったのを怒っているのだろうか？

「どうぞ」

流香はカギを開け、明かりをつけた。

「すぐに部屋に戻るから、なにも出さんでいい」

サイフォンを手に取ろうとした流香に、父が言う。流香は頷き、ソファに座る。

「座らないの？」

ドア口で佇《たたず》む父に、流香は促すような視線を向ける。

「この前の件だが……」

言いづらそうに、父が切り出す。

「もう、気にしないで。私のほうこそ、ひどいことを言っちゃったし。でも、お父さんには悪いけれど、コンクールは諦《あきら》めません。費用は、自分でなんとかするから」

そうは言ってみたものの、当てはなかった。貯金は五十万円ほどあるけれど、二百万円にはほど遠い。

でも、援助を打ち切ると言われた以上、父に言ったように自分でなんとかするしかない。

「その必要はない。資金は私が出す。だからお前は、お金の心配をすることはなにもない」

流香は、聞き違いではないかと思った。

「本当に？　本当に、いいの!?」

流香はソファから立ち上がり、父に駆け寄る。

「ああ。それを伝えにきただけだ」

父がつらそうに眼を逸《そ》らす。きっと、苦渋の決断だったはず。

「お父さん、ありがとう……」

「じゃあ、おやすみ」

眼を合わさずに言い残し、部屋を出る父。

「絶対に、哀しい思いはさせないから」

流香は廊下に飛び出すと、父の背中に声をかけた。

6
拓海の詩

クライシスホテルの前の大通りは、月曜日の午前中ということもあり、昨夜の人込みが嘘のように閑散としていた。

拓海は、舗道のベンチに座り、アスファルトに映える街路樹の木漏れ日に眼をやった。

それは、陽光や月光が海面に射し込んだときに海底にできるリップルマークによく似ている。

木漏れ日のリップルマークに、一羽の雀が下り立った。

拓海は、食べかけのクロワッサンを指先でちぎり、足もとに放《ほう》った。雀は、パン切れに気づいたはずなのに、首をキョロキョロと動かし、なかなか近づこうとしない。

小笠原の雀なら、直接、掌から食べるほどに懐いている。

「ほら、こっちにおいで、怖くないから」

拓海は、身を屈《かが》め、指先に持ったパン切れを上下に動かしながら雀に語りかける。

警戒していた雀が、ちょん、ちょん、と寄ってくる。

もう少し、というときに、不意に、携帯電話のベルが鳴る。

「あ〜あ」

びっくりした雀が飛び去るのを見送りながら、拓海は落胆のため息を吐く。

ブルードルフィンの名義で支給されている携帯電話をヒップポケットから取り出し、通話ボタンを押す。

「もしもし？　七瀬ですけど」

『あ、拓海君？』

受話口から漏れ出す、潑剌《はつらつ》とした声。

「白石さん。いま、学校じゃないの？」

ダイバーズウォッチに眼をやる。午前十時半をちょっと回ったところ。

『そうなんだけど、ちょっと、レッスンを抜け出してきたの』

「大丈夫かい？」

『お腹が痛くてトイレに行くって出てきたから、十分くらいなら平気』

「なにかあったの？」

『なにかあったってほどでもないんだけれど……。ねえ、流香とうまくいってる？』

亜美が、窺《うかが》うような声音で訊《たず》ねてくる。

「え……？　うん。昨日は、一緒に食事に行ったよ」

そして今夜も、彼女のレッスンが終わってから……八時に、クライシスホテルのロビーで待ち合わせをしている。

今日は、六本木というところに連れて行ってくれるらしい。

『そう……ならいいんだけど。ほら、拓海君がきてくれたときに、流香がひどい態度しちゃったじゃない？　ずっとあんな調子なのか、気になっちゃってさ』

「あ、そんなこと、全然気にしてないよ」

テティスも、出会ったばかりのときは、なにかを恐れ、拒絶し、いまからは想像がつかないほどにピリピリとしていた。

躰《からだ》に触れさせてくれるまでに、一年の月日が流れた。

『あのね……言おうかどうかずっと迷っていたことがあるんだけれど、拓海君に知っててもらいたいことがあるの』

「なんだい？」

『流香には秘密にするって、約束してくれる？』

「白石さんが、それを望むのなら」

『流香には、いま、すっごく深刻な悩みがあるの。その悩みっていうのは……』

亜美が、束の間、躊躇《ためら》うように沈黙する。

『コンクールに出られないかもしれないってことなの』

亜美が、意を決したように言う。

「コンクール？　それは、九月十五日のコンクールのことかい？」

『ううん。それは、新日本音楽コンクールの予選。私が言ったのは、来年の一月にイタリアで開催される、ミラノ国際音楽コンクールのことなの』
「ミラノのコンクール……」

絶対に、ミラノの大会に出る　流香

昨夜みた、流香が小学生の頃にビルの屋上の鉄柵《てっさく》に彫ったという文字が脳裏に蘇《よみがえ》る。

『そう。流香は、ミラノ国際音楽コンクールに出るのが夢なの。ミラノに行くには、九月十五日の予選と十月十五日の本選を勝ち抜かなければならないんだけれど、私、彼女なら絶対にできると信じている。友達だから贔屓目《ひいきめ》に言ってるんじゃなくて、彼女の実力なら予選通過はもちろん、本選での優勝も決して夢じゃないのよ』

「じゃあ、コンクールに出られないかもしれないっていうのは？」

素朴な疑問。でも、その悩みが、予選や本選で落ちてしまうかもしれない、ということではないのはわかる。

もっと深く、どうしようもないなにか……。

『流香の悩みの原因は、お父さんなのよ』

「お父さんが？」

拓海は鸚鵡《おうむ》返しに訊ねる。

『うん。流香のお父さんが、コンクールに出るのを……いいえ、声楽を続けることを反対しているらしいの』

「だって、流香さんは、小さい頃から声楽を続けていたんだよね？　お父さんは、協力してたんじゃないのかい？」

『私もそう思うのよ。どうしていまさらって。でも、とにかくだめらしいの。流香も、あんまりそのことを話したがらないし……』

「お父さんの許可をもらわないと、コンクールには出られないの？」

『許可なんていらないけれど、ミラノのコンクールに出るにはお金がかかるのよ』

亜美が、ため息交じりに言う。

鼻の周りが黒くて額が皺々《しわしわ》の犬が、リードをグイグイと引っ張りながら拓海のほうへと近づく。

こら、マルスケ、だめだって。飼い主らしき初老の男性が、懸命にマルスケを引っ張り返す。その名のとおり、マルスケの愛嬌《あいきょう》のある顔はまんまるだった。

ひしゃげた鼻をクンクンと動かすマルスケの目的は、拓海が左手に持っているクロワッサンに違いない。

拓海は、クロワッサンをちぎりマルスケの足もとに放る。パフッ、と音を立て、ひと口でクロワッサンを呑《の》み込むマルスケ。申し訳なさそうな顔で軽く頭を下げ、未練がましい表情で拓海をみつめるマルスケを引き摺《ず》るように連れ去る飼い主。

「イタリアだから、旅費も高いよね」

『そうじゃないの。新日本音楽コンクールの本選で優勝したら、副賞で三十万円とミラノまでの往復の航空券が出るから、旅費の心配はないんだけれど、向こうでの滞在費やレッスン代は自費なの』

「滞在費やレッスン代って、賞金の三十万円じゃ足りないの？」

『とてもとても、足りないなんてもんじゃないわ。流香はね、本選で優勝したら十一月にはミラノ入りするつもりだったのよ。コンクールまでの二ヵ月間の宿泊費や食費、それにレッスンを受ける現地のトレーナー代やスタジオの使用料。ほかにもいろいろとあるけれど……あ、そうそう、身の回りの世話をしてくれる付添人の滞在費も出さなければならないし。そんなこんなで、軽く二百万円以上はかかってしまうの』

「え？　そんなに？」

拓海は、素直に驚きを口にした。

一台の自転車が、チリンとベルを鳴らして拓海の前を通り過ぎる。

流香がミラノに行くのに必要なお金が五、六十万円くらいなら、拓海にも手助けができると思っていた。

もし留吉が、内地の病院に入院しなければならなくなったときのために、四十万円ほど貯めていた。留吉がいなくなったいま、拓海には、その四十万円の使い途《みち》はない。流香が副賞で貰《もら》う三十万円と合わせたら……と考えたのだった。

「ミラノのコンクールは来年の一月なのに、どうして二ヵ月前から行くんだい？」

『詳しく話している時間はないけれど、ひと言でいうなら、現地の水にはやく慣れるためよ。現地の水に慣れるには、最低でもコンクールの二ヵ月前には現地入りする必要があるの。声楽にかぎらず、音楽家ってすごくデリケートな生き物なの。ちょっとした環境の変化がストレスになって、思うように力を発揮できなかったっていうケースは、世界のいろんなコンクールでいろんな出場者が経験していることよ。付添人が同行するのもそのため。コンクール一本に集中できるように、部屋の契約から食事の世話までなんでもやってくれる人。まあ、芸能人のマネージャーみたいなものだと思ったらいいわ』

「どうして流香さんは、ミラノのコンクールに出たいんだろう……」

拓海は、亜美に訊ねる、というより、独り言のように口にした。

『だって、五年に一度の、音楽のオリンピックと呼ばれる世界最高峰のコンクールですもの入賞はもちろん、出場するだけでも名誉なことなの。もし、ミラノ国際音楽コンクールに出られるのならば、私、ほかのなにを犠牲にしてもいいわ。でも、私のピアノの技術じゃ予選通過も危ないけれどね』

亜美の朗らかな笑い声が、受話口越しに聞こえてくる。

たしかに、亜美の言うとおりなのかもしれない。でも、名誉とか栄光とかそんなものではなく、流香が求めているのはもっと別のもののような気がする。

私は、日本だけじゃなくて、世界中に名の知れ渡るような声楽家になりたいのよ。

南島の帰り。拓海の家に向かうテティス号の上で、流香はもどかしそうに、そしてとても哀しげな瞳《ひとみ》で言った。

あの哀切な瞳に映っていたのは、名誉や栄光とは違う、別のなにか……。

『私、そろそろ戻らなきゃまずいから切るね。あ、それから、このこと、本当に流香には内緒だよ。それじゃあ……』

「うん。それじゃあ、また」

通話ボタンを切る。網目模様の日溜《ひだまり》。拓海の様子を窺《うかが》うように首を傾げる一羽の雀。多分、さっきの雀。

「さあ、怖くないから、こっちにおいで」

躊躇う雀を、優しく、遠い眼差《まなざ》しでみつめる。拓海は、ヒトを恐れる小鳥の向こう側に、彼女の姿をみていた。

◇

「七瀬さん。日光浴ですかな？」

ゆっくりと、眼を開けた。街路樹の枝葉の隙間に切り取られた陽光が視界を灼《や》く。視線を、空から声の主に移す。

クライシスホテルの正面玄関へと続く階段。白いものが交じるグレイがかった髪を後ろに流した品のいい紳士……柏木が、後ろ手を組み、穏やかに目尻《めじり》の皺を刻んで佇んでいた。

「こんにちは」

拓海は立ち上がり、頭を下げる。

亜美との電話を切ったあと、ベンチで流香のことを考えていた。もうすぐ十二時。いつの間にか、一時間も経っていた。まだ、ましなほう。ドルフィンビーチでひとりで海を眺めているときには、三時間や四時間はすぐに流れてしまう。

「お出かけですか?」

「いや。たまに、私もそうやってそこのベンチに座って、ホテルを眺めているんだ。ホテルの内側にいるとわからないことでも、外からみたら気づくことが一杯あってね。満足そうな顔をして出て行かれるお客様もいれば、不満そうに出て行かれるお客様もいる。満足して頂いたお客様にはよりいっそう喜んで頂けるように、そうじゃなかったお客様には、次にはきちんとおもてなしができるように。ホテル業とは、そういう小さなことの積み重ねなんだよ」

「わかるような気がします。僕も、観光客のみなさんの喜んでくださる顔をみたときが、一番嬉《うれ》しいですから。部屋に戻ろうと思っていたところなので、どうぞ、お座りください」

「なにか、用事でも?」

「いいえ。僕、東京にはコンクールの……」

流香のお父さんが、声楽を続けるのを反対しているらしいの。

亜美の声が鼓膜に蘇《よみがえ》る。拓海は、予選をみる以外に予定はありませんから、という言葉の続きを呑み込んだ。

「流香から聞いたのかね？」

拓海は、静かに首を横に振る。

「まあ、立ち話もなんだ。ここに、座りたまえ」

柏木がベンチに腰をかけ、隣を、ポン、と叩《たた》く。

「失礼します」

拓海は柏木の隣に座る。

「問い詰める気なんてないから、安心したまえ」

微笑みと同じ穏やかな声音。

「流香さんの、ミラノのコンクールへの出場を反対されているとか？」

拓海は、単刀直入に切り出す。

「君は、昨日もそうだったが、率直な男だね。いや、率直というのとは、ちょっと違うな。なんだろう。とにかく、これを言ったら悪印象になるとか、そういう計算がまったくないんだな。君のような人間は、私には眩《まぶ》しくてね」

柏木が、眼を細めて拓海をみつめる。

「眩しい……ですか？」

「昨夜、流香には、ミラノ行きを許したよ。もちろん、本選に出場して優勝してからの話だけれどね」

拓海の問いかけには答えず、柏木が憂いのある表情で言った。

「本当ですか？」

「ああ、本当だとも。流香は、いまの君のように瞳を輝かせて喜んでいたよ。私の言葉に、微塵《みじん》の疑いも持たずにな」

柏木が、とてもつらそうに言葉を絞り出した。

「え……？」

「流香に言ったことは、嘘なのさ。九月十五日の予選を通過して、本選で優勝しても、私は娘をミラノに行かせる気はない」

「どうして……そんなことを？」

周囲の景色が、色を失ってゆく。街路樹の葉の緑も、舗道を歩く少女が持つ風船の赤も、ショーウインドウに飾られたマネキンが腕にかけるバッグの黄も、すべてが、色褪《いろあ》せてゆく。

「娘のコンクールにかける情熱は、生半可なものではない。いや、情熱というよりも、もはや執念といったほうがいいくらいだ。私が援助を打ち切ると言ったところで、流香が素直に諦《あきら》めるとは思えなかった。だから、嘘を吐いた。私が援助を続けると言えば、あのコは安心して、声楽のレッスンに打ち込むだろう。もちろん、資金繰りに奔走《ほんそう》したりはしない。予選と本選を通過して、いざミラノのコンクールへ、というときに援助してもらえない。慌ててお金をなんとかしようにも、時間がないというわけさ。まったく、ひどい父親だよ、私は。薄汚れているにもほどがある。君を眩しく感じるというのは、そういう意味だ」

自嘲《じちょう》的に笑い、肩を落とす柏木。

陽はまだ高いというのに、セピア色に染まりゆく視界。

「流香さんが……娘さんが、ミラノのコンクールに出ては都合の悪いことが……あるんでしょうか？」

掠《かす》れた声で、拓海は訊《たず》ねる。

「あのコは、母親に捨てられてね」

「え……？」

拓海は、弾《はじ》かれたように柏木の陰鬱《いんうつ》な横顔をみる。ついさっきまで穏やかな微笑を湛《たた》えていた紳士は、どこにもいない。

「ある日、私が支配人として勤めていたホテルのホールで行われた歌劇に、ひとりの美しい女性が出演していた。私は客席の後方から、舞台を眺めていた。その女性の歌声は、この世のものとは思えないほどに神秘的で、私の心を震わせた。仕事一筋できた三十七歳の男が、十二も年が離れている娘に恥ずかしげもなく恋をしたというわけだ。それが、私と妻の出会いだった」

柏木が、記憶を手繰り寄せるように遠い眼差しを宙に泳がせる。

「流香が生まれたのは、私が三十八、妻が二十六のときだった。夢のようだったよ。だが、幸せは、長くは続かなかった。流香が生まれて三年くらいは声楽の活動を控えていた妻も、そのうち、子育てをメイドに任せっきりにして、一日、七時間も八時間もレッスンに打ち込むようになった。妻は言った。二年後には、五年に一度のミラノ国際音楽コンクールがあると。なんとしてでも、出場を果たしたいと。私は言った。子育てとコンクールのどっちが大事なんだと。だが、妻は、私の言葉に耳を貸さなかった。くる日もくる日も、スタジオに通い詰め、そうでないときは、様々な舞台を回ることの繰り返しだった。二年の月日が流れた。妻は、ミラノのコンクールの出場権をかけた日本での予選と本選を勝ち抜いた。まるで天国にいるような顔で喜ぶ妻とは対照的に、私は地獄にいるような気分だった」

絞り出すような声で言うと、柏木が眼を閉じた。そしておもむろに眼を開け、言葉を続けた。

「妻は、十月の本選が終わってすぐに、一月のコンクールに備えてミラノに行くと言い出した。三ヵ月近くも子供を残して海外に行くなんて、とんでもない話だった。それに、もし、妻の夢が叶《かな》ってコンクールで入賞でもしたならば、いままで以上に母としての時間が奪われる。世界的なコンクールで入賞を果たせば、世界中から公演のオファーが殺到するのは眼にみえていた。一年や二年、日本を空けなければならないことだってザラになるだろう。そんなことになってしまえば、家庭は崩壊だ。妻の夢が叶えば叶うほどに、私の夢はボロボロになっていった。私は、最後の手段に出た。ミラノに行くのなら、この家に二度と帰ってくるなと……」

柏木が、唇を嚙《か》む。膝《ひざ》の上に置かれた拳《こぶし》が震えている。

「それで、お母さんは流香さんを……？」

訊ねる拓海の心が凍える。

「あのコは毎日、駅へと続く道に立ち尽くし、妻の帰りを待っていた。雨の日も、風の日も……私が迎えに行くまで、三時間でも四時間でも、近所の犬に話しかけながら待っていた。そんな小さな背中をみていると、お前のお母さんは帰ってこないなどと、私にはとても言えなかった。ある日、いつものように迎えに行ったときに、あのコが話し相手にしていた犬の小屋が壊されていた。その脇に佇《たたず》む、あのコの表情はいまでも忘れられないよ」

柏木の瞳《ひとみ》にうっすらと、透明の膜が張る。拓海は、柏木の横顔から空に視線を移す。

空の青が、海の青になる。いまよりもふた回りは小さかったテティスが、青に漂う。近くをイルカの集団が通り過ぎるたびに、テティスは母イルカの姿を捜した。母イルカがいないとわかるたびに、拓海のもとへ戻ってきた。

雨の日も、風の日も……テティスは、母イルカと死に別れた青に姿を現した。

あなたが戻ってくる間、私はじっと待ってなければいけないの？

ドルフィンビーチで出会った夜。海の星がほしいという彼女のために、拓海は、マリンスターを拾いに海に潜った。

あのとき、浜辺で拓海が戻ってくるのを待っていた流香は、駅へと続く道で佇んでいた五歳の少女……。

空の青が、灰色に染まる。感じる。流香の心。凍えている。この、灼熱《しゃくねつ》に潤む夏の空気をも瞬時に氷結させるように……冷たく、凍えている。

「娘がミラノのコンクールにこだわるのは、母親のせいだ。あのコは、母親と同じ道を歩むことでなにかを追い求めている。だが、母親の影をどれだけ追ったところで、なにも得ることはない。なにかを得るどころか、奪われるだけだ。流香の大切な人生をね。もう、流香は十五年を無駄にした。このまま声楽を続けていたら二十年、いや、三十年の年月を……。私には、とても耐えられんよ。今回の嘘で、私はあのコに恨まれるだろう。それでも、構わない。流香が自分の人生を……幸せな人生を歩んでくれたら、私は、一生涯、恨まれてもいい。それが、親というものだよ」

視線を、寒冷色に覆われた空から柏木に戻す。哀しく、暗鬱な顔をしているのだろう。けれど、みえない。完全に色を失った拓海の視界に映るのは、氷の中でじっと息を殺し、怯《おび》えた眼で外の世界を窺《うかが》う流香の姿だけ……。

「本当に、不思議な青年だ。十年間連れ添った支配人にさえ話さなかったことなのに、会ったばかりの君にベラベラと喋《しゃべ》るなんて。あのコの心を開くことができるのは、私じゃなくて君のような人間なのかもしれないな。コンクールに出られないと知ったら、あのコはひどく落ち込むだろう。勝手なことを言うようだが、娘の支えになってやってくれないか？」

柏木の手が、拓海の肩に触れる。拓海は深く頭を下げ、ベンチから腰を上げた。

「七瀬君」

クライシスホテルの正面玄関に向かう拓海の背を、柏木の声が追う。歩を止め、振り返る。

「このことを、娘に言うつもりかね？」

拓海はゆっくりと首を横に振り、もう一度、頭を下げた。

◇

あのコは、母親に捨てられてね。

母親と同じ道を歩むことでなにかを追い求めている。

ベッドで仰向けになる拓海の耳に柏木の声が……脳裏にクライシスホテルのロビーの水槽が蘇《よみがえ》る。

かぎられた空間をすべてだと思い、かぎられた世界に身を委《ゆだ》ねる熱帯魚達。熱帯魚達は、生きている。けれど、活《い》きてはいない。

そこに海があれば、海の存在を知ったならば、きっと泳いでみたいと思うはず。海は、彼らの家なのだから。

流香の瞳には、海は映っていない。でも、彼女は知っている。瞼《まぶた》を開けば、周囲には誰もが自由に泳げる無限の青が広がっていることを。

その海は、誰でもみつけることができる。誰の周囲にも存在する。ただ、瞼を開かなければ……みようとしなければ、そこにあるのは果てしない闇だけ。

もがけばもがくほどに、闇は深くなる。闇を消し去る方法は簡単なこと。勇気を出して、瞼を開く。それだけでいい。

流香には、その声は届かない。いや、届いているけれど、彼女は恐れている。声を信じて瞼を開いたときに、より深い闇が広がっていることを。

だけど、いま彼女は泳ごうとしている。眼を閉じたままだけれど、自分なりに、別の世界を探そうとしている。

たしかに、十五年間、彼女は闇を彷徨《さまよ》い続けてきたのかもしれない。水槽に何度も衝突する熱帯魚のように、無駄な行為なのかもしれない。

それでも、流香は泳ごうとしている。泳ごうとする気持ちがあるかぎり、いつの日か、気づくことがあるのかもしれない。

瞼を開けた瞬間に、自分が本当に追い求めているものに出会えるということに。

拓海ができることは、ただひとつ。たとえ流香が泳ごうとしているのが闇に包まれた海でも、そばで見守り、導いてあげること。

拓海はベッドから起き上がる。リュックを肩にかけ、窓辺に歩み寄る。窓を開け放ち、小笠原に続いているはずの空を見上げる。

ごめんよ。十七日には、帰れそうにもなくなってしまったよ。あのときのお前のように、そばについていてあげたい女性《ひと》がいるんだ。

拓海は、心でテティスに語りかけた。

◇

青山の大通り沿いの巨大なビルの敷地の階段を下りると、中庭のようなスペースがあった。拓海は、噴水の前のベンチに腰をかける。

周囲はショーウインドウに囲まれ、花屋、輸入雑貨店、食器店、パン屋などがテナントとして入っていた。

どの店も、街並み同様にとても洒落《しゃれ》ている。クライシスホテルの建つ表参道同様に、このあたり一帯は外国のような建物や店が多かった。
拓海は、コンビニエンスストアで買った求人誌を膝上に開く。
ファーストフード店の販売スタッフ、レストランの調理師、喫茶店のウェイター、ビル
の警備員、パチンコ店のホールスタッフ、出版会社の倉庫管理、長距離トラックのドライ
バー、タクシードライバー……。
誌面は、小笠原では考えられないほどの膨大な数の募集広告で溢《あふ》れていた。
この中では長距離トラックの運転手の給料が一番よかったけれど、拓海は大型免許を持
っていない。それ以前に、ほとんどの会社が面接時に住民票の提出を求めている。
東京都とはいえ、往復五十時間以上もかかる離島の住民票では、とても雇ってもらえそ
うにもない。
パチンコ店などは寮完備になっていたけれど、そのぶん時給が安い。
拓海の貯金は約四十万円。流香が本選で優勝したら副賞が三十万円。ミラノでの最低限
の滞在費が二百万円だとしても、百三十万円が不足している。
現地の水に慣れるためには、最低でもコンクールの二ヵ月前には現地入りする必要があ
るの。

亜美の言葉を思い出す。

コンクールは一月……出発は十一月。いまから約二ヵ月間で百三十万円のお金を作るには、七十万円近い月給の仕事を探さなければならない。

拓海は、住民票や経験が不問の、できるだけ時給の高い仕事を赤ペンでチェックした。

結局、拓海の思い描く条件に最も近かったのは、建設現場の作業員の募集広告だった。日給が九千円から一万二千円。かなりの高給だけれど、毎日現場に出たとして二十七万円から三十六万円の月給。二ヵ月で、目標額の半分にしかならない。

仕事をかけ持ちしなければ、無理なのかもしれない。

拓海は、携帯電話を取り出す。03から始まる十桁《けた》の電話番号をプッシュした。

◇

ダイバーズウォッチに眼をやる。流香との待ち合わせ時間の、午後八時を十分過ぎている。

拓海は駆け足で、表参道駅の階段を駆け上がり交差点を渡った。クライシスホテルへと続く街路樹の歩道を走る。

江戸川区の小岩というところに、大木戸土建の事務所はあった。

昼過ぎに面接希望の電話をかけた際に、相手の事務員に行きかたを教えてもらったのだけれど、複雑な電車の乗り換えで何回も違う方向へ行ってしまい、結局、大木戸土建の事務所に着いたのは、六時半を過ぎていた。

面接自体は、十五分ほどで終わった。明日の八時から、大木戸土建の事務所のある小岩の現場で働くことが決まった。

駐車場だった土地に建築中のビルがあるらしく、拓海は経験がないので建築資材などの運搬作業員として雇われた。

クライシスホテルの正面玄関の階段を駆け上がる。頭を下げるベルボーイに会釈を投げ、回転扉を抜ける。

最初にホテルを訪れたときに、亜美と座っていたクロークの横のソファに流香はいた。

膝《ひざ》上に開いた譜面みたいな本に視線を落としていた流香が、顔を上げる。

「待たせて、ごめん」

「十五分遅刻よ。どこへ行ってたの？」

流香が腕時計を指差し、軽く睨《にら》みつけてくる。

「あ、ちょっと、電車に乗ってたら、遠くへ行き過ぎちゃって」

「電車になんか乗って、どこへ行くつもりだったの？」

「ちょっとね」

拓海は、言葉を濁す。彼女に、嘘は吐きたくなかった。

ヒトは言う。仕方のない嘘もある、と。否定はしない。けれど、嘘を吐くのはヒトだけ。

テティスは、嘘を吐かない。

テレパシーで心を通わせる彼、彼女にとって、嘘を吐くのは無意味なこと。心で思ったことは、すぐに見抜かれてしまうのだから。

ヒトは、言葉を手に入れるのと引き換えに、テレパシーを失った。言葉と同時に……心がみえなくなったぶん、嘘という便利な道具を手に入れた。

ヒトの社会で、心のままに生きるのは難しいこと。じっさい、拓海も、留吉のことを聞かれたときに嘘を吐いてしまった。

だからこそ、これ以上、たとえ流香のためであろうとも、嘘を語りたくなかった。

「それより、今日は、六本木っていうところで食事をするんだろう？」

「ええ。あなたのせいで、出かけるのが遅れちゃったけどね」

流香が立ち上がりながら、頬を膨らませる。遅刻したことに膨れるところが、誰かさんにそっくりだ。

「お腹がペコペコだ。はやく、行こう」

拓海は、もうひとりのテティスの手を引き、回転扉へと向かった。

◇

低く流れるリラクゼーションミュージック。ときおり、メロディに交じるチンパンジーの鳴き声や小鳥の囀《さえず》り。切り株を使ったテーブル。同じく、切り株を使った椅子。テーブルとテーブルの間を遮る観葉植物の鉢。四方の壁を覆う蔦《つた》の葉。

琥珀《こはく》色の光に包まれたスクエアな空間に足を踏み入れた拓海は、ジャングルナイトの店内にキョロキョロと首を巡らせた。

切り株のテーブル席は二十脚ほどあり、三分の二はカップル客で埋まっている。

「故郷を思い出す？」

流香が、悪戯《いたずら》っぽい顔で拓海を見上げる。

「凄《すご》いね。ここ、レストラン？」

「洋風の居酒屋ってとこかな。小笠原から帰ってきてから、たまには息抜きでもしましょうってことで、恩師の先生が連れてきてくれたの。テーブルとか椅子とか、フォレストのロビーみたいでしょう？」

「そうだね。こんなところがあるなんて、驚きだよ」

「いらっしゃいませ。おふたり様でしょうか？」

現れたウエイターのボーイスカウトのような格好をみて、拓海は眼をまるくする。

「はい」

流香が答える。

「こちらへ、どうぞ」

ウエイターの背中に続きながら、びっくりしたような拓海をみてクスクスと笑う流香。

ふたりが案内されたのは壁際の席。蔦の葉をよくみると、アマガエルの人形がところどころに置かれている。

なんだか、愉《たの》しい気分になる。

「気に入った？」

ウエイターがテーブルから離れると、流香が訊《たず》ねてくる。

「うん」

頷《うなず》き、拓海はアマガエルのレプリカに指先で触れる。ゴム製のレプリカだった。

「なに食べる？」

流香がメニューを差し出す。

ジャガバター、アスパラのベーコン巻き、ホッケの塩焼き、牛タンの味噌《みそ》焼き、ピーマンの肉詰め、茄子《なす》の味噌炒《いた》め、枝豆、エビグラタン、高菜のピリ辛チャーハン、ガーリックトースト……。

豊富なメニューの中から、拓海はナポリタンと茄子の味噌炒めとオレンジジュースを、流香はガーリックトーストとアスパラのベーコン巻きとマンハッタンを注文した。

「あのさ、あなた、お酒飲めないの？」

「小学生の頃、祖父《じい》ちゃんに日本酒を飲まされて倒れて以来、口にしたことはないな」

「小学生の頃？　なんだか、凄い話ね。それが、トラウマになっちゃったんだよ、きっと」

流香のトラウマは……。

「君は、お酒を飲むんだね」

拓海は、蘇《よみがえ》りそうになる哀切な想いを胸に秘める。

「ううん。アルコールって、喉《のど》によくないから飲まないんだけれど、今日は特別。ちょっと、嬉《うれ》しいことがあったの」

本当に嬉しそうに、流香が弾んだ声音で言う。

多分、ミラノ行きを許してもらったこと。それが果たされぬ約束だと知ったなら、彼女はどんな気持ちになるだろう。

いつもなら、流香の笑顔をみたら拓海も心が弾む。でも、今日は、彼女が笑顔であればあるほどに、つらくなってしまう。

「この鳴き声、テープかなにかなの？」

拓海は、話題を変える。

「あ、これ？　有線よ」

「え？　有線に、こんなチャンネルがあるんだ？」

チンパンジーや小鳥以外にも、九官鳥やカエルの鳴き声もする。

「ほかにも、変わったところでは、眠れないときの羊の数や心音なんてものもあるんだから」

「羊の数って……」

「お待たせ致しました。マンハッタンのお客様は？」

拓海は言葉を切り、流香に掌《てのひら》を向ける。拓海の前にオレンジジュースのグラスを、ふたりの間にアスパラのベーコン巻きと茄子の味噌炒めの皿を置いたウェイターが頭を下げ、踵《きびす》を返す。

「で、羊の数って、羊が一匹、羊が二匹、ってやつかい？」

拓海は、言葉を続けた。

「そう。アナウンサーみたいな男の人の抑揚のない声で、羊が一匹、羊が二匹、羊が三匹……って、まじめに続けるのよ。ウチ、ホテルだから有線が引いてあるんだけれど、一度、眠れないときに面白半分に試してみたのよ。そしたら、羊が千三百三十一匹、羊が千三百三十二匹って、延々と続くから、もう、おかしくなっちゃって」

流香が、そのときのことを思い出したのか噴き出した。拓海も、つられて噴き出す。

「それで、何匹まで数えるの？」

拓海は身を乗り出す。一万何千何百何十何匹とか、数えるのだろうか？

「余計に眠れなくなっちゃったから、千四百匹になる前に消したからわからないわ。本当におかしいのよ。同じイントネーションで、淡々と数字を読み上げているんだから。一度、聞かせて上げるわ」

「うん。ぜひ、聞いてみたいよ。じゃあ、取り敢《あ》えず、乾杯しようか？」

拓海は、オレンジジュースのグラスを宙に翳《かざ》す。

「なにに乾杯するの？」

流香が、少しだけ首を横に倒す。

「まずは、九月十五日の予選を無事に突破できるように」

嬉しそうに頷き、流香がマンハッタンの逆三角形のグラスを宙に掲げる。

「乾杯」

グラスが触れ合う甲高い音が、ふたりの間で小さく響く。互いに、グラスを傾ける。

「予選まであと一週間だなんて、信じられない。不安だな」

言葉とは裏腹に、流香の瞳《ひとみ》には力強い光がある。柏木にミラノ行きを許してもらえたことが、よほど嬉しかったのだろう。

「大丈夫。きっと、うまく行くさ」

「また、そう簡単に言う。五十人からの強敵が出てくる中で、十人に入るのは大変なことなのよ？　本選ともなれば、その十人の中からたったひとりしか選ばれないからなおさら。はぁ。考えただけで、胃が痛くなっちゃう」

流香が頰杖《ほおづえ》をつき、ため息を吐くと琥珀色の液体を流し込む。ふた口ほど飲んだだけなのに、もう流香の眼の縁はほんのりと赤らんでいる。

「なにを歌うの？　あ、聞いても僕にはわからないか」

「ううん。あなたも知っている曲」

流香が、アスパラのベーコン巻きを摘《つま》む。拓海も、茄子の味噌炒めに箸《はし》をつける。味噌が茄子とよくマッチし、とてもおいしい。

「僕が？　なんだろう……」

拓海は首を捻《ひね》る。クラシックと言えば「白鳥の湖」しか知らないのに、それも、作曲者のチャイコフスキーとシューベルトを間違える音楽音痴に、知っている曲なんてあるのだろうか？

「ほら、最初に、あなたと出会ったときにドルフィンビーチで歌っていたでしょう？」

月光を背に天に舞うテティス。神秘的な調べに乗る美しく幻想的な歌声。

「あの曲……」

「思い出した？　シューベルトの『夜と夢』。予選の課題曲は八分以内のものって決まりがあって、この曲は五分ないから大丈夫なんだけれど、逆に、ちょっと短いかな、って気がするの」

「短いと、なにかまずいことでもあるのかい？」

ウエイターがナポリタンとガーリックトーストをテーブルに置き、以上でご注文はよろしいでしょうか？　と訊ねる。

拓海と流香がほとんど同時に頷くと、ごゆっくりどうぞ、と頭を下げてテーブルを離れる。

「まずいというか……なんとなく、与えられた八分間を目一杯使ったほうが印象がよくなるような感じがしない？　そう考えると、比較的長めの曲が多いオペラ・アリアの中から選択したほうが有利かな、とは思うんだけれど……」

「その曲を、歌いたいんだ？」

言葉を濁す流香を、拓海は促す。

オペラ・アリアというのがなんなのかはわからないけれど、流香が「夜と夢」という曲に思い入れがあるのはわかる。

「まあ、はっきり言っちゃえばね」

流香が破顔し、グラスを口もとに運ぶ。彼女は、少しだけ呂律《ろれつ》が怪しく、少しだけ陽気になっているよう。グラスは、いつの間にか空になっている。

「『夜と夢』は、ある人が同じコンクールの予選で歌った曲なの」

雨雲に覆われた太陽のように、流香の顔から微笑みが消え去る。

ある人というのは、多分、流香の母。彼女がこの曲にこだわるのも、きっとそれが理由。

「あの曲なら、きっとみんな聴き惚《ほ》れてくれると思うよ」

拓海は、努めて明るい口調で言う。彼女の心に、これ以上の影が差さないように。

流香は、拓海の言葉には答えずに、冥《くら》い瞳をグラスに落としている。

「お飲み物のお代わりは、いかがなさいましょう?」

注文を取りにきたウエイターに、拓海は手を振り、流香はグラスを差し出す。

「予選の会場って、どんなとこなの? 歌手が、コンサートとかやるような大きな会場?」

拓海は、話題を変えた。

哀しみに焦点を合わせなければ、酔いに身を任せるのは悪いことではない。逃げ道は、いくつあってもいい。最後に、行き着くべき道から眼を逸《そ》らさなければ……心の準備ができるまで、いくらでも、逃げ続ければいい。

「予選が行われるトッパンホールは、四、五百人くらいのスペースだから、そこまで大きくはないかな。でも、本選のアミューズホールは、二階席まで合わせると二千人以上の客席があるの。いろんな歌手が、コンサートをやっているわ。サザンとか……あなた、サザンって、知ってる？」

拓海は、首を横に振る。

「やっぱり。絶対に、そうだと思ったんだ」

流香が、子供みたいにはしゃぎ、手を叩《たた》いて笑う。

「そんなに、おかしなことかい？」

「うん。かなり、天然記念物かもしれない」

「ひっどいなぁ」

「ごめんなさい。とても貴重な、って意味よ」

「あんまり、フォローになってないような気がするんだけど」

拓海の言葉に、少しの間を置き、ふたりが爆笑する。

青の海面をテティスと手を繋《つな》ぎ漂っているときのような、互いの鼓動と呼吸が重なり合う瞬間……いま、流香ともそのときの一体感を感じる。

「でも、そういうところ好きよ」

拓海は、スパゲティを絡めたフォークを宙に止め、流香をみつめる。

「あ、違うんだから。そういう意味じゃなくて、ミーハーじゃない人が好きって意味なんだからね」

アルコールで赤く染まる顔をいっそう赤らめ、慌てて否定する流香。なに言ってるんだろう、私。呟《つぶや》きながら片手を挙げ、ウエイターに三杯目のマンハッタンを注文する。

「あのね……明日、学校の帰りに予選会場の下見に行くんだけれど、一緒に行く？　どうせ、暇してるんでしょう？」

流香の躰《からだ》が揺れている。かなり、酔いが回っているよう。

「何時頃だい？」

「四時くらいかな」

明日から、小岩で現場の仕事が入っている。勤務時間は、午前八時から午後五時まで。

「その時間は、ちょっと都合が悪いんだ」

微《かす》かに、流香の瞳に落胆のいろが浮かぶ。

「ごめんね」

「そうよね。いいのよ。あなただって、いろいろと予定があるのに、勝手に暇だとか決めつけちゃって。私のほうこそ、ごめんなさい」

流香が、おどけたようにペコリと頭を下げる。

「もっと遅い時間とかじゃ、だめなの？」

拓海は訊《たず》ねる。彼女が求めるときに、そばにいてあげられないことがつらい。

「いいのいいの、もう。それより、なにか面白い話をしよ？」

流香が、無理に作ったような笑顔で言う。

「そうそう、私の先輩の話がいいわ」

ウエイターが運んできたマンハッタンのグラスを傾けながら、流香が思い出したように手を叩く。

声楽家の先輩が、山中湖のペンションに現れたネズミに驚きながらも悲鳴を我慢したという話で、思い出し笑いをする流香。

さっきまでの無理な笑顔とは違う本当の笑顔。拓海も声を上げて笑う。

「それって、凄《すご》いプロ意識だね？」

「私も、見習わなきゃ、と思っちゃった。少なくとも、コンクールの一週間前にお酒を飲んでいるようじゃ、私もまだまだだわ」

それから流香は、ふたたび有線放送の話に戻り、浮気用のアリバイ作りのチャンネルがあることを教えてくれた。

「アリバイ作りのチャンネルに合わせるとね、パチンコ店の音や雑踏がスピーカーから流れて、部屋の中にいながら外にいるふうを装えるの。それで、電話の相手を……」

話しているうちに、流香の瞼《まぶた》が落ちてくる。

「信じ込ませる……らしいの。なんだか、眠くなってきちゃった。一分だけ、休ませて…

……」

流香が、言い終わらないうちにテーブルに突っ伏す。拓海はリラクゼーションミュージックの小川のせせらぎや小鳥の囀《さえず》りに耳を傾けながら、流香の寝顔をみつめる。

微かに口もとに弧を描き、心地《ここち》好《よ》さそうに眼を閉じる流香。そのうち、浅い寝息を立て始める。

一分が過ぎ、二分が過ぎ、三分が過ぎ……そのたびに流香の肩に触れようとする拓海の指先が宙で躊躇《ためら》う。

なにもかもを忘れられる刹那《せつな》の時間を、少しでも長く彼女に与えてあげたい。

拓海は、頬杖《ほおづえ》をつき、流香の寝顔を見守る。無邪気な寝顔に、幼き頃の彼女の顔が重なる。

「ごめんなさい……」

不意に、流香が口を開く。唇がへの字に曲がり、泣き出しそうな顔になる。

「どうしたの？」

思わず、問い返す。ふたたび、寝息が聞こえる。どうやら、寝言のよう。

「留吉さんのこと知らなか……」

また、寝言。言葉の最後のほうはか細く消え入り聞き取れなかった。

けれど、流香が留吉の死のことを言っているのだろうことはわかる。

「知ってたんだ……」

ちょっとだけ驚く。

「ありがとう」

流香の髪の毛をそっと撫《な》でる。指先が琥珀《こはく》色に染まる黒髪にさらりと埋まる。

拓海は流香の髪の毛から指先を離し、レジに向かい会計を済ませる。

「ちょっと、手伝ってもらってもいいですか？」

ウエイターに声をかけ、テーブルに戻る。

「お願いします」

言って、拓海は流香に背を向け片膝《かたひざ》をつく。肩越しに流香の華奢《きゃしゃ》な腕が伸びる。背中に流香の鼓動を感じる。流香のショルダーバッグを手にし、ゆっくりと拓海は立ち上がる。

ウエイターの声に送られ、流香をおぶったまま外に出る。店内の大自然とは打って変わった黒と灰色のコントラスト。星空の代わりに視界にきらめく飲食店のイルミネーション。

この街に、青はない。だけど、拓海にはみえる。ふたりの周囲を果てしなく囲むドルフィンビーチの白砂が……。

7

流香の詩

六本木通りに連なる車のヘッドライト。闇を拒絶するクラブやパブのネオン看板。

昨日は、この夜景をみることができなかった。

いま思い出しても、頬が焼けるように熱くなる。声楽科の先輩が山中湖に行った話をしたところまでは覚えているけれど、その後の記憶がなかった。

どうして、あんなに調子に乗って飲んでしまったのだろう？　なにか、変なことを言っていないだろうか？

気づいたときには、部屋のベッドの上だった。

どうやってホテルまで辿《たど》り着いたのかを、考えるだけで恐ろしかった。


昨日と同じ店がいいな。でも、今夜は自分の足で帰るんだよ。

予選会場の下見とレッスンを終えたあと。いつの間にか習慣になっている拓海との食事。部屋を訪れた流香に、彼が悪戯《いたずら》っぽく言った。

そう、流香の予感は当たった。店から拓海におぶさって、流香は家路に就いたのだった。

起こしてくれればよかったのに。

流香は抗議した。でも、彼の背中にいる間、一度も目を覚まさなかった流香の抗議に説得力はない。

流香は、拓海とふたり、小笠原の海に潜っている夢をみていた。出会った夜と同じように、月光が射し込む幻想的な空間に漂った。

夢の中での流香は、イルカのように自由に、滑らかに泳ぐことができた。そして、どれだけ動き回っても、息が苦しくなることはなかった。

あれは現実ではなかったけれど、拓海が、テティスのようになれたら、と願う気持ちがわかるような気がした。

拓海は、まだ、店内にいる。ちょうど、ほかの客と帰りが重なり、レジが込み合っていた。

昨日は食事に誘っていながら彼に払わせてしまったので、今夜は拓海にふたりぶんの代金を渡し、ひと足先に流香は外に出てきたのだった。

拓海が上京してからの三日間……彼と過ごした時間は、とても愉《たの》しかった。日を追うごとに、彼に惹《ひ》かれている自分がいる。そんな自分に、戸惑う自分がいる。

母が目の前から消えたあと、駅へと続く一本道で待ち続ける夢以外に、もうひとつ、よくみる夢があった。

公園で駆け寄ってくる子犬。部屋の中で飛んでいる風船。草原に咲き誇る野花。

その夢は決まったシチュエーションではなく、いくつものパターンがあった。

ただ、決まっているのは、流香が子犬を抱き上げようとすると、風船を手に取ろうとすると、野花を摘もうとすると、すべてがシャボン玉のように消えてしまい、あたりが闇に包まれるということ……。

「待った？」

拓海が小走りで店内から現れる。いつもの、屈託のない笑顔を浮かべながら。

その笑顔が夢の中の子犬のように、風船のように、野花のように消えてしまいはしないかと、流香を臆病《おくびょう》にする。

「どうしたの？」

流香の視線に気づき、拓海が首を傾げる。

「ううん。なんでもない。それより、あなたのほうこそ、その傷どうしたの？」

Tシャツの袖《そで》から覗《のぞ》く拓海の右腕に走る引っ掻《か》き傷に、流香は初めて気づく。昨日までは、多分、なかったはず。

「あ、これ？　鉄板の角で引っ掻いちゃったんだよ、多分」

「鉄板の角？　どこに、そんなものあるの？」

「今日は、お酒を飲まなかったね？」

「人を、飲兵衛《のんべえ》みたいに言わないで」

流香は言うと、歩を踏み出す。

「あ……」

背後で、拓海が声を上げる。歩を止め、振り返る。ジャングルナイトの三、四軒並びのビルの前に立つ、青いネオン看板の前で立ち尽くす拓海。

「どうした……あ……」

看板をみて、流香も声を上げる。コバルトブルーの海。海面から降り注ぐ陽光の帯を上昇するイルカ。ホストクラブ・ブルードルフィン。

「ウチの会社と同じ名前だよ。昨日は、気づかなかったな」

「本当。すごい偶然ね」

「このイルカ、テティスに似ている」

拓海が、眼を細めて看板をみつめる。そう言われてみれば、看板に描かれているイルカの瞳《ひとみ》はとても優しく、テティスを彷彿《ほうふつ》とさせる。

流香は、拓海の横顔に視線を移す。まだ、テティスと離れて四、五日しか経っていないはずなのに、四、五年は会っていないような懐かしそうな眼差《まなざ》し。

不意に、ビルの奥から嬌声《きょうせい》が聞こえてくる。派手なスーツを着た長い茶髪の男性にしなだれかかるように腕を絡ませる女性。男性が耳もとでなにかを囁《ささや》く。女性が甘えたように男性の胸を叩《たた》く。

「もぉ〜、聖《ひじり》ったらぁ。口がうまいんだから」

「そんなことないって。僕は、京子ちゃんにだけは、絶対に嘘を吐かないよ。だって、君を傷つけてしまうことになるから」

聖……多分ホストだろう男性が、じっと女性の瞳をみつめながら言った。

「本気にしちゃうよ？　いいの？」

女性の言葉に、真剣な顔で頷《うなず》く男性。

「じゃあ、また、明日くるから」

女性が弾《はじ》ける笑顔で男性に手を振り、その手でタクシーを停める。男性が人工的な陽灼《ひや》け顔を綻《ほころ》ばせ、手を振り返す。

「あの男の人の言っていたこと、なんだか、わかるような気がするな」

拓海が、男性がビルの中へ消えてから、独り言のように呟《つぶや》く。

「本当に、あなたって人は……」

流香は、拓海のまじめな顔をみて、思わず噴き出した。

「え？　なにか、変なこと言った？」

「いいえ、なんにも。あのさ、このブルードルフィンって、どんなお店だか知ってる？」

流香は、笑いを嚙《か》み殺して訊《たず》ねる。

「なんの店？」

「やっぱり、知らなかったのね。このお店は、ホストクラブ。さっきの男の人はホストよ。

月に二百万円も三百万円も稼ぐ人がいるのよ」

「ああ、ホストクラブ。知ってるよ。女の人と喋《しゃべ》って、お酒を出す店だろう？」

相変わらず、真顔の拓海。

「そうね。間違ってはいないわ」

「なんだか、気になる言いかただね。もしかして、違った？」

「違わないわ」

「でも、それだけでそんなに稼ぐなんて、内地って、凄《すご》い仕事があるんだね」

拓海が驚いたように眼を見開く。

「もちろん、それは売れっ子の……。あなたとは一番無関係な世界だから、どうだっていいわ」

「僕と、一番無関係な世界？」

流香の言葉に、拓海が不思議そうな顔をする。

「さ、そんなことより、そろそろ帰りましょう？」

空車の赤いランプを点《とも》すタクシー。手を上げようとする流香の腕を、拓海がそっと押さえる。

「いい風が吹いているから、歩いて帰ろう」

流香は微笑み、小さく顎《あご》を引いた。

第三部

1

拓海の詩

ブルドーザーが土を抉《えぐ》り、ダンプが土砂や鉄骨を運び、ドリルがアスファルトに穴を空ける。

耳を聾《ろう》する衝撃音と職人達の怒声が埃《ほこり》っぽい空気に飛び交う。

拓海は、ダンプが資材置き場に下ろした鉄骨を抱え上げ、一輪手押し車に移す。荷台が一杯になれば、駆け足でビルの土台場まで運ぶ。

今日で現場は一週間目。最初の一、二日は、一輪手押し車のバランスがうまく取れずに、土台場に運ぶ途中で鉄骨をバラ撒《ま》いてしまうことが何度も続き、親方に怒鳴られ通しだった。

初日には、バランスを崩した際にほかの職人が運ぶ鉄板の角に腕をぶつけ、裂傷を負ってしまった。

その日の夜、ジャングルナイトから出てきたときに流香に右腕の傷のことを訊ねられ、ひやひやしたものだ。

翌日から拓海は、現場のときには長袖のシャツを着るようにした。

土台場に鉄骨を下ろし、すぐさま拓海は空になった一輪手押し車を押して資材置き場に駆ける。

「若いの。砂利頼むわ」

背中を、源三の濁声《だみごえ》が追いかける。

「はいっ」

拓海は歩を止め、振り返る。

「途中でぶちまけるんじゃねえぞ」

鉄板を肩に担いだ源三が、目尻《めじり》に深い皺《しわ》を刻みながら大声で叫ぶ。

今年還暦を迎えたという源三は、不慣れな拓海の面倒をなにかとみてくれる。

親方に怒鳴られるたびに一緒に謝ってくれたり、散らばった鉄骨を拾い集めてくれたり。

口はあまりいいとは言えないけれど、ぶっきら棒な中にも温かさが窺《うかが》える源三に、拓海は留吉の姿を重ね合わせていた。

「気をつけます」

笑顔を返し、拓海は駆け出す。

資材置き場から土台場までの五十メートルあまりの距離を、鉄骨やら砂利やら水やらを載せた一輪手押し車を、一日に数十回は往復させる。

体力には自信があるほうだけれど、普段使わない筋肉を使うせいか、躰《からだ》中のあちこちが悲鳴を上げていた。

鉄骨や砂利も重いけれど、水はとくに大変だった。鉄骨や砂利とそう変わらない重さでも、運ぶ際に揺れるので、じっさいの重量の何倍にも重く感じられる。

午前八時から午後五時まで、昼食時を除いて資材運びと雑用の繰り返し。

でも、つらくはない。職人達は気が短く怒りっぽいけれど、みな、情が深く陽気なヒトばかり。それに、流香の笑顔がみられるためなら、どんなことも苦になりはしない。

「おう、兄ちゃん。ずいぶんとサマになってきたな」

スコップで砂利を積み込む拓海の肩を、親方が分厚い掌《てのひら》で叩く。

「ありがとうございます」

「そういや、今日は早上がりだったな。三時だったよな?」

「はい。すみません。勝手を言いまして」

「気にすんな。明日から、そのぶん気張ってくれや。デートかなにかか?」

親方が髭《ひげ》だらけの顔に悪戯《いたずら》っぽい笑みを浮かべる。

「知り合いの女のコが、今日、声楽のコンクールの予選に出るんです」

屈託のない笑顔で、拓海は言う。

午後四時から、新日本音楽コンクールの予選がトッパンホールで行われる。流香に描いてもらった地図によると、飯田橋という駅で電車を降りればいいらしい。

昨日のうちに、小岩駅の駅員に飯田橋駅までの行きかたと所要時間を訊《き》いていた。駅員の話では、飯田橋駅まで乗り継ぎのない各駅停車に乗れば、二十分もあれば到着するという。

「セイガク？　なんだそりゃ？」

「僕もよく知りませんけれど、オペラみたいなものです」

「オペラ？　お前、なんだか凄い彼女とつき合ってんだな？」

「彼女じゃないですよ。僕は、大好きですけど」

拓海の言葉に、親方がビヤ樽《だる》のような大きなお腹を抱えて笑う。

「変わった奴だな、兄ちゃんは。ま、なんでもいいから愉《たの》しんでこいや。それ運んだら昼飯だ。俺はいつもの特盛りを頼む」

言って、親方が拓海の作業ズボンのポケットに二十一人分の昼食代の一万円札を捩《ね》じ込む。

「はい」

拓海は踵《きびす》を返し、土台場へと走る。

「若いの、行くぞ」

砂利を下ろしていると、源三がメモ切れをヒラヒラとさせながら近づいてくる。拓海は、源三からメモ切れを受け取る。

正の文字を数える。特盛りが一に大盛りが十二に並が八。昼食の買い出しは、近くの牛丼屋がほとんどだ。

「今日は、僕ひとりで大丈夫ですよ」

「気にすんなって。俺はお前のお目つけ役みたいなもんだからよ」

源三はこうやっていつも、拓海の買い出しにつき合ってくれる。

「ありがとうございます」

拓海は礼を言う。

「いいってことよ」

源三が照れ臭そうに顔前で手を振る。

ふたりは、並んで現場を歩く。

「ところで、若いの。おめえ、里は沖縄とかなんとか言ってたよな?」

「小笠原ですよ」

「そんなもん、どっちでも同じようなもんだろうよ。で、里にはいつ帰るんだ?」

「あと、二ヵ月くらいのつもりです」

十一月まで……流香がミラノに旅立つまでのおよそ二ヵ月間に、百三十万円近くのお金を稼がなければならない。

昨日までに手にした六日分の日当は五万四千円。今日のぶんを入れると六万三千円。まだまだ、目標金額には程遠い。というよりも、あと二ヵ月間毎日働いたとしても、六万三千円をプラスして約六十万円にしかならない。

不足分の七十万円をどうするか……それが問題だった。

「そっか……。残念だな。せっかく俺の後継者ができたと思ったのによ」

源三が、寂しそうに肩を落とす。

「小笠原に帰っても、また、いつか東京に出てきますよ。そのときは、まっ先にお世話になりますから」

流香がミラノのコンクールに出場できれば、拓海の役目は終わる。きっとその頃には、彼女はひとりで新しい世界に足を踏み出せるはず。希望に満ち溢《あふ》れた未来が、流香を待っている。

拓海が戻るのは青の世界。そこには、首を長くしてテティスが待っている。

流香と離れるのは、寂しく、つらいことなのかもしれない。けれど、彼女がいまの世界に閉じ込められているのは、もっとつらい。

「おう。そんときゃ、ビシビシしごいてやるからよ」

源三が拓海の尻《しり》を叩《たた》く。ふたりは、現場から大通りに出る。通りの向こう側に、牛丼屋はある。点滅する歩行者用の青信号のランプ。

「おい、若いの。競走だ」

源三が悪戯っぽく片目を瞑《つむ》り、いきなり駆け出す。拓海の緩みかけた頬が凍《い》てつく。猛スピードで右折した車が源三に突っ込む。

「源三さんっ」

拓海の絶叫を、クラクションとタイヤのスリップ音が遮る。瞬間、視界がモノクロに染まる。重々しい衝撃音とともに、源三の躰が人形のように宙に放《ほう》り出される。

拓海は、全速力で駆け出した。

「源三さん、大丈夫ですかっ。源三さんっ」

大通りの中央で仰向《あおむ》けになる源三。こめかみから流れ出す鮮血。アスファルトに跪《ひざまず》き、拓海は源三の名を叫ぶ。

「誰か、救急車を……救急車をお願いしますっ」

拓海は、人だかりを作る通行人を見渡し訴えた。

鼓膜からすべての音が消え去った。

女性がなにかを叫んでいる。男性が携帯電話を取り出している。車から次々と運転手が飛び降りてくる。

天を仰いだ。

祖父《じい》ちゃん。源三さんを助けて……。

2　流香の詩

「リラックス、リラックス。肩の力を抜いて。レッスンのつもりで歌えば大丈夫よ。あなたの歌声は、誰にも負けないわ。リラックス、リラックス」

舞台袖《そで》で出番を待つ流香の背中に手を当てながら、恩師の田島教授が、リラックス、を呪文のように繰り返す。

流香の正面……舞台では、エントリーナンバー4の関東芸術大学の音楽科の女性が、課題曲であるシューベルトの歌曲、「若い尼僧」を披露している。

彼女も、それまでの三人も、素晴らしい歌声をしていた。誰も彼もが、自分なんかよりも遥《はる》かに優れている、と流香は感じた。

五十人を超えるこんなにハイレベルなメンバーの中から、本選へと向かう十人に残れるだろうか？

全身の筋肉が強張《こわば》り、呼吸が浅くなる。

もし、歌詞を忘れたり間違ってしまったら……。

頭に浮かぶのは、ネガティヴなイメージばかり。出番が近づくにつれ、不安と弱気が流香の心を緊縛する。

流香は眼を閉じ、大きく深呼吸をする。無意識に、右手が純白のドレスの胸もとに伸びる。イルカのペンダントトップ……マリンスターを握り締める。

落ち着いて、怖くないよ。

マリンスターを取りに海に潜るとき、ためらう流香を拓海は優しく促した。あのとき、彼がそばにいてくれただけで、未知の世界へ踏み出すことにたいして、不思議と恐怖心を感じなかった。

拓海は、客席にいる。コンクールという荒波の中を、あの夜と同じように導いてくれる。揺らめく青のグラデーション。月明かりに映える白の海底。音のない幻想的な空間。流香の腕に触れる彼の指先。

心を緊縛していた不安と弱気のロープが、ゆっくりと解《ほど》けてゆく。

盛大な拍手。舞台袖に戻る出演者の足音。恩師らしき女性の称賛の声。

『5番。麻布音楽大学三年生。柏木流香さん。ソプラノ』

静まる拍手と入れ替わりに聞こえる場内アナウンス。

「流香ちゃん。頑張って」

田島教授の手が流香の肩に触れる。眼を開ける。口もとに弧を描き、小さく顎《あご》を引く。

「さっきまでより、全然いい顔になったわ」

流香はもう一度頷《うなず》き、舞台袖から歩を踏み出す。拍手が出迎える。伴奏者の女性に一礼し、中央へと進む。歩を止め、観客席に向かって深くお辞儀をする。顔を上げ、背筋を伸ばし胸を張る。

しんと静まり返る空間にピアノの旋律が響き渡る。

頭上から降り注ぐスポットライトは月光のよう。薄暗い観客席は夜の海のよう。

そう、いま流香の立っている舞台はドルフィンビーチの砂浜。

あのときのように、歌うだけ。解き放たれた気持ちで、アリオンを助けた神話の中のイルカに捧《ささ》げたように。


流香には視える。天に向かって舞うテティスの姿が……。

◇

「流香、最高だったわよ」

「うまく歌えたじゃん」

「予選通過間違いなしだよ」

応援にかけつけてくれた声楽科の仲間達が、出演者控え室の椅子に座りミネラルウォーターで喉《のど》を潤す流香に次々と祝福の言葉をかけ、花束を差し出す。

「本当に、最高の出来だったわよ、流香ちゃん」

流香の傍らに腰を下ろす田島教授が、レッスンのときの厳しさからは想像のつかない柔和に細めた眼で流香をみつめる。

「ありがとうございます。みんなも、忙しいのに、きてくれてありがとうね」

流香は立ち上がり、花束を受け取りながら礼を述べる。

室内は、既に予選を終えたほかの出演者や出演者の応援にかけつけた友人や肉親関係者達で溢れ返っている。

みんなが言ってくれたように、流香としては満足のいく歌唱ができたことで充実感に包まれていた。

結果発表は夜の八時。予選を通過した出演者のもとには、主催者サイドから直接連絡が入ることになっている。つまり、連絡が入らない場合は落選したということ。

けれど、結果がどうであれ、流香は満足している。これで落選したとしても、諦《あきら》めはつく。

「流香、どうしたの?」

陽子が、視線を室内に巡らす流香に訊《たず》ねる。

「あ、なんでもない……。あなた達も座って」

流香は曖昧《あいまい》に言葉を濁し、みなを椅子に促す。

亜美は、どうしたのだろう? それから、拓海は……。

「ねえ？　流香、今夜、時間空けといてよ」

かおりが、身を乗り出して言う。

「え？」

「祝賀会よ。六本木のジャングルナイトってとこ。八時に、予約してあるの。田島先生と飲みに行ったこと、あるんでしょう？」

「あ……う、うん」

訳もなく、どぎまぎとしてしまう。ジャングルナイトと聞くと、田島教授と行ったときのことよりも拓海とのことを思い出してしまう。

「万が一落選してたら、そのときは残念会に早変わり。ね、田島先生もくるんだから、必ずおいでよ」

かおりが、流香の腕を摑《つか》み念を押す。

控え室のドアが、勢いよく開いた。

「流香、ちょっと」

強張った顔で手招きをする亜美。

「あら、どこにいたの？」

ドア口に歩み寄りながら、流香は無意識に亜美の背後に視線を投げる。拓海の姿を捜す。

「はやく、はやく」

流香の腕を引き、外に連れ出す亜美。

「なによ、そんなに慌ててどうしたの？」

「拓海君が、救急車で病院に運ばれたらしいの」

「え……」

時間《とき》が止まった。躰《からだ》から、血の気が引いてゆく……。

「拓海君から私の電話番号を聞いた男の人から連絡が入ったの。車に撥《は》ねられたんですって。それで、コンクールに間に合わないかもしれないから、あなたに伝えてほしいって。多分、あなたを動揺させないために、私の電話番号を男の人に言ったんだと思うわ。電話は四時頃に入ったんだけれど、あなたは出番を控えていたし……」

亜美の声は、ほとんど耳を素通りする。つい数分前まで流香を満たしていた充実感は、跡形もなく消えていた。

「病院は……どこなの？」

流香は、掠《かす》れ、うわずった声で亜美に訊ねる。

「携帯電話の電波が悪くてよく聞き取れなかったんだけれど……たしか、墨田区のなんとか記念病院って言ってたような気がする。ごめん。私もパニックになっちゃって……流香？　ちょっと、どこに行くの⁉」

気づいたときには、駆け出していた。ステージ衣装のままロビーを横切り、外へと飛び出す。擦れ違う人々が、びっくりしたような顔で振り向く。

大通りに出て、タクシーを捉《つか》まえる。息を切らし後部座席に乗り込む流香の格好をみて、運転手が口をぽっかりと開ける。

「墨田区の記念病院に行ってくださいっ」

「記念病院って、どこの？」

運転手が振り返る。

「墨田区の、記念病院のつく病院を探してくださいっ。とにかく、急いでくださいっ」

流香は叫んだ。運転手が呆《あき》れたような顔をする。わがままだと……自分勝手だと思われても構わない。

いまは、一分でもはやく拓海に会いたかった。

◇

幸いなことに、墨田区で記念病院がつくのは、横網にある博愛記念病院しかなかった。

「二、三時間前に、七瀬拓海さんって人が救急車で運ばれてきたはずですけど……何号室ですか!?」

流香は、ナースセンターの窓口カウンターで身を乗り出して訊ねた。

廊下を行き交う医師、看護師、入院患者が場違いな格好の流香に好奇の眼を向ける。

「七瀬拓海さん、ですか？　そのような名前の患者さんは、運び込まれておりませんが？」

ファイルから顔を上げた若い看護師が、首を傾げながら言う。

「歳は二十三で、身長は百八十センチくらいで、よく陽に灼《や》けた男の人です。もう一度、調べてもらえますか⁉」

流香は、ひと息に拓海の特徴を述べ、縋《すが》るような眼を看護師に向ける。

「昼過ぎに、六十代の男性の方なら救急車で当院に運び込まれましたが……それ以外の方は、いらっしゃいませんね」

「そんなはずありませんっ。私、墨田区の記念病院に七瀬さんが運び込まれたって聞いたんですからっ。タクシーの運転手さんも、墨田区で記念病院がつくのはここだけだと言っていたし……」

言いながら、もしかして拓海が運ばれたのは別の病院かもしれないと……亜美が聞き間違えたのかもしれないという不安に襲われた。

「そんなこと言われましても……」

困惑顔の看護師。

「どうなさいました？」

ナースセンターの奥から現れた年配の看護師が流香に会釈する。流香は、若い看護師にしたのと同じ説明を繰り返した。

「ああ、それなら、佐野さんにつき添っていた男の子じゃないかしら」

「つき添っていた……？　つき添っていたって、どういうことですか⁉」

「だから、佐野さんが救急車で運び込まれたときに、一緒に乗ってきたんですよ、彼が。

三十分ほど前に出て行かれたときに、連絡先のメモを頂きましたので……たしか、ここに……あ、これです」

看護師がポケットから取り出したメモ用紙を流香に差し出す。

見覚えのある携帯電話の番号の上に書かれた七瀬の文字。

流香は、放心状態で立ち尽くす。

怪我をしたのは、拓海ではなかった……。

安堵《あんど》の吐息が唇から零《こぼ》れ、全身からどっと力が抜ける。

じゃあ、なぜ拓海が？　佐野という男性は誰？　拓海は、その男性とどういう関係？

安堵と同時に、次々と疑問が湧《わ》き起こる。そして、一番大きな疑問……。

なぜ、私はここに？

流香は、自分自身に問いかけた。

3

拓海の詩

ごめんなさい。私、勘違いしてあなたが救急車で運ばれたって……。そしたら流香、衣装のまま飛び出して行ったの。本当に、ごめんなさい。

親方のかけた電話を聞き違えて流香に伝えた亜美は、トッパンホールの控え室で何度も謝った。

窓の外。流れていた景色が止まる。フロントウインドウの向こうにみえる車の群れ。渋滞に巻き込まれたよう。ダイバーズウォッチに眼をやる。あと五分で六時になる。

拓海は、視線を腕時計から掌《てのひら》……シルバーピンクの携帯電話に移す。

流香に返してあげて。慌てて、忘れて行っちゃったみたい。

心配させちゃったね。

心で呟《つぶや》き、そっと携帯電話を握り締める。

「運転手さん。博愛記念病院は、まだ、遠いですか？」

「この通りを、二百メートルくらいまっすぐ行った右手です。この渋滞じゃ、歩いたほうがはやいかもしれませんね」

「じゃあ、ここでいいです」

拓海は、千円札三枚を運転手に渡し、車から飛び降りる。

「あ、お客さん、お釣りっ」

運転手の声を背中に聞きながら、拓海は駆け出す。


そしたら流香、衣装のまま飛び出して行ったの。


ふたたび、蘇《よみがえ》る亜美の声。

駆け足の速度が上がる。視界の端を掠める景色の流れがはやくなる。荒い呼吸が耳の中に谺《こだま》する。滴る汗が眼に染みる。

右手にみえる白亜の外壁。博愛記念病院まで、もう少し。

不意に、門扉から現れる白い影。流香……。純白のドレスを纏《まと》う彼女の美しさに、しばし、拓海は息を吞《の》む。

「流香……」

挙げかけた右手を止める。拓海は、現場の作業服を着たままであることに初めて気づく。

タクシーを探しているのだろう、流香が振り向く。拓海は建物の陰に、慌てて姿を隠す。

目の前を横切る一台のタクシーが、スピードを落とす。後部座席に吸い込まれる流香。

「僕は、ここにいるよ」

拓海は呟き、遠ざかるテイルランプを見送った。

4　流香の詩

ジャングルナイトの店内。正面の席から陽子、美智子、かおりが、左右の席から亜美と田島教授が、祈るような視線を流香に向ける。

流香は、田島教授に借りた携帯電話をみつめる。液晶ディスプレイに表示されるデジタル時計。PM8：50。新日本音楽コンクールの予選通過者の発表は午後八時。通過者の自宅に主催者から直接連絡が入ることになっている。

あのあと流香は、病院からトッパンホールの控え室へと戻った。控え室には、亜美ひとりが待っていた。

さっき、拓海君がきたわよ。私が、聞き違えちゃったの。怪我して病院に運ばれたのは、拓海君じゃなかったのよ。

流香の顔をみるなり、亜美は手を合わせて申し訳なさそうに言った。

亜美の話では、流香が飛び出したことを聞かされた拓海はすぐに病院に戻ったという。

拓海は、現れなかった。もう少し待てば会えたのかもしれないけれど、もう、どうでもよかった。

彼は、予選会場にこなかった。通りすがりの人が怪我をしているのに、放《ほう》っておける彼でないのはわかっている。救急車を呼ぶのも理解できる。流香だって、同じ立場になったらそうするはず。

でも、一緒に病院までつき添い、約束のコンクールの時間に間に合わないほどの面倒をみる行為は理解できない。

救急車で運ばれた佐野という男性が、拓海が世話になった人というのならばまだしも、彼にとっては赤の他人。

拓海がいくら優しくても、みず知らずの人間の身になにかがあるたびにこんなことをしていたら、キリがない。

彼らしい、というふうに思いたくても、コンクールにきてくれなかったことだけは、どうしても納得できない。

だって、拓海が東京に出てきたのは、この日のためなのだから……。


「ほら、流香、はやく電話をかけなよ」

亜美が、我が事のように緊張した面持ちで促す。流香は震える指先で、クライシスホテルのフロントの電話番号を押す。

着替えを済ませ、みんなが待つ六本木のジャングルナイトへと亜美とふたりで向かう途中にホテルに電話をかけ、コンクールの結果が入るかもしれないと久納に伝えていたのだった。

三回目で途切れるコール音。ありがとうございます。クライシスホテルでございます。穏やかな声音に、流香の鼓動が高鳴る。

「久納さん？　私、流香です」

きつく眼を閉じ、久納の言葉を待つ。携帯電話を持つ掌が汗ばむ。

『ああ、お嬢様。ご連絡を、お待ちしておりました。十月十五日の本選も、頑張ってくださいね』

「連絡が、あったんですね!?」

眼を開け、流香は弾む声で言った。流香と久納のやり取りを聞いていた亜美達が、運ばれてきたばかりのチューハイやらワインやらジンジャーエールのグラスを手に取り乾杯の用意を始める。

『ええ。八時きっかりに』

「お父さんには、このことを？」

『まだ、お伝えしておりません。まず最初に、お嬢様にと思いまして』

「ありがとうっ。お父さんには、帰ってから私が伝えます。じゃあ、また、あとで……」

『羽目を外し過ぎないように、気をつけてくださいね？』

「はい。努力致します」

おどけた口調を残し、流香は電話を切る。

「流香、おめでとうっ」

「よくやったわ」

「我ら声楽科のヒーロー、いや、ヒロインね」

「よかったわね」

「流香ちゃん、頑張ったわね」

みんなが口々に祝福の言葉を投げかけ、グラスを差し出してくる。流香もオレンジジュースのグラスを手にし、宙に掲げる。


なにに乾杯するの？

あの夜、拓海もオレンジジュースのグラスを翳《かざ》した。

九月十五日の予選を無事に突破できるように。


拓海の笑顔が、胸を締めつける。

「柏木流香さんの予選突破を祝して、本選第一位の前祝いとして、乾杯！」

グラスの触れ合う音が、朗らかな笑い声が、苦痛だった。

「ありがとう、みんな。田島先生も、本当にありがとうございました」

口もとに浮かぶ力のない微笑み。

念願の予選突破、父の理解、みなの祝福。すべてが思い通りになり幸せなはずなのに、満たされない気持ち。

イルカのペンダントを握り締める。一番わかち合いたい人が、ここにはいない。

「流香ちゃん、そのペンダント、出番の前にもそうやって触っていたけれど、なにかのおまじない？」

田島教授が、隣から流香の胸もとを覗《のぞ》き込む。

「あ、このペンダントの中には、流香の王子様からの贈り物が入って……」

「亜美」

流香は、亜美の言葉を遮った。

「え～、流香、あなた、彼氏いたの？」

陽子が、驚いたように眼を見開く。

「いつの間に恋人なんて作ったの!?」

美智子が身を乗り出し、陽子に負けないくらいに素頓狂《すっとんきょう》な声を出す。

「ねえ、どんな人か、紹介してよ」

かおりが、興味津々の顔で言う。

「違うのよ。もう、亜美ったら、なんとか言って」

流香は亜美の腕を肘《ひじ》で小突く。

「あら、亜美ちゃん。あなた、間宮君のことを知ってるの？」

田島教授の言葉に、流香は凍りつく。

五年前から麻布音楽大学の教授職に就いている彼女だけは、間宮との一年を知っている。

「え？　間宮さんって、誰です？」

亜美が、目を白黒させる。

「間宮君のことじゃないの？　流香ちゃんの王子様だなんて言うから、てっきり彼のことだと思ったわ」

「流香、間宮さんなんて名前、初耳よ。ねえ、その人、誰よ？」

亜美が流香の顔を覗き込む。いつもの興味津々といった好奇の眼ではなく、咎《とが》めるよういろが含まれている。

「え、間宮先輩と流香ってつき合ってたの!?」

「初耳だわ。へぇー、流香と間宮先輩がねぇ」

「ショック。私、間宮先輩に憧《あこが》れてたのにぃ」

陽子、かおり、美智子の三人が三様のリアクションをみせる。

三人に共通しているのは、みな、寝耳に水、ということ。

「間宮君はね、ピアノ科の卒業生で……」

言葉に詰まる流香の代わりに、田島教授が間宮について語り始める。そして、ふたりの出会いのエピソードについても……。

「そういえば、一年の発表会のとき、流香の伴奏をやっていたの、間宮先輩だったよね。そんな関係だなんて、全然知らなかった」

「あれって、即席のコンビだったの？　それにしては、すごく息が合ってたよ。ラブラブなら、それも当然だよねぇ」

「発表会の前夜に育《はぐく》まれた愛か……。ロマンティックだわ」

違う……違う……。流香は心で否定する。できるなら、みなの口にチャックをしたい。

口々に騒ぎ立てる三人とは対照的に、亜美は不機嫌そうに口を噤《つぐ》む。

「亜美さぁ、同じピアノ科なのに間宮先輩のこと知らないの？」

陽子が信じられないといった顔で訊《たず》ねる。

「知らないと、悪い？」

相変わらず不機嫌モードの亜美。

「悪くはないけど、大人で、紳士的で、才能に満ち溢《あふ》れていて、背が高くて、ルックスもよくて……」

美智子が胸前で掌《てのひら》を重ね合わせ、うっとりと瞼《まぶた》を閉じる。

「いらっしゃいませ」

ウエイターの声。流香は、なにげなく自動ドアに視線を泳がす。思わず、声を上げそうになる。視線の先。無邪気に破顔し、片手を挙げる拓海。

弾《はじ》かれたように亜美に顔を向ける。

「私が呼んだんだ。言うの忘れてたけれど、流香の携帯電話を彼に預けてたの」

バツが悪そうに言うと亜美が舌を出す。

「ねえねえ、あの素敵な彼、誰よ？」

「もしかして、あの男の子が亜美が言っていた王子様？」

「間宮先輩と、二股《ふたまた》？」

三人が顔を近づけ興奮口調で流香を質問攻めにする。

「今日は、コンクールに行けなくてごめん」

拓海が流香達のテーブルに歩み寄り謝る。呆《あき》れ返るほど、純粋に、素直に。

もう、みなの前で言うことないじゃない。拓海の馬鹿。心で、流香は抗議する。

陽子が、かおりが、美智子が、田島教授まで、拓海に視線を奪われている。

誇らしい気持ち、恥ずかしい気持ち、困惑する気持ち、許せない気持ち……いろんな気持ちが、流香の胸奥でない交ぜになる。

「もう、いいの。それより、いつまで？」

みなの耳を意識して、素っ気ない口調になる。

「え？」

拓海が、きょとんとした顔をする。

やめなさい。なにを言う気なの？

心で制止する声が、コンクールへきてくれなかったことへの不満に呑《の》み込まれてゆく。

「いつまで、東京にいるの？　だって、予選が終わったら、小笠原に帰る予定だったんでしょう？」

後悔、後悔、後悔……。もしもうひとりの自分がいるのなら、思い切り頬をひっぱたいてやりたかった。

「ああ……。君が本選に出ることになったたし、十月までいようかなと思っている。ブルードルフィンのほうも、僕がいなくても大丈夫みたいだし」

気を悪くしたふうもなく、屈託なく笑う拓海。

本選まで、彼がいてくれる……。

静かに弾む心。でも、素直になれない自分がいる。

「あ、そうそう、順番があべこべになったけれど、予選通過、おめでとう」

どこまでも深く、吸い込まれそうな瞳《ひとみ》。拓海から眼を逸《そ》らす。ずっとみつめていると、信じてしまいそう。

無償の愛という幻を……。

「ありがとう。それから、本選までに一ヵ月もあるから、無理しなくてもいいのよ。そんなに休めば、仕事も大変だろうし」

聴いてもらいたかった。ドルフィンビーチで歌ったあの曲を。

ステージでの流香は、自分のためでも、田島教授のためでも、応援に駆けつけた仲間のためでもなく、ただひとりの男性《ひと》のために歌った。

そして、彼が病院に運ばれたと聞いたとき、予選通過の喜びも、ミラノへの希望もなにもかもが頭から消え去った。

控え室から病院までのことは、よく思い出せなかった。

ただ、ひとつだけ覚えているのは、一刻もはやく、彼に会いたかったということ。

彼が行きずりの人とともにいることを選んだ事実に、臍《へそ》を曲げたのはたしか。

待ち人が現れないと、母親に置き去りにされた記憶がどうしても脳裏に蘇《よみがえ》ってしまう。

けれど、それだけじゃない。

かつて体験したことのない想いに、戸惑い、恐れる自分がいた。

「流香。せっかくきてくれたんだから、座ってもらったら？」

亜美の問いかけに、流香は返事をしなかった……できなかった。

できることなら、そうしたい。でも、間宮のことを知っている田島教授の前で、どんな顔をして彼と話せばいいの？

ただでさえ、みなは王子様話で盛り上がっている。そのうち、間宮のことを誰かが口にするかもしれない。

田島教授が思っているように、間宮が流香の恋人ならば隠すつもりはない。また、隠す必要もない。拓海は、流香の王子様でもなんでもないのだから。

けれど、誤解を恐れていた。誤解を恐れること自体、拓海を特別の存在だと認めているという証《あかし》。そんな自分の気持ちが腹立たしく、とても不安になる。

「さ、拓海君もこっちにきて」

亜美が丸太の椅子をポン、と叩《たた》き、拓海を促す。

「ありがとう。でも、僕は遠慮しとくよ。音楽の話、ちんぷんかんぷんだから。じゃあ、これで」

拓海が白い歯を零《こぼ》し、少年のように手を振りながら背を向ける。

「あ、忘れてた。はい、これ」

戻ってきた拓海が、携帯電話を差し出す。

「ありがとう」

無表情に流香は礼を言うと、携帯電話を受け取る。

「本当に、よかったね」

拓海が微笑み、踵《きびす》を返す。泣き出したくなるほどの優しい眼差《まなざ》しを残して。

待って。

想いが、声にできたなら……。

「流香、あのコ、すごくカッコいいじゃない。つき合ってるの!?」

「ねえ、どういう関係なのよ!?」

「小笠原で、出会ったの!?」

陽子が、かおりが、美智子が、頬を上気させて矢継ぎ早に質問してくる。

「なにやってるの？　このまま帰しちゃう気⁉」

亜美が、流香の腕を摑《つか》んで揺する。

言われなくても、わかっている。けれど、どうしろというの？

遠ざかる拓海の背中を視線で追う。自動ドアが開く。拓海の肩の向こう側に現れた男性……。

「流香ちゃん」

昔と変わらない誠実な笑顔で片手を挙げる男性……間宮。

拓海が歩を止め、振り返る。間宮の背中に向けた瞳を、流香へと移す。ふたりの視線が交差する。

「あの……」

言葉の先が続かない。

にっこりと微笑み、拓海が自動ドアの向こう側へと消えた。

「あら、間宮君、はやかったわね」

田島教授が間宮に手招きをする。

「お久し振りです、先生」

「流香ちゃんを驚かせようと思って、私が内緒で呼んだの」

田島教授の言葉が、耳を素通りする。流香は、虚《うつ》ろな視線で自動ドアをいつまでもみつめていた。

5
拓海の詩

「テティス。彼女を、怒らせちゃったみたいだよ。無理もないよね。コンクールをすっぽかしたんだから」

ジャングルナイトの前の舗道。ガードレイルに腰かけ、拓海は星のない空に向かって呟《つぶや》く。

私だったら　もっと怒っているわ

テティスの膨れっ面が眼に浮かぶ。

もう一度、彼女の歌を聴きたかった。でも、本当によかった。流香は、自分の足で一歩道を踏み出した。

ふと、店内で擦れ違った男性の姿が頭を過《よ》ぎる。

あの男性は、誰なのだろう？　音楽大学の学生だろうか？　とても、感じのいい男性だった。

拓海は、ガードレイルから飛び下りる。腕、腰、太腿《ふともも》、ふくらはぎが筋肉痛で悲鳴を上げる。

明日からしばらくは、源三のぶんまで頑張らなければならない。幸い源三は軽傷だったけれど、仕事に復帰できるまでに二週間はかかるらしい。

今夜は、仕事に備えてはやく寝ることにしよう。

足を止める。視界の隅を掠《かす》める青い影。海面に上昇するイルカの絵。ブルードルフィンの看板。

月に、二百万円も三百万円も稼ぐ人がいるんだから。

流香の声が鼓膜に蘇る。

「ホストか……」

拓海は看板の前に立ち尽くし、束の間、思案に暮れる。

「やってみるしかないよね？」

看板の中のテティスに語りかけ、拓海はビルのエントランスへと歩を進めた。

6 流香の詩

君のコンクールの予選が気になって、一ヵ月はやく帰国したんだ。初めて、自分がせっかちな性格だということに気づいたよ。

ジャングルナイトでふたりきりになってすぐに、そう言って間宮は笑った。

あのあと亜美は、仏頂面で間宮と入れ替わるように帰ってしまった。

一時間ほど、田島教授と声楽科の三人の質問攻めにあった間宮は、長旅で疲れているだろうにもかかわらず、いやな顔ひとつみせず、イタリアでの留学生活についての話を、ときにはユーモアを交えながら語って聞かせた。

イタリア人の時間のルーズさ……待ち合わせの場所には腕時計の針を二時間遅れさせて向かえば、待つのは五分程度で済む、といった話のときには、みな、目尻《めじり》に涙を浮かべて笑った。

さあ、私達は、これでおいとましましょう。

気を利かせたつもりなのか田島教授は、陽子、かおり、美智子を引き連れてジャングルナイトをあとにした。

勝手なこととは思ったんだけれど、僕が通っているミラノ音楽学院のある教授にね、一年生の発表会のときに君が歌ったヴェルディの曲を聴いてもらったら、すごく興味を持ってくれてね。一度、ぜひ君に会って歌を聴いてみたいと言ってくれたんだよ。もちろん、その話はコンクールが終わってから考えてくれればいい。だって、本選で一位になったら、自動的にミラノ行きが決まるわけだからね。

間宮の話は、普通なら夢のようなこと。ミラノ音楽学院といえば、世界的に有名な音楽家を輩出している名門中の名門。その名門の教授に認められでもしたならば、音楽家としての将来を約束されたようなもの。

でも、流香の心は晴れなかった。

ジャングルナイトを出て拾ったタクシーは青山通りへと入る。流香は、車窓の景色に眼をやる。影絵のようなビルが次々と置き去りにされる。

漆黒のスクリーンをバックに映るリアウインドウの中の自分。流香をみつめる五歳の頃の自分。とても哀しげな瞳《ひとみ》をした少女。

ありがとう。でも、僕は遠慮しとくよ。音楽の話、ちんぷんかんぷんだから。

祝賀会への参加を勧める亜美に、拓海はおどけたように言うと背を向けた。

自分が素っ気ない態度をとらなければ、彼は亜美の誘いを断らなかったはず。

結果的にコンクールの予選会場に現れなかったといっても、拓海は、仕事を休んで小笠原から出てきてくれた。

たったひとりの肉親……留吉を亡くし、失意の底で喘《あえ》いでいるにもかかわらず、彼は出てきてくれた。

いつまで、東京にいるの？

なんてひどい言葉。拓海は、どんな気持ちで店をあとにしたのだろう。

そして、親しげに流香の名を呼ぶ間宮と擦れ違ったあと、彼が浮かべた微笑み。流香は感じた。拓海が、自分の動揺を察したことを。混乱を察したことを。だから、彼は微笑んだ。気遣い、とは違う。

マリンスターを拾いに初めて海に潜った夜。バランスを崩してパニックになった流香の手をそっと取り、深い安心感を与えてくれたあのときの笑顔と同じ……。

「お客さん、着きましたよ」

運転手が振り返る。流香は料金を払い、タクシーを降りるとクライシスホテルの裏口に走る。柏木家専用のエレベータに乗る。十一階。扉が開くと同時に飛び出した。

一一〇二号室……拓海の部屋のドアをノックする。返事はない。腕時計の針は、午後十一時を回っている。もう、寝てしまったのかもしれない。

「七瀬様なら、まだ、お戻りになっていませんよ。メッセージを、残しておきましょうか?」

心臓がドキリと跳ねる。エレベータの前で佇《たたず》む久納。

「いいえ。たいした用じゃありませんから」

「そうですか。では、おやすみなさいませ」

ふくよかな笑みを残し、久納がエレベータへと乗り込んだ。

流香は大きく息を吐き、ドアに背を預ける。眼を閉じた。

日本を発《た》つ前に、僕の言ったことを、覚えているかい?

間宮は、ワイングラスの中の真紅の液体を揺らしながら、流香の瞳を覗《のぞ》き込み、穏やかな口調で言った。

十月の本選が終わったら……僕は君にプロポーズをする。今度は、君の返事がほしい。たとえ、それがノーであっても。

間宮は、昔となにも変わらず、大人で、紳士的だった。

それが、かえって流香を苦しめる。

日本で一年。イタリアで一年半。二年半の年月を、間宮は流香のために費やした。

どの道、愛の存在を信じられないのなら、いっそのこと、間宮のプロポーズを受けたほうがいいのかもしれない。

それが、間宮が留学している一年半に、流香なりに朧気《おぼろげ》ながらも出していた答え。

でも……。

彼の温かな笑顔、優しい眼差《まなざ》し……間宮には感じたことのない胸の震え。

手を伸ばし、彼の髪に……頬に触れたかった。その胸に、飛び込みたかった。

けれど、彼が消えたら……と思うと、勇気が出なかった。

「あなたは、幻なの……？」

流香は、瞼《まぶた》の裏で微笑む拓海に語りかけた。

第四部

拓海の詩

1

ダウンライトの琥珀《こはく》色の光、螺旋《らせん》状に立ち上る紫煙、ダンスミュージックに交じる嬌声《きようせい》。

「へぇ、美和ちゃん、俺と同い年なんだ。てっきり、まだ二十歳くらいかと思ってたよ」

絹地に金刺繡《きんししゆう》の入ったソファの背に片腕を乗せ、スラリと伸びた足を組んだ聖が、大きく眼を見開き、西川美和の顔をまじまじとみつめる。

聖は、流香とジャングルナイトで食事をした帰りに、若い女性客を送りに出てきていた男性だった。

白と金を基調にした内装、ピンクがかった大理石床、フロアの中央に置かれた白いグランドピアノ、グランドピアノの隣で飛沫《しぶき》を上げる小さな噴水。

ホストクラブ・ブルードルフィンの店内は、まるでどこかの宮殿のようにきらびやかだった。

眩暈《めまい》がするような鮮やかなスーツ。胸もとに、手首に、指に、照明を反射して光り輝く宝飾品。

ホストも女性客も、みな、店内の装飾に負けないくらいにきらびやかな格好をしている。

聖が、グラスの底でテーブルを軽く叩《たた》く。ボックスソファの端に座る拓海は、鋭い光を放つ彼のグラスにシャンパンを注ぐ。ドンペリニオンのロゼ。ピンクの海に水泡が立ち上る。

ヘルプの仕事は、お酒作りと灰皿交換が主。入店して三日目の拓海は、社長の片岡から聖のヘルプを言いつけられた。

聖は、君よりひとつ上の二十四歳だ。彼は、ウチのクラブのナンバーワンホストだ。七瀬君。聖が、月にいくら稼いでいるかを知っているかい？

いいえ。

三百万だよ、三百万。そんな彼も、入店したばっかりの頃は君と同じに、最低保証の五千円の日当だったんだ。それがいまでは、月に六十件から七十件の指名を取るスーパーホストだ。ホストクラブはとかく悪く言われがちだけれど、お客様に、「心地《ここち》好《よ》い時間」という商品を売っているんだ。愉《たの》しく、幸せな気分になればなるほどに、お客様はその「時間」を高く買ってくださる。わかるかい？

はい。でも、僕は十一月までに七十万円を稼げればそれで十分ですから。

七十万なんて、その気になれば君なら一ヵ月で稼げるよ。僕はね、十八歳のときにこの世界に入り、入店一ヵ月目で三百万の売り上げを上げてナンバーワンになった。四ヵ月目には一千万を上げて業界の記録を作った。この月間売り上げ記録は、十年経ったいまでも破られていない。結局、二年後に独立するまでの間、ただの一度もナンバーワンの座を譲ったことはなかった。自分で言うのもなんだけれど、トップを極めた者には、トップを極める資質のある者を見抜ける眼力があるんだ。聖だってそう。面接に現れた彼をみたときに、絶対にナンバーワンになれると確信した。でも、君にはそれ以上のなにかを感じるんだ。人を惹《ひ》きつけるなにかをね。

ありがとうございます。だけど、僕は本当に七十万円だけあればいいんです。

まあ、いいさ。そのうち、君もこの仕事が面白くなってくる。とにかく、今日は見学でもして、早速明日から店に出てくれ。衣装は、以前店を辞めた男のコのものがある。取り敢《あ》えずは聖について、彼にいろいろなことを教えてもらうといいよ。

「そうやって誰にでも、同じこと言ってるんでしょう?」

西川美和が聖の肩を叩きながら、グラスを傾ける。

拓海が入店してから、ほとんどのお客が同じ言葉を口にする。

「そんなことないって。俺は、美和ちゃんだけには嘘を吐かないから」

そして、ほとんどのホストが同じ言葉を返している。

「あ、それより、これ、どうする?」

聖が、空になったシャンパンボトルを宙で振る。

「あれ、もうなくなっちゃったんだ……」

一瞬、西川美和の表情が曇る。

「千賀子さん、ロゼ入りましたっ」

隣のテーブル。誠也が立ち上がり大声で告げると、ホスト全員で、ありがとうございます、を声を揃えて合唱する。

誠也は、聖に次ぐブルードルフィンのナンバー2だ。

「千賀子さん、昨日、ロゼを入れたばかりだよな?」

聖が、拓海に問いかける。

「さあ」

拓海は、首を傾げてみせる。聖の眉尻《まゆじり》が、微《かす》かに吊《つ》り上がる。

覚えている。一本十二万円もするシャンパンを、あの女性客が昨日も注文したことを。

「私も、ロゼを入れて」

西川美和の、指先に挟まれた細長い煙草の穂先の赤が小刻みに揺れる。

「え……美和ちゃん、無理しなくてもいいよ。彼女は、渋谷のクラブのナンバーワンホステスで、お金の使いかたが荒いんだ」

聖が声を潜める。

「私だって、店では一番の指名を取ってるんだから」

西川美和がムキになって言う。

「わかってるって。でも、美和ちゃんにお金を使わせるのは心苦しくてさ」

「いいから、はやく入れてっ」

「じゃあ、お言葉に甘えて……。美和さん、ロゼ入りましたっ」

聖が腰を上げる。ありがとうございます。拓海はみなと声を合わせる。ホスト全員の視線を浴び、西川美和が誇らしげに胸を張る。

そこここで飛び交う歓声や嬌声。グラスの触れ合う甲高い音が空気で弾《はじ》ける。

「ありがとう、美和ちゃん」

聖が、西川美和の頬にキスをする。彼女が微笑む。彼も微笑む。けれど、微笑んでいない。心から、微笑んでいない。

「拓海。ほら、溜《た》まってるぞ」

聖が煙草の穂先で灰皿を指す。すみません。拓海は席を立ち、洗い場へと向かう。

「少しは慣れました？」

ドアを開けると、灰皿を洗っていた広樹が愛嬌のあるぽっちゃり顔を向ける。

拓海は頷《うなず》く。

ホスト歴一ヵ月の広樹は、拓海よりひとつ下の二十二歳。いつもは、誠也のヘルプについている。

「あ、僕が洗うよ」

「いいんです。代わってもらったりしたら、誠也さんに怒られますから。それに、酔いを醒《さ》ますにはちょうどいいんですよ。誠也さん、ボトル入れるのに必死だから、次から次に飲まされるんです」

広樹が肩を竦《すく》め、赤く染まった顔を綻《ほころ》ばせる。


ヘルプの仕事で一番大事なことは、お酒を飲むこと。お客様ひとりでは、なかなかボトルが空かないからね。

初日に、聖からかけられた言葉を思い出す。

「拓海さん。小笠原って、どんなところ……」

背後でドアが開く音。広樹の顔に緊張が走る。

「拓海」

ゆっくりと振り返る。目尻を吊り上げた聖が、拓海を睨《にら》みつける。

「お前、さっきの態度はなんだ？　千賀子さんのボトルの話のときに、なぜ惚《とぼ》けた？」

「彼女が昨日もボトルを入れたと知ったら、美和さんが無理をすると思って」

「なに言ってんだよ？　お前。それが目的で話を振ったんじゃないか？」

呆《あき》れたように、聖が言う。

「ごめんなさい」

拓海は素直に詫《わ》びた。

「いいか？　俺のナンバーワンの連続記録がかかってるんだ。今月は、誠也と三十万しか差がないんだ。お前は、俺のヘルプだろ？　ヘルプが足を引っ張ってどうするんだよ。とにかく、二度とさっきみたいなことはするな」

言い残し、聖がフロアへと戻る。

「拓海さん。気にしないほうがいいですよ。九月は誠也さんのバースデーがあるから、聖さんも焦ってるんです。バースデー月間は、ホストの売り上げが一番伸びるときですからね。あのふたり、犬猿の仲なんです。どっちが犬か猿かはわかりませんけどね」

広樹が片目を瞑《つむ》り、にっこりと笑う。

「ありがとう」

拓海も笑みを返し、洗い場を出る。

エレベータの階数表示のランプが五階で止まる。指名待ちのホスト達が我先にとエレベータの前に整列する。ブルードルフィンはエレベータから直接フロアに続いている。ホスト達が弾かれたように整列するのもフリー客の指名を取るため。

君達新人が指名客を増やす方法は、キャッチ、フリー客、枝の三つなんだ。キャッチは外での名刺配り、フリー客は指名のついていない初来店のお客様、枝はほかのホストの指名客の紹介客のこと。この三つをうまく活《い》かせるホストが、ナンバーワンを狙える立場になるのさ。

片岡の言うことは、当たっていると思う。指名客が増えるだろうし、お金も稼げると思う。

でも、拓海は気が進まない。本当に、彼女達が自分の気持ちから指名してくれるのなら、できるかぎりのことをしてあげたい。だけど、誘うのはなにかが違う。

高価そうな紫の着物を纏《まと》った四十代くらいの女性がエレベータから現れる。

「いらっしゃいませ」

指名待ちのホストだけではなく、接客中のホストまでが立ち上がり、彼女を笑顔で迎え入れる。

「冴子《さえこ》さん、待ってたよ」

新しく入れたドンペリニオン・ロゼを西川美和のシャンパングラスに注いでいた聖が、着物姿の女性……冴子をフロアの奥へとエスコートする。

「彼女、女帝ですよ」

洗い場から出てきた広樹が耳もとで囁《ささや》く。

「女帝？」

拓海も囁き返す。

「クラブのママクラスを、この業界ではそう呼ぶんです。いわゆる、超ＶＩＰというやつです。彼女は、銀座のママをやってるんですよ。月に百万は落としていく客で、聖さんの売り上げの三分の一は彼女が占めてます」

西川美和のテーブルと対角線の位置のテーブルに冴子を案内した聖が、拓海のもとに歩み寄る。

「拓海。冴子さんのテーブルを繋《つな》いでてくれ。俺は、もう少し彼女についてなければならない。ボトルを入れたばかりだしな。絶対に、へたなことを言うなよ。彼女は、この店だけでなく、六本木のホストクラブの中でも最高に太い客なんだ。本当は、冴子さんのところに行きたいけれど美和がしつこくて俺が困っているとかなんとか、うまいこと言ってくれよ。頼んだぞ」

拓海の肩を叩《たた》き、聖が西川美和のテーブルへと戻る。

「頑張ってくださいね」

広樹の励ましを背に、拓海は冴子のテーブルへと向かう。

「はじめまして。拓海です」

拓海は微笑み、頭を下げると冴子の隣に座る。

「君、新人？」

冴子が、茶色くて細長い煙草をワインレッドのルージュの引かれた唇に挟む。拓海は、ライターの火で穂先を炙《あぶ》る。

「はい。一昨日から働いてます」

「聖の繋ぎ？」

「え……どうして、わかるんですか？」

繋ぎ、という言葉を冴子の口から聞き、拓海は驚いた。

「おかしなコね」

冴子がきれいにマニキュアが塗られた指先で唇を押さえ噴き出す。

「なにか、おかしなことを言いましたか？」

「だって、普通は否定するものでしょう？　お客様に、失礼だと思わないの？」

冴子が、物静かな微笑みを湛《たた》えながら言う。

背後で歓声。ポン、というコルクの飛ぶ音。

「すみません。でも、聖さんは、はやく冴子さんのテーブルにきたいと……」

「いいのよ。気にしなくても。私も水商売が長いから、からくりがどうなっているかくらいはわかるわよ」

冴子が拓海の言葉を遮る。

拓海は返す言葉がなく、冴子のボトルを手に取りお酒を作る。ラベルに視線が吸い寄せられる。ヘネシー・リシャール。このお酒は、ブルードルフィンの中で一番高く八十万円もする。

「メニューを取ってくれる？」

拓海は、メニューを差し出しかけて躊躇《ためら》う。

湯豆腐が２０００円、お茶漬けが２０００円……。

０がひとつ間違っているのではないかと思ったけれど、間違っていなかった。

「どうしたのよ？」

「いえ……。あの、お腹減ってますか？」

「別に減ってないけれど、なにも頼まないわけにはいかないでしょ。はやく貸して？」

「でも、高いですよ。お茶漬けが一杯、二千円もするんですから」

不意に、冴子が大声で笑った。

「君、そんなこと言ってると聖に怒られちゃうわよ。彼なんて、お腹減ったから、なんか頼んでいい、なんて甘えた声を出して、キャビアやらフルーツやら、値が高くてお腹に溜《た》まらないものばかり頼むんだから。ホストは、女にお金を出させるのが仕事なんだし、私達もそれをわかってて遊びにきてるんだから、そんなこと気にしなくてもいいのよ。私はシーザー・サラダとドリアを頼むわ。君も好きなものを食べていいわよ」

「僕は、お腹が減っていないから食事はいいです。オレンジジュースだけ、奢《おご》ってもらいます。じゃあ、注文してきますね」

拓海は席を立ち、厨房《ちゅうぼう》のカウンターに伝票を出すとふたたび冴子のもとへと戻る。

「君、ホストになる前は、なにをやっていたの？」

冴子が、水割りを傾けながら訊《たず》ねてくる。

「小笠原で、ダイビングショップに勤めていました……というより、まだ、辞めてないんですけどね」

「まあ、そうなの!? 私ね、去年、小笠原に行ったのよ」

「小笠原の、どちらへ行かれたんですか？」

「南島ってところよ。砂がお砂糖みたいに白くて、楽園みたいだったわ」

冴子が、うっとりとした視線を宙に漂わせる。

「ええ、あの島は本当に楽園ですよ。砂浜に、カタツムリみたいな殻が一杯、落ちてませんでした？」

「そうそう、あれ、なんなのかが凄《すご》く気になっていたのよ」

興奮口調で言うと、冴子が身を乗り出す。

「あれは、ヒラベソカタマイマイといって、約二千万年前に絶滅したと言われている貝なんですよ」

「二千万年前!?　そんなに!?」

拓海は笑顔で頷《うなず》く。

冴子のグラスを空けるピッチがはやくなる。拓海は氷と水を多目にした水割りをその都度作る。それでも、冴子のボトルはどんどんと空く。

ガジュマルの森のこと、海のこと、テティスのこと……小笠原についてのいろんな話をした。小笠原についてのいろんな話を訊《き》かれた。

話が盛り上がっている間に、冴子のシーザー・サラダとドリアが、拓海のオレンジジュースが運ばれてきた。

とくに冴子は、テティスの話を聞きたがった。彼女との出会い、青の中でのデート……揺らぎを肌に感じながら、波の音を耳に聞きながら、拓海は語った。

「で、そのテティスってイルカと、どうやって会話をするの？」

冴子が、瞳《ひとみ》を輝かせる。

「わかるんです。お互いの考えていることが」

「本当に、変わってるわ……君って。ねえ、どうしてホストになったの？　君は、そんなタイプにはみえないんだけれど」

冴子が、不思議そうな顔で訊く。

「僕の大好きな女のコの、夢を叶《かな》えてあげたくて」

拓海の言葉に、冴子が大きく眼を見開く。

「私、これまでにいろんなホストクラブに行ったけれど、そんなことを言うホストって初めてよ」

冴子がクスクスと笑う。

「そうですか？」

「そうよ。だって、大好きな女のコの夢を叶えるために……なんて平気で口にするホストに、誰がお金を使う気になる？」

「そういえば、そうですね」

拓海は頭を掻《か》き破顔する。

「ね、ボトル入れて」

冴子が空のボトルを宙に翳《かざ》す。

「同じお酒……をですか？」

やめてください。喉《のど》まで出かかった言葉を呑《の》み込む。冴子は聖の指名客。勝手なまねはできない。

「そうよ。よかったわね。初めての指名客が八十万のボトルを入れてくれて」

いらっしゃいませ。来店客を出迎えるホスト達の声。

「え？」

オレンジジュースのグラスを口もとに運ぼうとする手が止まる。

「聖から、君に指名替えをするってこと」

「だめですよ、そんな……」

「あら、この世界、よくあることよ」

「でも……」

「誰を指名するかは、お客の自由でしょう？」

冴子が、悪戯《いたずら》っぽく微笑む。

「それはそうですけど……」

「あなたが指名を受けてくれなくても、聖以外のホストを指名するから同じことよ」

「わかりました。でも、僕の指名客になって頂けるのなら、ひとつだけ約束してください」

「なに？」

「ボトルを入れるのはやめましょう。八十万円もするお酒でなくても、楽しく酔えますよ」

それまで綻《ほころ》んでいた冴子の表情が強張《こわば》る。瞼《まぶた》の奥。強い眼差《まなざ》しが拓海の瞳を射抜く。怒らせてしまったのかもしれない。

「わかったわ。じゃあ、ビールをお願い。私、本当はビール党なの」

ふたたび、冴子の表情が和む。無邪気な少女のように。

拓海は頷きテーブルを離れる。厨房の冷蔵庫からビールを取り出す。

「拓海」

席に戻ろうとした拓海に、冴子のテーブルにいた聖が鬼の形相で歩み寄る。

「こっちにこい」

聖が、スタッフルームのドアを開ける。拓海もあとに続く。スタッフルームの五坪ほどのスクエアな空間を、様々なスーツが所狭しと埋め尽くしている。スタッフルームの奥は社長室になっている。

「おい、冴子さんがお前に指名替えしたって、どういうことだっ!? 彼女と、どんな話をしたんだ!?」

ドアを閉めるなり、聖が怒鳴り声を上げる。

「小笠原の話とか、イルカの話とか、僕の知り合いの女性の話とか……」

「惚《とぼ》けるんじゃないっ。そんな話をしたくらいで、彼女が指名を替えるわけないだろうっ。俺の悪口でも吹き込んだんじゃないのか!?」

聖が拓海の襟を摑《つか》み、詰め寄った。

「そんなこと、言ってません」

「だったら、なんでお前を指名するんだ!? 黙ってないで……」

「やめなさい、聖」

社長室のドアが開く。片岡が、聖の手を拓海の襟もとから離す。

「しかし、社長っ。彼は冴子さんにいろいろと吹き込んで、指名替えをさせたんですよ!?」

「だったら？　君だって、いままでそうやってナンバーワンの地位を築いたんだろう？」

「でも……」

「それに、彼はそんなことをやる人間じゃないさ。だからこそ、彼女は拓海を指名したんじゃないのか？」

「どういう意味ですか？」

聖が、不満げに訊ねる。

「それがわからないようじゃ、拓海に抜かれるぞ。さあ、こんなところで油を売ってないで、はやくお客様のところへ戻りなさい」

聖が、乱暴にドアを開けて出てゆく。

「待ちなさい」

聖に続き出て行こうとした拓海を、片岡が呼び止める。

「君は、入店三日目で一番のVIPの指名を勝ち取った。それも、ナンバーワンの聖からだ。僕の見込んだとおりだ。僕の記録は、君に塗り替えられるのかもしれないな。その調子で、頑張って」

片岡が拓海の背中を叩《たた》く。頭を下げ、スタッフルームをあとにする。

ここには、青がない。拓海は、躰《からだ》に残る青の記憶を辿《たど》った。

2　流香の詩

レッスンの帰り。渋谷のスタジオの入ったビルの二階。窓の外……スクランブル交差点を行き交う人の群れを、流香は虚《うつ》ろな瞳《ひとみ》で見下ろす。

「どうしたの？」

コーヒーカップを片手にした間宮が、流香の顔を覗《のぞ》き込む。

「え……？」

「なにか考え事？」

「ううん。なんだか、疲れちゃって」

流香は、慌てて笑顔で取り繕い、ミルクティーのカップを口もとに運ぶ。

四日前……コンクールの予選を通過した日の夜。流香は、拓海の部屋の前で彼の帰りを待った。

結局、あの日の夜は、一時間ほど待っても拓海は帰ってこなかった。

昨日も一昨日も、昼も夜も、彼の部屋に電話を入れても繋《つな》がらず、携帯電話の電源も切られたままだった。

ジャングルナイトでの、予選通過の祝賀会。流香の素っ気ない態度を……間宮の存在を気にしているのだろうか？

だから、拓海は……。

七瀬様は、明け方の五時過ぎにお戻りになって、七時頃には出て行かれたそうです。

久納が、夜勤のホテルマンに問い合わせてくれた拓海の行動。

東京に知り合いはいないはずなのに、彼はどこに行っているのだろう？

「大丈夫かい？　この三日間、レッスンのときに上の空だったけれど、なにか心配事があるのなら、僕に相談してくれないかな？」

新日本音楽コンクールの本選に向けてのレッスン。流香の伴奏は田島教授から間宮に代わった。

本選は予選と違い、伴奏者は出演者が選べることになっている。流香が一年生のときの発表会の際に、即席コンビにもかかわらず間宮との呼吸が合っていたことを覚えていた田島教授が彼に依頼したのだった。

間宮は、田島教授の申し出を快く引き受けてくれた。

複雑だった。間宮の気持ちは嬉《うれ》しいし、じっさい、彼が本選のパートナーとなってくれることは非常に心強い。

けれど、いまの流香は間宮が言っていたように心は上の空……拓海のことばかりを考えている。

疚《やま》しさもある。拓海に後ろめたさを感じる必要はないのだけれど、間宮と多くの時間を共有していることに、罪の意識を感じる自分がいる。

「本当に、なんでもないの。ごめんなさい。変な気を遣わせちゃって」

「ならいいんだけど。あのさ、流香ちゃん。小笠原で知り合った男の人が、祝賀会のときにきてくれたんだって？」

間宮が、額をふわりと覆う前髪の隙間から窺《うかが》うような瞳を向けてくる。

突然の質問に、流香の心臓が悲鳴を上げる。

「陽子ちゃん達が、話しているのを聞いたんだ」

「ああ……彼？　亜美と小笠原に旅行に行ったときのガイドさんなの」

平静を装おうとしても、声がうわずり、頬が熱を持つ。

「もしかして、僕が店にきたときに擦れ違った人？」

間宮も拓海をみていたとは、知らなかった。

「ええ、たぶん……」

「擦れ違っただけなんだけれど、感じのいい青年だったよ」

間宮が微笑みを湛《たた》える。拓海の無邪気な笑顔とは違い、大人の笑顔。昔と、なにも変わっていない。

拓海だけじゃない。間宮にも、申し訳なかった。いつだって紳士的で、穏やかで、冷静な男性《ひと》。彼の想いに応《こた》えられない流香を、辛抱強く待っていてくれる。

「十月の本選のことなんだけどさ」

間宮が椅子の背に深く寄りかかり、コーヒーカップを口もとに運ぶ。

拓海の話題から離れ、流香は胸を撫《な》で下ろす。

「もし本選で一位になれなくても、僕と一緒にミラノに行ってくれるね?」

間宮の問いかけの意味。彼の留学先であるミラノ音楽学院の教授が流香に興味を持ってくれている。間宮が橋渡しをしてくれた。

「いま、返事をしなければだめ?」

カップの中で波打つミルクティーに視線を落としながら流香は訊《たず》ねる。

十月の本選が終わったら……僕は君にプロポーズをする。

間宮の言葉が、流香の心に重くのしかかる。

「あ、勘違いしないで。君の返事がどうであろうと、ミラノ行きの件とは別だから。もし君がノーと言っても、それはそれさ。世界的に有名な声楽家になって、お母さんを捜すのが君の夢なんだろう? 僕は、君のよき先輩として、よき友人として、君の夢に協力するよ」

彼らしい、と思う。間宮なら、きっとごく自然に、そうしてくれるだろう。

流香は、間宮の寛容過ぎる眼差《まなざ》しから逸《そ》らした視線を窓の外へとやった。

◇

『オカケニナッタデンワハデンパノトドカナイトコロニアルカ……』

流香は携帯電話を折り畳みため息を吐く。間宮と別れてから三回目の電話。拓海の携帯電話は、ずっと電源が切られっ放しだった。

青山通りを歩きながら腕時計をみる。午後九時を回っている。十分ほど前には、ホテルの部屋にも電話を入れた。この三、四日そうであったように、コール音が虚《むな》しく鳴るばかり。

表参道の交差点で歩を止める。通りを行き交う車の向こう側。歩道から歩み出る黒っぽいスーツを着た男性……拓海？

眼を凝らす。やはり、拓海だ。スーツを着ているので印象が違っている。暗くて遠目だからよくわからないけれど、髪型もいつもと雰囲気が違うような気がする。片手に大きな紙袋を提げている。渋谷方面からくる車に視線を投げている。どうやら、タクシーを探しているよう。

流香は右手を挙げ、大きく左右に振る。

自分のほうから声をかけることに躊躇《ためら》いはあったけれど、この機会を逃したならば、いつ連絡がつくかわからない。

「拓海……」

言葉を呑《の》み込む。拓海の背後から現れた白っぽいスーツを着た若い女性。声高に拓海になにかを語りかけ、楽しそうに笑う。拓海も女性のほうを向き、微笑みかける。

車の排気音が、周囲の喧騒《けんそう》が……一切の音が消え去る。鼓動だけが、耳の中で大きく谺《こだま》する。足が震える。心が震える。どうしようもなく震える。

息ができない。胸が痛くなる。耐えられないほどに……。

拓海がさっと手を挙げる。タクシーのドアが開く。女性が先に、そして拓海が後部座席に乗り込む。

立っているのがやっとだった。遠ざかるテイルランプの赤が、涙で滲《にじ》んだ。

3

拓海の詩

「え？　イルカって、眠らないの!?」

恵が、びっくりしたように唇に手を当てる。

「うん。完全には、って意味でね。彼らは、ヒトと同じで肺呼吸をしているから、完全に眠ってしまうと窒息してしまうんだ」

拓海は、美樹のグラスにウイスキーの水割りを作りながら言う。

「じゃあ、どうやって眠るの？」

グラスを受け取った美樹が身を乗り出す。

「右脳と左脳を順番に休ませるんだよ。海面に浮いて休んだり、海中で静止したり、海底で横になったり。寝相はそれぞれだけど、定期的に海面に頭を出して呼吸をしなければならないんだ」

何度か、テティスが眠っているところをみたことがある。彼女は、海底にゴロリと横になるタイプだった。

「へぇ、拓海君って、イルカのことに詳しいんだね？　イルカのことを彼女とか呼ぶし、もしかして、友達とか？」

百合香《ゆりか》が、おどけた感じで拓海の顔を覗《のぞ》き込む。

「それ以上」

拓海は、テティスの顔を思い浮かべる。冗談だと思ったのか、三人が大声で笑った。

彼女達は、みな、銀座のクラブのホステス。一昨日《おととい》、初めて店を訪れた恵が拓海を指名し、昨日、美樹と百合香を連れてきたのだった。

拓海がブルードルフィンに入って今日で一週間。三日目に聖の指名客だった冴子が拓海に指名替えをしてから、急速に拓海の指名客が増えた。

美樹と百合香を連れてきた恵にしても、もとはといえば冴子の紹介客。小笠原からきた風変わりなホストの評判は、銀座、六本木界隈《かいわい》のホステス達にあっという間に広がり、この三日間で二十人の指名客が拓海についた。

拓海はボトルを勧めないのでひとりひとりの単価は低いけれど、それでも五十万円の売り上げが上がり、ブルードルフィンでナンバー4にまで昇り詰めた。

ホストの給与は、日当五千円プラス歩合給が売り上げの五十パーセント。毎日出勤すれば日当だけで十五万円になり、現時点の歩合給が二十五万円なので、合わせて四十万円の給料という計算になる。

七十万円を稼いだならば、ホストをやめるつもり。建設現場の給料と拓海の貯金、そして流香が貰《もら》う副賞の三十万円を合わせれば二百万円になる計算だった。

拓海は、指名客全員にそのことを話していた。そして、ホストになった理由も。

そのせいで、指名を取り消した客もいた。けれど、それでよかった。彼女達が払ってくれた高いお金が、流香の夢を叶《かな》えてくれる。だから、嘘は吐きたくない。彼女達の誠意を、裏切りたくはない。

「いらっしゃいませ」

指名待ちのホストの声が上がる。エレベータから下りてくる和服姿の女性……冴子。

「こんばんは」

拓海は立ち上がり、冴子を出迎える。いつも髪の毛をアップにした冴子は、和服がよく似合う。

聖の視線が拓海に突き刺さる。聖だけではない。誠也も、風吹《ふぶき》も、光希《こうき》も、剣呑《けんのん》な視線を投げてくる。

「あなたの、そのホストらしくない挨拶《あいさつ》にも段々慣れてきたわ」

冴子が微笑み、拓海のテーブルへと歩を進める。拓海は厨房《ちゅうぼう》にビールを取りに行く。

聖の指名客のときは一本八十万円のボトルを入れていた冴子も、拓海の勧めで、いまでは本当に好きなビールを頼むようになった。

「ママ、遅かったじゃないですか。拓海君が、とても面白い話を聞かせてくれたんですよ。ね、拓海君、ママにもイルカの話をしてあげて」

拓海がテーブルに戻るなり、百合香が幼子が母親にそうするように腕を引きせがむ。拓海は冴子の隣に座り、グラスにビールを注ぐ。

「あら、今日はどんな愉《たの》しい話を聞かせてくれるのかしら」

言うと、冴子がビールをひと息に飲み干す。

拓海は、三人に聞かせたイルカの睡眠の話を繰り返す。驚いたように、まんまるに眼を見開く冴子。

「睡眠不足にならないのかしらねぇ」

冴子が感心したように呟《つぶや》く。

欠伸《あくび》が零《こぼ》れ出る。拓海は慌てて掌《てのひら》で口を塞《ふさ》ぐ。

「あれ、拓海君も睡眠不足？」

美樹が人参《にんじん》スティックを齧《かじ》りながら言う。

「あ、すみません。昼間も働いているので」

小岩の現場には、朝七時にホテルを出なければ間に合わない。ブルードルフィンの営業は午前六時までだけれど、面接時に片岡に事情を話して、四時には上がらせてもらっている。

それでも、着替えを終えてホテルに着くのは五時頃で、この一週間は一時間ちょっとの睡眠しか取っていない。

「君が大好きな女のコの夢って、そんなにお金がかかるの？」

冴子が訊《たず》ねてくる。

「いくらくらい？　私が、出して上げられるかもよ？」

美樹が、好奇ないろを宿した瞳《ひとみ》を向ける。

「ありがとう。でも、大丈夫。なんとか、頑張るから」

「美樹。拓海君が、私達にお金なんて出してもらうわけないでしょう？　ここでだって、ボトルとか入れさせてくれないんだから。ね、拓海君？」

百合香が拓海の肩を叩《たた》き、悪戯《いたずら》っぽい笑みを浮かべる。

「気持ちはとても嬉《うれ》しいんだけど、彼女の夢は、僕の力でなんとかしてあげたいんだ」

「あ～、妬《や》けるぅ。拓海君みたいな男の子にそこまで想われるなんて、そのコが羨《うらや》ましいな」

美樹が頬を膨らませ駄々っ児のように足を踏み鳴らす。

そんな美樹を、冴子が微笑みを湛《たた》えた顔でみつめる。気になるのは、恵の冥《くら》い顔。途中から急に押し黙り、俯《うつむ》き加減に水割りのグラスを傾けている。

冴子が美樹から拓海に視線を移す。

「そのスーツ、君の？」

「前に勤めていた人が置いていったものを、借りているんです」

「やっぱり」

「似合ってないですか？」

「ううん、そういうことじゃなくて、君は黒のイメージじゃないってこと。百合香ちゃん。

あれをちょうだい」

百合香が冴子に大きな紙袋を渡す。

「はい、どうぞ」

紙袋を差し出す冴子の唇が弧を描く。

「これ、なんです？」

「いいから、開けてみて」

冴子に促され、拓海は紙袋の口を留めてあるテープを剝《は》がす。

「あ……」

紙袋の中には、芥子《からし》色をした、とても鮮やかなスーツが入っていた。

「君には、そういう明るい感じの色が似合うと思って。ウチの店に、紳士洋品店を経営している常連客がいるのよ。初めて君をみたときに、急がせて作らせたの。どう、気に入った？」

「はい。でも、こんなに高価な物を頂いてもいいんですか？」

拓海の言葉に、冴子が静かに笑う。

「八十万のボトルを入れることを考えたら、お安いものよ」

「ありがとうございます。早速、明日から着させて頂きます」

拓海はペコリと頭を下げ、スーツを紙袋にしまう。

「サイズも、君にぴったりだと思うわ。男相手の仕事を長くやっているせいか、初対面の人でも洋服のサイズがわかるの。なのに悪い男にばっかりひっかかるのは、なぜかしらね」

冴子がおどけた口調で言うと、美樹と百合香が爆笑する。拓海もつられて笑う。ひとりだけ笑いの輪から外れていた恵が立ち上がる。

「どこに行くの？」

「ちょっと、おトイレに……」

イルカの話をしていたときの彼女とは別人のような沈んだ声。

拓海も席を立つ。ブルードルフィンでは、お客がトイレに行くときにはエスコートすることになっている。

「いいの」

拓海を制し、恵がフロアの奥へと消える。

「あ～あ。恵、完全に鬱《うつ》モードになっちゃった」

美樹が、声を潜める。

「私も、初めて恵に連れてこられて拓海君をみたときに、ヤバいと思ったんだ」

「え？　どういうこと？」

拓海は、百合香に訊ねる。

「彼女、去年、婚約者に捨てられちゃったのよ」

冴子が、ポツリと呟いた。

「ウチの店に面接にきたときは、みていられないほどに落ち込んでいたわ。ホステスをやるには純粋過ぎる性格だったし、最初は断ろうと思ったんだけれど、なんだかかわいそうでね。もちろん、彼女を雇ったのは同情だけじゃないわよ。ルックスもよかったし、本当は明るいコなんだろうなっていうのがわかったから採用したの。で、彼女が精神的に落ち着いた頃に元婚約者の写真をみせてもらったんだけれど、いま思えば、あなたに瓜《うり》ふたつだったのよ。私としたことがすっかり忘れてて……。こんなことなら、あのコを紹介するんじゃなかったわ」

冴子が大きくため息を吐く。

拓海は佇《たたず》んだまま、フロアの奥をみつめた。

4　流香の詩

なにも、頭に入らない。なにも、やる気が起きない。大好きなレーナ・マリアの曲を聴く気にもならなければ、コンクール本選で歌う課題曲の譜面をみる気にもならない。

体調が優れないので、レッスンを休みたいの。

いまと同じように、ベッドに仰向《あおむ》けになったまま間宮にかけた電話。

今日はゆっくり休んで、明日からまた頑張ろうね。彼はなにも訊《き》かずに、励ますように言った。

本選まで、あと三週間とちょっと。三日前、表参道の交差点近くの路上で彼をみてから二日間、なんとかレッスンは続けた。

けれど、それはレッスンと呼べるようなものではなく、ただ、機械的に間宮の伴奏に合わせて記号と化した歌詞を口にしていただけ……流香の歌に、心に訴えかけるものなどなにもなかった。

新日本音楽コンクールに出場すると決めてから、初めて、レッスンを休んでしまった。

そんな状態でレッスンを行う意味はないし、大事な時間を割いてくれる間宮にも申し訳なかった。

なにより、流香自身、ほかのことを考える精神的余裕がなかった。

本当は、時間が足りないくらい。いまこうしている間にも、ほかの出演者は一分の時間も惜しんでレッスンに励んでいるはず。

焦りはある。この状態が続けば、一位どころか入賞さえできないこともわかっている。

でも、まるで魂が抜けてしまったように躰《からだ》に力が入らない。

視界に広がる白。もうどれだけの時間こうして天井をみつめているだろう。

できるだけ、瞬《まば》きを我慢した。眼を閉じれば、あのときの光景が蘇《よみがえ》る。拓海と親しげに微笑み合っていた女性……彼女は、誰？

昼も夜もホテルに戻らなくなったのは、彼女のため？

拓海は、デパートの袋を提げていた。きっと、彼女のもの。

それに、あのスーツ……。まるで、別人のようだった。

流香は頭を振る。あの女性が拓海とどんな関係であろうと、そんなこと、どうだっていい。だって、拓海は恋人でもなんでもないのだから。誰とつき合おうと、なにをしようと関係ない。

わかっている。わかっているけれど、彼女に向けた拓海の笑顔を思い出すと、心が痛い。

まるで、刃物で切り裂かれたように……。

このままでは、自分が駄目になる。もう少しで手が届きそうな夢が、遠のいてしまう。

携帯電話のベルが鳴る。流香は弾《はじ》かれたように上体を起こし、液晶ディスプレイを覗《のぞ》く。

亜美……。ため息が口を吐く。通話ボタンを押す。

『流香？』

亜美の逼迫《ひっぱく》した声。

「どうしたの？」

彼女と言葉を交わすのは、ジャングルナイトでの祝賀会以来。あの席で田島教授から流香と間宮の関係を聞かされ、彼女は臍《へそ》を曲げたのだった。

『ジャングルナイトに、いますぐにきてくれる？』

相変わらず、亜美の声は硬く強張《こわば》っている。

「え？　亜美、いま、ジャングルナイトにいるの？」

『うん。この前の祝賀会のときに定期を忘れちゃって。今日、取りに行ったの。そしたら……』

「そしたら？」

言い淀《よど》む亜美を、流香は促す。

『拓海君が……』

「彼が、どうしたの？」

思わず、声が大きくなる。

『とにかく、電話では話せないことなの』

思い詰めた声。拓海が、どうしたのだろう……。

激しい胸騒ぎがする。

「わかったわ。十五分くらいで行けると思う」

『じゃあ、待ってるわ』

携帯電話を切り、ベッドから立ち上がる。ドアへと向きかけた歩を止める。ゆっくりと、振り返る。

ナイトテーブルに置かれたイルカのペンダント……思いを断ち切るように、流香は足を踏み出した。

◇

「ここで停めてください」

運転手に告げ、二千円を払う。お釣りを受け取り、タクシーを降りる。

午後十時を過ぎた六本木通りは若者で溢《あふ》れ返っている。流香は、人込みを縫いながらジャングルナイトに向かう。

「拓海君。明日、スーツ姿を愉《たの》しみにしているわよ」

女性の声が流香の足を止める。流香は、声がしたほう……首を横に巡らす。

青の海に舞うイルカ。ホストクラブ・ブルードルフィンの看板の前……視界のなにもかもが、色を失う。

声の主は、和服姿の女性。あのときと同じスーツを纏《まと》い、笑顔で頭を下げる拓海。

「また、イルカの話を聞かせてね」

「じゃあ、また明日」

「おやすみなさい」

次々と拓海に声をかける三人の女性。みな、流香とそう変わらない歳にみえる。

とにかく、電話では話せないことなの。

流香は、亜美が電話口で言い淀んだ理由が……ジャングルナイトに呼んだ理由がわかった。

拓海がホストに……。まさか、信じられない。そんなはずないよね？　これは夢……悪い夢に決まっている。

タクシーに乗り込む四人の女性を、通りで手を振り見送る拓海。

両足が石のように固まり、動けなかった。ただ、立ち尽くし、変わり果てた拓海に震える視線を向けるしかできなかった。

闇に呑《の》み込まれたタクシーを見届け、ビルの中に入って行く拓海。

鼓動が激しく胸を叩《たた》く。夢中で、ビルのほうへ走り出す。

どうしようっていうの？

自問の声を無視して、ビルのエントランスに駆け込む。拓海はいない。エレベータのランプが、五階のボタンをオレンジに染めている。ボタンを押す。下降するオレンジ。流香はエレベータに乗り込む。躊躇《ためら》う指先……迷いを断ち切り、五階を押す。

行ってどうするの？

わからない。自分でも、なにをしようとしているのかが、わからない。

黒のスーツに派手な柄のシャツを着た男性が駆け込んでくる。エレベータの中に香水の甘い匂いが漂う。

「あ、ブルードルフィン？」

男性が、五階のボタンに眼をやり問いかけてくる。

多分、ホスト。どうしよう……どうしよう……。

「いえ……あの……私、お客じゃないんです。七瀬さんに……」

流香はしどろもどろになる。

「七瀬？　ああ、拓海ね。いるよ……もしかして、君が、流香ちゃん？」

男性の突然の言葉に、流香は驚く。

「なぜ、私のこと……」

エレベータのドアが開く。いらっしゃいませ。流香の声が呑み込まれる。大勢のホスト達が両脇に整列し、一斉に頭を下げる。

列の中からひとりのホストが歩み出て、エレベータのドアが閉まらぬようボタンを押す。

琥珀《こはく》色の照明を照り返す大理石張りの広大なフロア。そこここのソファで躰を寄せ合う男女。ステージでマイクを握る男性。歓声を送る女性。トレイを片手に目の前を横切る男性。トレイの上。バースデーケーキの蠟燭《ろうそく》の炎が妖《あや》しく揺らめく。飛び交う嬌声《きょうせい》。噎《む》せるような熱気。

初めて眼にする光景に、流香は圧倒される。

ここは、拓海の世界じゃない……。

エレベータで一緒だった男性の行くほうを視線で追う。水商売風の女性達に囲まれる拓海が……いた。愉しそうに微笑んでいる。

やめて……。その優しい瞳《ひとみ》で、ほかの女性をみないで。

息ができない……。

さっきの男性が拓海に耳打ちをする。首を巡らせた拓海の瞳が流香を捉《とら》える。

瞬間、彼の顔にあるかなきかの驚きが走った。

頭の中が真っ白になる。

慌てて、流香は一階のボタンを押す。

もう、なにも信じられない。やっぱり、愛なんてない。このまま、どこかへ消えてしまいたかった。

ドアが開く。流香は駆け出した。

どこへ向かっているのかわからない。どこへ向かっていいのかもわからない。

ぼやける視界。涙が溢れ出て、前がみえない。景色が流れる。バランスを崩す。アスファルトに両手をつく流香の背中が波打つ。

「待って」

拓海の声……。流香は立ち上がり、ふたたび駆け出す。止まらなかった……止まれなかった。

いまのあなたと、どんな顔をして向き合えばいいの？

腕を摑《つか》まれる。拓海が前に回り込み、流香の両肩に手を置く。

「離して っ、離してよっ」

流香は身を捩《よじ》り叫んだ。通行人が立ち止まり、好奇の眼を向けてくる。

「僕の話を聞いて」

拓海の優しい声音、そして、温かく深い眼差《まなざ》し。さっきまで彼女達にかけていたその声で話しかけないで……彼女達に向けていたその瞳でみつめないで……。

「あなたと、話すことなんてないっ」

「少しだけでいいから、ね？」

少年の笑顔で流香の瞳を覗き込む拓海。いつもと変わらない彼が、いっそう、流香を混乱させる。

「いいわ。じゃあ、訊《き》くけど、どうしてホストなんてやってるの⁉」

流香は、拓海の瞳を射抜くようにみつめる。精一杯、気を張り詰めていた。

本当は、もっと穏やかに話したかった。けれど、そうすれば、きっと、また涙が溢れ出て言葉を紡げなくなる。

「隠しててごめん。いまは言えないけれど、いずれ、きちんと話すから」

「ほら、言えないじゃないっ。そんなの言い訳だわ。はっきり言えば？　お金が稼げて愉しいって。女のコ達に囲まれて嬉《うれ》しいって。私が、二、三百万円も稼ぐホストがいるって話をしたからでしょう⁉　だから、興味が湧《わ》いたって、はっきり言えばいいじゃないっ」

挑発的な口調。ひどい顔をしているはず。憎らしい顔をしているはず。みせたくなかった、彼だけには……。

でも、拓海の温かな瞳は変わらない。こんなにひどい言葉を投げかけているというのに、彼の優しさは少しも変わらない。

「一緒にきて」

拓海の大きな掌《てのひら》が流香の細い手首を摑み、力強く引き寄せる。

「ちょっと……危ないわ……どこへ行くの？」

拓海は、六本木通りを横切る。

抵抗してはみたものの、彼に連れて行かれもしたい……こんなにも、胸が苦しいのに。

車のクラクションとドライバーの怒声に流香の声が呑み込まれる。

「ほら、あれをみて」

通りの反対側の歩道に渡った拓海が、ブルードルフィンの入るビルの屋上を指差す。

「あ……」

闇空に広がるコバルトブルーの海に心地好《ここちよ》さそうに泳ぐイルカ。

ビルの入り口にある、ブルードルフィンの看板と同じものの特大のサイズ。

「あそこに、テティスがいる。小笠原での生活と同じように、彼女がいる」

拓海が看板に描かれたイルカの絵を細めた眼で見上げながら、懐かしむように言った。

拓海の視線が、看板から流香に移る。

「僕を、信じて」

奥深い海のように静かに揺らぐ彼の瞳に、流香は引き込まれそうになる。

まるで海に抱かれているような深い安心感が流香を包む。

「あなたを信じたい……でも、なぜ……」

さっきのエレベータに乗っていた男性は、流香のことを知っていた。

信じたい。なにか理由があると……。

流香は、拓海からイルカの看板へ視線を戻す。

「流香ちゃん」

流香は言葉の続きを胸にしまい、振り返る。珍しく硬い表情で佇《たたず》む間宮。

「心配で、ホテルに寄ってみたんだ。君がジャングルナイトで白石さんと待ち合わせをしていることは、久納さんが教えてくれた」

間宮が、穏やかな声音で言った。

「ごめんなさい……私……」

「いいんだよ。君が謝ることはない。拓海君だよね？」

間宮が、拓海のほうへ顔を向けて訊《たず》ねる。流香を挟む格好で、ふたりが向き合う。

「はい」

「僕は、十月の本選で彼女の伴奏を務めることになっている。流香さんとは、彼女が大学一年の頃からの知り合いなんだ。君と彼女がどういった関係かは知らないが、ひとつだけ、頼みたいことがある。いまは、流香さんにとって一番大事な時期だ。君にはわからないかもしれないが、コンクール本選での優勝を目指すには、一日十時間のレッスンを毎日続けても時間が足りないくらいなんだ。予選を通過してからの一週間、彼女はまったくレッスンに身が入らない状態だった。今日だって、流香さんはレッスンを休んでいる。すべてを、君のせいだと言う気はない。けれど、君が流香さんの気持ちを乱しているのは事実だと思う。本選での優勝には、ミラノ国際音楽コンクールの出場権がかかっている。ミラノに行くのは、彼女の幼い頃からの夢なんだ。君が流香さんのためを本当に思うのなら、これ以上、彼女を惑わすことはやめてほしい」

こんなに厳しい口調の間宮をみるのは、初めてのことだった。

「ご迷惑をおかけして、すみませんでした」

拓海の視線は間宮に向けられてはいるが、どこか遠くをみているよう。

テティスが知っている世界を、僕は知らない。

あのときも、彼は同じような眼差しで海の彼方《かなた》をみつめていた。

不意に、不安な気持ちに襲われる。初めて出会ったドルフィンビーチで感じた、わけのわからない不安……。

「悪いが、流香さんを連れて帰らせてもらうよ。さ、行こうか」

拓海にたいする厳しい口調とは一転した柔らかな声。間宮の腕が流香の背中に回る。

首を後ろに巡らす。

拓海は、以前より痩《や》せたようにみえる。頬もほっそりとし、褐色の肌も心なしか色褪《いろあ》せたような気がする。

彼には海が必要。あの青がなければ、生きてゆけない。

立ち尽くす拓海が遠くなり、シルエットになる。

暗闇に同化するシルエットが、流香にはとても哀しげに映った。

5 拓海の詩

拓海は洗浄液を吸い込ませたダスターで、大理石のテーブルに付着した汚れを入念に拭《ふ》き取る。汚れが落ちたら、新しいダスターで乾拭《からぶ》きをする。

三十卓あるテーブルをあとひとつ残したところで、腕時計に眼をやる。

午後八時ちょうど。ブルードルフィンの営業は九時から。本当はいまから始めても十分だったけれど、広樹が出勤する時間になってしまう。

彼がくる前に、店内の掃除を終わらせておきたかった。

ナンバー2ホストに、掃除なんてやらせておけませんよ。

広樹はそう言って、自らが掃除を買って出る。

彼の言うように、月が替わった十二日分の拓海の売り上げは、聖に次いで二番目に多かった。

ブルードルフィンでは、広樹は拓海より一ヵ月先輩だ。

拓海が入店したての頃は、店の掃除や先輩ホストの雑用はふたりに分散していた。でも、拓海の売り上げが伸びるにつれ、掃除や雑用は広樹ひとりに押しつけられるようになった。だから、こうして拓海は、彼の負担が軽くなるように開店二時間前に店に入り掃除を済ませておくのだった。

中途入店の先月は、十五日間で売り上げが七十万円ちょっと。そして、今月は十二日間で百三十万円弱。

二十七日間の勤務で、日に五千円の最低保証金額の十三万五千円と、約二百万円の売り上げの五十パーセントの歩合給がおよそ百万円。合わせて百十三万円強が、拓海がブルードルフィンで手にする予定の給料だった。

大木戸土建から貰《もら》った給料はトータルで二十七万九千円。貯金の四十万円を加えれば、いま、約百八十万円が集まった計算になる。

流香が本選で優勝した場合の副賞が三十万円。ミラノ国際音楽コンクール出場……流香の夢を叶《かな》えるために必要な二百万円は、用意できた計算になる。

一昨日、大木戸土建を退職した。ブルードルフィンも、同時に辞めるはずだった。

非常に残念だよ。せっかく、聖とツートップ体制に入れると思ったんだけれどね。わかった。君の退職願を受理しよう。ただし、今日かぎり、というのは勘弁してくれないか？君にはもう、五十人を超える指名客がついている。君が辞めたとたんに、彼女達が通わなくなったらウチにとって大きなダメージだ。せめて一ヵ月……いや、今月一杯でいいからいてほしい。

拓海は、片岡の頼みを受け入れた。

本当は、目標を達成した以上、一日もはやくホストを辞めたかった。けれど、お世話になった店にたいして、指名客の引き継ぎを済ませてから辞めることが、せめてもの恩返しだと思ったから。

三週間前。流香がブルードルフィンに現れた。

予選を通過してからの一週間、彼女はまったくレッスンに身が入らない状態だった。今日だって、流香さんはレッスンを休んでいる。

コンクールの予選通過の祝賀会が行われた夜。ジャングルナイトで擦れ違った間宮という男性から聞いた真実。

知らず知らずのうちに、彼女を深く傷つけていた。

流香の笑顔をみたくてやっていたことが、結果的に、女神の微笑みを奪ってしまった。

君が流香さんの気持ちを乱しているのは事実だと思う。

間宮の言うとおり、いつの間にか、流香を追い詰めていた。

あの日を境に、拓海はクライシスホテルを出てビルの八階フロアのブルードルフィンの寮へと移った。

もちろん、一度も流香と顔を合わせてはいない。

新日本音楽コンクールの本選まで、あと二日。彼女には、レッスンだけに集中してほしい。

エレベータが開く。広樹がきたのだろう。

拓海は、テーブルを拭く手を止め顔を上げる。

「おはよ……」

エレベータホールの前で佇《たたず》んでいるのは、広樹ではなく恵。

「やあ、ひさしぶり」

拓海は、片手を挙げる。

彼女も、三週間前のあの日以来、店を訪れていない。

「あなたに会うのが怖くて、ずっとこなかったの」

思い詰めた声。揺れ動く瞳《ひとみ》を、拓海に向ける。

「そう。でも、今日はきてくれたね」

「私、店を辞めたわ」

唐突な、恵の告白。

「冴子さんの店を？」

恵が泣き出しそうな表情で頷《うなず》く。

「これから、どうするの？」

「田舎に帰ろうと思って……だから……」

俯《うつむ》く恵の肩が泣いている。彼女の顎《あご》に伝う涙がダウンライトの琥珀《こはく》色に染まる。

「恵ちゃん。これから、時間ある？」

「え……？」

「いまから、外に出て食事をしよう。それから、どこかへ飲みに行ってもいいし。僕は、ジュースだけれどね」

一瞬、輝いた恵の顔がすぐに冥《くら》くなる。

「私、ずっと店を休んでいたから、持ち合わせがあまりないの」

言いづらそうに、恵が切り出しふたたび俯く。

「心配しないで。今日は、僕の奢《おご》りだから。どこでも、君の好きなところへ行こう」

「本当!?　どこへでも？」

顔を上げた恵の瞳に光が宿る。

「そう、どこへでも」

拓海は笑顔を返す。

「でも、お店のほうは、大丈夫なの？」

「今日は、休みをもらうよ。いままで皆勤賞だし、一日くらいは平気さ。外は雨だから、傘を取ってくるから待ってて」

「うん」

涙を指先で拭《ぬぐ》った恵が、泣き笑いの表情で頷いた。

6 流香の詩

「少し、休憩を取ろうか」

本選の課題曲……二曲のうちのひとつ、「水の上で歌う」の演奏を終えた間宮がピアノから立ち上がり、流香をスタジオの片隅のソファへと促す。

「飲み物を買ってくるから」

間宮が言い残し、スタジオを出る。

流香は、背凭《せもた》れに深く身を預け、ペットボトルのミネラルウォーターで喉《のど》を潤す。

壁掛け時計の針は、午後七時を回っている。

今日は日曜日。昼食を摂《と》りに出かけた一時間以外は、朝の十時から渋谷のスタジオに籠《こも》りっきりだった。

新日本音楽コンクールの本選は二日後。この三週間は、予選を通過した翌日からの一週間のロスタイムを取り戻すとでもいうように、連日深夜までレッスンに励んでいた。

本選で与えられた持ち時間は十二分。流香は、「水の上で歌う」以外に、「夜と夢」を課題曲として選んでいた。

た。

「夜と夢」は、コンクール本選では歌わないつもりだった。予選と同じ曲を歌うよりも、違う曲を披露したほうが選考委員に新鮮な印象を与えることができる、と思ったからだった。

でも、田島教授の考えは違った。田島教授は、予選時に歌った「夜と夢」が選考委員の間で非常に評判がよかったことを理由に、もう一度、同じ曲で勝負したほうが得策である、という意見だった。

間宮も、田島教授の意見を後押しした。

大舞台で、初めて披露する曲が二曲も続くのはリスクが高い。たとえ新鮮味に欠けても、一曲は歌い慣れた曲でポイントを稼ぐほうがいい、と彼は言う。

流香は、ふたりの意見に従った。

「夜と夢」は、母が十五年前に同じ舞台で歌った曲。そして、拓海と出会った夜のドルフィンビーチで歌った曲でもある。

予選のときは、彼に聴いてもらえなかった。今度は、彼の前で思い出の曲を歌いたい。

けれど、もう、あの夜浜辺で出会った青年はいない。

着飾った身なりとは対照的な、やつれた顔。いまの彼には、小笠原の太陽のように活《い》き活《い》きとしていたあのときの面影がない。

ホストをやっていることに、なにか理由があるのかもしれない。流香の知らないところで、多額のお金が必要になったのかもしれない。

でも、ひとつだけはっきりしているのは、拓海が拓海でなくなっていくということ。

東京の灰色の海は、彼の存在を消してゆく……。

流香はいま、激しく後悔する。こんなことになるのなら、拓海を東京に呼ぶのではなかった、と。

たとえ遠くに離れていても、彼には、彼のままでいてほしかった。

「お待たせ。外は、凄《すご》い雨になってるよ」

ジャケットの肩を濡《ぬ》らした間宮が、ふたつの紙コップを手に戻ってくる。

「コーヒーとオレンジジュース、どっちがいい？」

ジャングルナイトで、オレンジジュースのグラスを翳《かざ》す拓海の笑顔を思い出す。

「ありがとう」

流香は、胸の疼《うず》きから眼を逸《そ》らし、コーヒーの紙コップを手に取る。コップの中の濃褐色の液体は、いまの流香の気持ちのように落ち着きなく揺れ動く。

「安心したよ」

間宮が、流香の正面のソファに腰を下ろしながら呟《つぶや》く。

「え？」

「あの夜、君にも彼にもひどいことをしてしまったんじゃないかと、落ち込んでいたんだ。でも、君は、君らしさを取り戻してくれた。正直、君と彼の間になにかがあったのかなかったのか、気にならないといえば嘘になる。だけど、これだけはわかってほしい。彼にあんなにきついことを言ったのは、個人的な感情からじゃない。流香ちゃんに、本選での勝利を勝ち取ってほしい。その気持ちだけで、僕は……」

「わかってるわ。あなたのやってくれたことは、なにも間違ってはいないと思う」

流香は、やんわりと間宮の言葉を遮り言った。

これでよかった。このままでは、自分も拓海もだめになる。

間宮の言うとおり、流香が優先しなければならないことは、ミラノ行きの切符を手に入れること。寄り道している余裕なんてない。

心で、自分に言い聞かせる。

「そう言ってくれると、元気が出るよ。お互い、ここが踏ん張りどころだからね。ひと休みしたら、十時までの三時間は、『夜と夢』だ。泣いても笑ってもあと二日。エンジン全開で行こう」

間宮が握り拳《こぶし》を作り、明るく言った。

流香は微《かす》かに口もとを綻《ほころ》ばせ、小さく頷いた。

◇

歌詞を口ずさむたびに、懐かしさが込み上げる。

まだ、出会いの夜から三ヵ月しか経っていないというのに、ドルフィンビーチの白砂や月光に包まれ夜空に舞うテティスの記憶が、もう、数年前のことのように感じる。

けれど、海の中で彼におぶさったときの逞《たくま》しい背中や、流香に語りかけるときの優しい声音が、いまもこの胸をどうしようもなく熱くする。

僕を、信じて。


三週間前。ブルードルフィンのビルの屋上にかけられた看板……テティスの絵を前にし、拓海は言った。

胸が詰まる。涙腺《るいせん》が熱を持つ。声が……出なくなる。

スタジオ内に、「夜と夢」の伴奏だけが鳴り響く。

流香は立ち尽くし、宙に視線を泳がせる。

「どうしたの？」

誰かの声。それが間宮の声だとわかるまでに、時間がかかった。

「流香ちゃん？　どこへ行くんだい？」

間宮の問いかけに答えず、流香はスタジオを飛び出した。階段を駆け上がる。横殴りの雨が頬に打ちつける。傘もささずに、流香は濡れたアスファルトを走る、走る、走る……。

通りに出て、タクシーを拾う。

「六本木交差点に行ってください」

雨に煙るリアウインドウの向こう側。タクシーが発進する。流香を追いかけてきた間宮の姿が視界から消えた。

◇

毛先から滴る水滴が頬を伝う。素肌にワンピースがひんやりと貼りつく。

雨足は、スタジオを出たときよりも強くなっていた。

ジャングルナイトの入るビルの軒先……雨を避け、流香はブルードルフィンの看板をみつめる。

何度も足を踏み出しかけては、思い止《とど》まる。ブルードルフィンまで僅《わず》か四、五メートルの距離なのに、流香には何キロメートル先にも感じられる。

こんなところへきて、なにをしようというの？　彼に会って、どうなるの？　わからない。だけど、会いたい。会って、もう一度、確かめたい。

あの人が、あの人のままでいることを。

小さく深呼吸を繰り返し、息を整える。弾む鼓動がおさまるのを待って、看板へと足を踏み出した。

「やっぱり、ここだったんだね」

立ち止まり、振り返る。思い詰めた表情で歩み寄る間宮が、傘を流香の頭上に差し出す。

咄嗟《とっさ》のことに、流香は言葉を返せない。雨音が激しくなる。

「彼のことを、好きなんだね？」

優しく、問いかける間宮。心が凍える。唇も震える。流香は懸命に、奥歯を噛《か》み締め声を堪《こら》える。雨の冷たい滴とは違う熱い滴が頬を伝う。堪え切れずに、止めどなく涙が溢《あふ》れ出した。

霞《かす》む視界。間宮の顔が苦しげに歪《ゆが》む。

「流香、泣かないで」

アスファルトに傘が転がる。間宮の手が伸び、流香の肩に触れる。

「僕だけを、みつめてほしい……」

哀しく、狂おしげな声……間宮の腕に力が籠《こも》り、流香の躰《からだ》を引き寄せる。

「いや……」

両手を、彼の胸に当てた。

間宮の背後……ブルードルフィンのビルのエントランスに現れるふたつの人影。

「西麻布に素敵なワイン・バーがあるの」

弾む声音。若草色のスーツ姿の若い女性が、鮮やかな芥子《からし》色のスーツ姿の拓海に微笑みかける。ひとつの傘に寄り添うふたり。

彼の艶《つや》がなくなりやつれた横顔を浮き上がらせているのは月光ではなくネオンの明かり。

雨が悲痛な叫びを上げる。零《こぼ》れ出る嗚咽《おえつ》が、雨音に掻《か》き消され涙が闇に流される。

彼のことを、好きなんだね？

そうなのかもしれない。でも、違う。たとえそうだとしても、この哀しさはそんなことは比べ物にならない。

目の前にいる拓海が、流香の知っている彼ではないという事実が、なによりも苦しい。

あなたは、還《かえ》るべき。どこまでも透き通った、テティスのいる青の世界へ。

流香は、押し返そうとした腕から力を抜いた。間宮の胸に身を預ける。間宮の腕が、流香の背中をきつく抱き締める。

拓海が、抱き合う間宮と流香に近づいてくる。

「拓海君。ほら、あれ、みて」

女性の囁《ささや》き。拓海の顔がゆっくりと横を向く。間宮の肩越しに交差する視線。

歩を止めず、表情ひとつ変えずに流香をみつめる拓海の瞳《ひとみ》は、いままでにみたことのない夜の海のような静寂さを湛《たた》えていた。

静かに、とても静かに、青が遠ざかってゆく……。


僕が、きたくてそうしたんだから。

上京したときに、拓海は亜美にそう言った。澄み切った瞳で。

拓海。本当は、彼の名を呼びたかった。

拓海のために……そうする代わりに、流香は間宮の胸に顔を埋めた。

「いま、君の心に僕はいない。でも、構わない。ここまで、君を待ったんだ。君が振り向いてくれるまで、いつまでも待つよ」

間宮の腕に力が入る。流香は、声を上げて泣き崩れた。

7　拓海の詩

薄暗い照明。ヴォリュームの絞られた音楽。テーブルで炎を揺らめかす赤いキャンドル。赤ワインのグラスを片手に、ブルードルフィンにいるときとは別人のように朗らかに笑う恵。

彼女は、小笠原での拓海の生活を聞きたがった。

小笠原の植物は七十パーセント以上が固有種であること、まともにテレビが放映されるようになって十年そこそこということ、大怪我をしたら自衛隊の空挺《くうてい》機で内地に運ばれること。

恵が、頬杖《ほおづえ》をついて拓海をみつめる。アルコールで上気した顔にキャンドルの炎の影が揺れる。

「羨《うらや》ましかったな」

恵がポツリと呟《つぶや》く。

「なにが？」

「さっきのカップルよ。人目も憚《はばか》らず、傘もささずに雨の中で抱擁するなんて、まるで映画のワンシーンみたいでとてもロマンティックだったわ。ねえ、拓海君はどう思った？私、知っているよ。拓海君、女の人のこと、ずっとみてたでしょう？」

「うん……」

拓海は微笑み、窓の外に視線を逃す。

漆黒の空から降りしきる雨。小笠原の星も、黒に呑《の》み込まれているのだろうか？　雨の日の海面は荒れる。でも、五十メートルを過ぎれば、雨音も風の音も届かない。だからテティスは、雨の日はいつもよりも深く潜る。百メートル……二百メートル……三百メートル……。

テティスの瞳に映る世界は、どんな世界なのだろう？

彼女が愛する世界に……行ってみたい。

「あ、この曲……私、好きなんだ。とくに、セリーヌ・ディオンの歌うネイチャー・ボーイがね。この少年って、なんだか拓海君みたいだわ……。ねえってば？」

腕を揺すられる。

「なに幽体離脱してるのよ。私の話、聞いてた？」

「え？」

拓海は、恵のほうに顔を戻す。

「やっぱりぃ」

恵が頬を膨らませる。

「ねえ、拓海君の好きな女のコって、どんなコなの？」

「ああ……。音楽大学で、声楽をやっているんだ」

「声楽？　へぇ、お嬢様なんだ。家柄がよくて、頭がよくて、顔がよくて、声までよくて……。あ〜、私なんかじゃかないっこないよね」

屈託なく笑う恵。微《かす》かに瞳を過《よ》ぎる翳《かげ》り。

「恵ちゃんだって、とっても素敵な女のコだよ」

「いいのよ。無理しなくても」

恵が頬を赤く染め顔前で掌《てのひら》をヒラヒラとさせる。

「無理してないよ。本当に、そう思うよ」

「もう、やっぱりホストね。口がうまいんだから」

拓海の肩を叩《たた》きながら、恵が俯《うつむ》く。テーブルクロスの赤に、滴が落ちて弾《はじ》ける。

「もしそれが本当なら……私と、つき合ってくれる？」

俯いたままの恵の声が震える。

「それは、だめだよ」

「そうよね。恋人がいるのに……ごめんね、変なこと言っちゃって」

恵が顔を上げ、泣き笑いの表情で言う。

「その女のコは、僕の恋人じゃないんだ」

「ごめん、ごめん」

「え……？　違うの？」

「うん」

間宮の胸に顔を埋める流香。あのときの胸の痛み。彼女の想いが伝わった。拓海に向けた、深く、純粋な想い。

もう少し、そばにいさせて。十月十五日。君が一歩踏み出すその日まで。

あとは、彼がそばにいてくれる。君はもう、いつでも水槽から飛び出せる。そして、新しい世界で自由に泳ぐことができる。


「じゃあ、なぜ？」

「僕が、君の好きな人じゃないからだよ」

拓海は、恵を優しく諭す。

「私は、拓海君を……」

拓海は、ゆっくりと首を横に振る。柔らかな眼差《まなざ》しでみつめながら。

「思い出の中の人と、僕は違うよ。わかるだろう？」

大きく眼を見開く恵の睫《まつげ》が濡《ぬ》れている。洟《はな》を啜《すす》り、小さく頷《うなず》く。

「恵ちゃんの新しい門出を祝して」

オレンジジュースのグラスを翳《かざ》す。指先で目尻《めじり》の涙を拭《ぬぐ》い、拓海のグラスにワイングラスを触れ合わせる恵。

眼を閉じる。マンハッタンのグラスを翳す流香が、瞼《まぶた》の裏で微笑んだ。

◇

午前一時を回ったブルードルフィンの店内は、三十卓のテーブルがすべて埋まっている。

今夜、ママ達が行くはずだから、やっぱり店に出て。私は、大丈夫だから。

店を休むつもりだった拓海が、恵の勧めで出勤したのが三十分前。それからすぐに、冴子、百合香、美樹の三人が来店した。

「お、ようやく戻ってきたな。ナンバー2になると、忙しくて大変ね」

ヘルプの一馬《かずま》の話に耳を傾けていた百合香が、アルコールでほんのりと赤らんだ顔を拓海に向ける。

三十卓のテーブルのうち、五卓は拓海の指名客だった。拓海は、十五分ずつくらいの間隔でテーブルを回っていた。

「ごめんな」

拓海は一馬に片手を挙げ、冴子と百合香の間に座る。

一馬は店では三ヵ月先輩だけれど、歳は三つ下の二十歳。色白で華奢《きゃしゃ》な彼は、ホストの前は北海道の牧場で働いていたという変わり種。

将来、自分の牧場を持つのが夢だという彼は、お金を貯めるためにホストの世界へと足を踏み入れたのだった。

広樹とともになにかと拓海の面倒をみてくれた一馬は、とても恥ずかしがり屋の無口な青年で、そのせいか指名率が伸び悩んでいた。

「え？　そうなの？　かわいそー」

「なに言ってるのよ。美樹、九州に旅行したときに、馬刺をおいしいおいしいって食べてたじゃない」

競走馬の九十パーセント以上は馬刺になってしまうという一馬の話を聞いて両手を頬に当てる美樹に、百合香がからかうように言った。

「もう、余計なことを言わないの。で、お刺身にならないようにするには、どうすればいいの？」

美樹が百合香の肩を肘《ひじ》で小突き、一馬に訊《たず》ねる。

「種馬や乗馬として残ることができるのは、GⅠレースとかで優勝したひと握りの馬だけなんです」

一馬が、耳朶《みみたぶ》を赤くしながら返答する。拓海のヘルプについてから、彼も積極的にいろんなことを話すようになった。

百合香も美樹も、一馬のことを気に入っている。ブルードルフィンを今月一杯で辞めると決めてからの拓海は、できるだけ一馬を会話の中心に置くように心がけていた。

彼ならば、安心してあとを任せられる。拓海にはわかる。一馬の純粋な心が。

「君がいなくなると、寂しくなるわね」

ビールのグラスを傾けながら、冴子が呟《つぶや》くように言った。

指名客全員に、拓海は店を辞めることを告げていた。

「すみません。冴子さんには、本当に感謝しています」

「あら、やめてよ。私は、好きでそうしただけなんだから。それにしても、日本は狭いようでいて、案外広いのね」

「え?」

「君みたいな男のコがいるだなんて、いままでの私にはとても信じられなかったわ」

冴子が含み笑いをしながら拓海をみる。

「はあ……」

「このまま何年ホストを続けたとしても、きっと君は変わらないでしょうね。気障《きざ》なことを言っちゃえば、真夜中の太陽ってとこかしら。周りがどれだけ深い闇に包まれても、その光が弱まることはない。みな、変わるのが難しいと言うけれど、変わらないことが一番難しいと私は思う。こんな私にも、無垢《むく》な少女時代があったのよ」

冴子が、自嘲《じちょう》的に笑いながら言う。

「ええ、わかります。いまの冴子さんも、そのときとあまり変わってないと思います」

「まあ……。お世辞だとしても嬉《うれ》しいわ。でも、不思議ね。君が口にする言葉は、なんでも信じられるような気がする。普通、君みたいな純粋なコは、案外、人の心の痛みがわからないものなのよ。つらく、ひどい目にあっていないから、純粋になれる。だけど、君は違う。二十年近く水商売をやってきた私と同じくらい……いいえ、それ以上に人の哀しみがわかる。でも、私なんかと違って、屈折してもいなければ、擦れてもいない。知れば知るほどに、君っていう人間がわからなくなるわ。きっと君は、深い哀しみの傷を誰かの大きな愛によって塞《ふさ》いでもらったのね。けれど、傷を負ったことは事実だから、消えはしない。だから、あなたは苦しんでいる人をみると無意識のうちに共感し、優しくなれるのよ」

拓海は思う。もし、覚えていないような幼い頃に心が傷ついていたのなら、その傷を大きな愛で塞いでくれたのは、留吉とテティスだと。

「でもね、共感し、優しいだけじゃだめなときもあるのよ。君、大好きな女のコの夢を叶《かな》えるためにホストになったって言っていたよね？」

「はい」

唐突に、冴子が訊ねる。

「けれど、そのコは、君がそう考えていることを知らないでしょう？」

「どうして、わかるんですか？」

拓海は、驚きを隠せずに言った。

「わかるわよ。君をみていると。たぶん、そのコは、君がホストなんてやっていると知ったら、ショックを受けると思う。君が変わってしまったんじゃないかってね。それでも、君はいいと思ってるんでしょう？」

拓海は頷いた。

「ある少年が、庭先で羽を傷つけた雀を発見しました」

冴子が唐突に、昔話を語るような口調で話し始めた。

「その少年は、雀の傷の手当てをして、仲間のもとへ戻れるようになるまで、鳥籠《とりかご》で飼うことに決めました。はやく元気になって、飛べるようになるといいね。少年は、毎日、毎日、雀の傷を気にかけ、愛情深く世話をしました。一週間、二週間、三週間……。少年は一生懸命に傷の手当てをしているのに、一向に雀の怪我が治りそうな気配はありませんでした。それどころか、どんどん、傷口は悪化していきます。ある日の朝、少年が鳥籠を覗《のぞ》いたら、そこには、冷たく横たわる雀の姿がありました。そう、雀は、ずっと少年のそばにいたかったのです。怪我が治れば空に戻されると思った雀は、夜のうちに、自らのくちばしで傷口をつっ突いていたのです。ウチの母ね、昔、自分で童話みたいなものを作っていたの。子供の頃は、なんて馬鹿なことをするの、って思っていたけれど、大人になってみたら、この雀の気持ちが、すごくわかるようになった」

冴子が、拓海の瞳《ひとみ》を窺《うかが》う。

お前はたくさんの愛を持っておる子じゃ。だが、愛しかたと愛されかたを知らん。そばで見守ることだけが、愛だと思っとる。それは悪いことじゃないが、ときには、求めることも必要じゃ。


不意に、留吉の言葉が心を過《よ》ぎる。

「君が大好きな雀さんは、どうなのかな？」

冴子が意味深に笑う。心の中を、見透かされているよう。

「ごめんね。突然、変なことを言っちゃって。お節介は、年を取った証拠かな？」

「いいえ。勉強になります」

おどけてみせる冴子に、拓海は笑顔で返す。

「あと十年……」

急にまじめな顔になった冴子が、拓海に真剣な眼差《まなざ》しを向ける。

「十年若かったら、君を本気で好きになっていたかもしれないわ」

拓海は、冴子の眼差しを受け止める。

「なんてね。冗談よ」

冴子の唇がなだらかな弧を描く。拓海も、口もとを綻《ほころ》ばす。

「話は変わるけれど、君、いつ小笠原に帰るの？」

「十一月の最初の船で……」

声が出なくなる。音が聞こえなくなる。躰が体温を失ったように凍える。

店内のダウンライトの琥珀色《こはく》が、幻想的な青に染まる。滑らかに、優雅に、青の絨毯《じゅうたん》を舞うテティスが、華麗な宙返りやスピンを繰り返す。テティスが回転するたびに周囲の青が弾《はじ》け、きらめく水泡が海面に立ち上る。

拓海は、テティスのダンスに見惚《みほ》れる。いままでがそうであったように、美しく神秘的な女神の舞いが、拓海を虜《とりこ》にする。

動きを止め、テティスが拓海に近づく。くちばしを開き気味にし、少しだけ頭を上げ、黒く円《つぶ》らな瞳を拓海に向ける。

拓海は、そっと手を伸ばし、テティスのまるっこい頭を撫《な》でる。とても気持ちよさそうに眼を細めるテティス。

どのくらいの時間、そうしていたのだろうか？

テティスが瞼《まぶた》を開き、優しく、温かな瞳で拓海をみつめる。

あなたに会えてよかった

聞こえた。たしかに、テティスの声……。

テティスが顔を上に向け、海面から射し込む金色の帯に包まれながら、ゆっくりと、ゆっくりと上昇する。テティスの流線型が、きらきらと輝く眩《まばゆ》いばかりの光の中へと溶け込んでゆく……。

オレンジジュースのグラスが掌《てのひら》から滑り落ち、音もなく砕け散る。冴子が、百合香が、美樹が、一馬が、心配そうな顔でなにかを言っている。

聞こえない。なにも、聞こえない。

不意に、涙が溢《あふ》れ出す。止まらない。心がちぎれてしまいそう。瞼を閉じる。鼓膜を震わせる叫喚。

「拓海君っ、どうしたの!?」

驚いたように、冴子が拓海の肩を揺さぶる。

僕の……躰《からだ》が半分になる……。

声になっているかどうかさえわからない。

「え!?　なに？」

拓海は、冴子の問いかけには答えず、抜け殻のように立ち上がる。

店内の喧騒《けんそう》が、鼓膜から遠ざかる。

ふたたび、音のない世界。

似ている。深い、青の世界に……とても、よく似ている。

◇

灰色のヴェールがかかったような視界。通り過ぎるヒトが、歩道に立ち尽くす拓海に好奇の眼を向けてゆく。

通りを行き交う車の音、街の雑踏、酔客達の歓声……一切の音が鼓膜からフェードアウトする。

ブルードルフィンの入るビルの屋上を見上げる。

灰色の視界に、唯一、色づく看板。そこだけには、哀しいほどに鮮やかな青がある。

「あのとき、わかっていたんだね」

拓海は、動かないテティスに語りかける。

小笠原を発《た》つ前日。テティスとの別れ。あの日のテティスは、いつになく拓海に甘えた。頬にキスをしたのも初めて。そして、遠ざかる拓海をいつまでも、いつまでも見送っていた彼女。

約束した。九月十七日には帰る、と。約束通りに帰れば、テティスともう一度会えたはず。こんな別れには、ならなかった……。

テティスは知っていた。これが永遠の別れになってしまうことを。

そう、テティスは、自分の死期を……拓海が約束の日に戻れないことを予知していた。

「ごめんね」

闇空の中の青。あの世界へ入って行けたなら……。

動かないテティスが、涙で滲《にじ》んだ。

8
流香の詩

雲の上を歩いているような足取りで部屋に入る。流香は、後ろ手でカギをかける。ドアに背中を預ける。宙を彷徨《さまよ》う虚《うつ》ろな視線。

衣服を濡《ぬ》らす雨が体温を奪う。冷えきった躰。それ以上に、心が凍えている。

間宮の腕に抱かれた流香を、ため息さえも躊躇《ためら》うような静寂が支配するドルフィンビーチの夜を思わせる彼の瞳《ひとみ》がみつめた。

これでよかった。流香は自分に言い聞かせる。振り出しに戻っただけ。七瀬拓海という男性を知らない自分に戻るだけ……。

君のことが好きだ。

彼の気持ちが本当なら、もう、東京にいる理由はない。

お互いに、お互いを知らなかった世界へと戻ればいい。

それぞれの生活を送れば、いつしか、他愛もない思い出のひとつになるはず。

彼にも、きっとわかる。いまの想いが、幻であることを。少なくとも、流香にはわかっている。

十五年前のあのときから、ずっと……。

重い足取りでソファへと向かう。着替える気力もなく、濡れたままの衣服で腰を下ろす。MDコンポのリモコンを手に取り、スイッチを入れる。スピーカーから、Ａｍａｚｉｎｇ Ｇｒａｃｅが流れる。

携帯電話のベルが鳴る。液晶ディスプレイに浮かぶ亜美の番号。電話に出ようかどうか、流香は束の間迷った。

あの日、ジャングルナイトで亜美との待ち合わせをすっぽかして以来、学校で顔も合わさず、電話での連絡も取っていなかった。

避けていた。彼女と会話をすれば、拓海の話になってしまう。もう、吹っ切れたこと。亜美を避ける理由は、どこにもない。

流香は、携帯電話を手に取り、通話ボタンを押す。

「もしもし？」

『流香、いったい、どうしたのよ⁉　待ち合わせの場所にもこないし……電話を何度かけても繋《つな》がらないし』

亜美の尖《とが》った声が受話口から零《こぼ》れ出す。

「ごめんごめん。あの日、やっぱり行かなかったの。コンクールのレッスンが忙しくて電話をする暇もなくて。スタジオに籠《こも》りっきりだったから、携帯電話も切っているときが多かったの」

努めて、明るく振る舞った。

『いくら忙しくても、電話の一本くらいかけられるでしょう?』

「本当にごめんなさい。今度、なにか奢《おご》るから赦《ゆる》して。ね?」

『まったく……。それより、あの夜、私があなたを呼んだのは……』

「知ってるわ。彼、ホストやってるんでしょう?」

流香は、あっさりと言った。全然、興味がないというふうに。

『どうして、それを?』

「お父さんが、偶然に彼をみかけたの」

嘘。心で亜美に謝る。

『そうなんだ。で、拓海君から事情は聞いた?』

「なんにも」

『なんにも……って。流香、拓海君と同じホテルにいるんでしょう?』

信じられない、といった嘆息が聞こえる。

「彼は、もうここにいないのよ」

『え!? いないって……小笠原へ帰ったの?』

「ううん。あなたとジャングルナイトで待ち合わせた日の翌日、出て行ったの。父に挨拶《あいさつ》したみたいだけれど、私は会ってないわ」

七瀬君、アルバイトを始めたみたいだな。寮に移りますと、挨拶にきたよ。

父からその話を聞かされたときに、流香は、拓海がブルードルフィンの寮に移ったことを悟った。

『そっか……。ねえ、流香、彼のこと心配じゃないの？』

「別に。だって、彼の人生でしょう？　ホストになろうがなにになろうが、彼の勝手よ」

自分に向けた言葉。小笠原に帰らずにホストを続けたとしても、それは拓海の人生。これ以上の口出しをする権利は、流香にはない。

『それはそうだけど……。でも、どうしちゃったんだろう、彼。昼間も、アルバイトをしていたみたいだし……』

「アルバイト？」

流香は、亜美に訊《たず》ね返す。

『ほら、拓海君、コンクールの予選にこなかったじゃない？　あのあと、流香と入れ違いに会場に駆けつけてきたときに、作業服を着ていたのよ。言わなきゃ言わなきゃと思いながら、忘れてたの』

新日本音楽コンクールの予選の日。拓海は、車に撥《は》ねられた通りすがりの男性を救急車で病院に運び、会場に現れなかった。

「そう。だけど、どうだっていいことだわ。いまも言ったけれど、彼の人生だから」

本当の気持ち。理由がわかったところで、なにも変わらない。彼が東京で彼らしさを失ったのは事実。それに、間宮との抱擁をみられてしまったいま、もう、拓海に合わせる顔はない。

『本当に、それでいいの？　一度、彼と話してみたら？』

「亜美。私と彼は、なんでもないの。だから、話すことなんてなにもない。それに、私には間宮さんがいるし……」

嬉《うれ》しかったよ。誰かの代わりでも、僕の胸に飛び込んでくれて。

クライシスホテルの前まで車で送ってくれた間宮が、別れ際に言った言葉。

間宮を利用しているようで、自分に嫌気が差した。

君が振り向いてくれるまで、いつまでも待つよ。

すぐには無理でも、間宮だけをみつめることのできる日がくると信じて、本当の意味で、彼の胸に飛び込んだほうがいいのかもしれない。

『間宮さんって、ジャングルナイトにきた男の人？』

「そうよ」

『彼のこと、好きなの？』

「……好きよ」

亜美には、そう言うしかなかった。でなければ、拓海の話を終わらせることができない。

『そう。なら、仕方ないわね。ただ、ひとつだけ言わせて。ホストをやっている理由はわからないけれど、拓海君がいまも東京にいるのは、きっと、あなたのそばについていたいから。それだけは、信じてあげて。じゃあ、切るね』

硬質な発信音が流れる携帯電話を胸に当て、流香はソファに深く凭《もた》れかかる。

わかっている。だからこそ、間宮の腕の中に……。

ＭＤコンポから流れる曲……Ｗｈｅｎ　Ｉ　Ｆａｌｌ　Ｉｎ　Ｌｏｖｅに耳を傾ける。

握り締めた携帯電話に、水滴が落ちて弾《はじ》ける。レーナ・マリアの優しく温かな歌声に、いっそう涙が溢《あふ》れ出てくる。

まるで、本当の愛を探して……と流香に語りかけているかのよう。

霞《かす》み、ぼやける視界。視線を、ナイトテーブルの上のイルカのペンダントトップ……マリンスターに泳がせる。


君の笑顔がみたいから。

ただそれだけの理由で、拓海は海の星を拾いに夜の海へと潜った。
もう、あの人の笑顔をみることも、あの人に笑顔をみせることも、二度とないだろう。

第五部

1 流香の詩

流香は、室内の中央に立ち尽くし、「水の上で歌う」の出だしの歌詞を繰り返した。

コンクールのようなやり直しのきかない舞台で、一番警戒しなければならないことは、歌詞の間違いはもちろん、滑り出しだ。

滑り出しがうまく行かなければ、軌道修正するのがとても困難になる。

だから、みな、出番を待つ控え室では、その日歌う課題曲の出だしの歌詞を発声練習と兼ねて何度も繰り返す。

片手に持ったミネラルウォーターのペットボトルを口に運びながら、腕時計をみる。

あと十分……午前十時に、間宮が迎えにきてくれることになっている。

今日、十月十五日は新日本音楽コンクールの本選の日。

この日のために、生きてきた。母が選んだ道……愛より優先した世界を体験するために、生きてきた。

母がみた世界は、流香にはみえないのかもしれない。その世界に立っても、母はみつからないのかもしれない。

それでもよかった。母が愛した世界……ミラノの舞台に立てば、新しいなにかを発見できる。そんな気がした。

けれど、それも、彼と会うまでの話。

ノックの音。

「開いてるわ」

流香は、回想の旅を中断し、目尻《めじり》に滲《にじ》む涙を拭《ぬぐ》う。

「今日はいい天気だね。コンクールなんてすっぽかして、ハイキングにでも行きたい気分だよ」

間宮が、穏やかな笑顔で入ってくる。流香に気を遣わせぬよう、呑気《のんき》な軽口を叩《たた》きながら。

「できるなら、そうしたいわ」

流香のは、軽口ではなく本音。

本選の舞台は、夢に一番近い場所とも言えるし、一番遠い場所とも言える。十二分間で、十五年間の夢が叶《かな》うか叶わないかが決まってしまうプレッシャーから逃げ出したい、という気持ちもある。

「縁起でもないことを言わせてもらえば、もしものことがあっても、君は僕と一緒にミラノへ行ける。君の夢は、ミラノ国際音楽コンクールに出場を果たすことだ。だけど、それは、世界的に有名な声楽家になって、お母さんを捜すためだろう？　ミラノ国際音楽コンクールの出場経験者でなくても、世界で活躍している声楽家はごまんといる。だから、今日の本選はレッスンのつもりで気楽に歌えばいい。ま、君が本選でうまく行かないほうが、僕を頼ってくれるから都合がいいんだけれどね」

間宮が、珍しく悪戯《いたずら》っぽい表情で言うと片目を瞑《つむ》る。

「四時間後に大舞台を控えているパートナーに、普通、そんなこと言う？」

流香は怒った顔を作ってみせ、間宮を軽く睨《にら》みつける。

もちろん、流香は本気で怒っているわけでも、間宮も本気でそんなことを思っているわけでもない。

少しでも、流香の緊張を解くため。間宮の心遣いが、痛いほどに胸に伝わる。

「ごめんごめん。つい、本心が出ちゃった」

間宮が頭に手を当て舌を出す。ふたりは、示し合わせたように声を上げて笑った。

「そろそろ行こうか？」

間宮に頷《うなず》き、流香は課題曲の譜面とミネラルウォーターのペットボトルをバッグにしまい、ドアへと向かう。

本選の開始は午後一時。会場のアミューズホールでは、十一時からリハーサルが行われる。

足を止めた。ナイトテーブルの上の銀色の流線型をみつめる。

マリンスターは神様の落とし物だから、身につけてると幸せを運んできてくれるって。

流香の睫《まつげ》が眼を覆う……拓海の声に、耳を傾けた。

2　拓海の詩

降り注ぐ陽光が、瞼《まぶた》の裏をオレンジに染める。こうして眼を閉じていると、赤坂通りを行き交う車の排気音やヒトの話し声が波の音に聞こえる。

小笠原を離れて、約一ヵ月以上が過ぎた。もうずいぶんと、海に入っていない気がする。留吉に泳ぎを教えてもらった四歳のときから……テティスと出会ってから、こんなに海に入らなかったのは初めて。

拓海のそばには、いつも青があった。いつも、テティスがいた。

皮膚をくすぐる水泡が、耳では聞こえない様々な音が、パウダースノーの海底に揺れるリップルマークが、とても懐かしい。

今日の本選が終わり、ブルードルフィンの給料が手に入ったら、亜美に会うつもり。流香がミラノに行くためのお金はできた。テティスの心を摑《つか》んだ彼女の歌声なら、きっと本選で優勝できる。

もう、彼女はひとりで歩ける。たまに躓《つまず》きそうになっても、間宮が支えてくれる。

本当に、お前はそれでいいのか？

留吉の声が聞こえる。ちょっぴり呆《あき》れて、ちょっぴり怒った声が。

いいんだよ、祖父《じい》ちゃん。言っただろう？　イルカはね、海の女神のそばにいられただけで幸せなんだよ。

拓海は、留吉に言った。祖父のため息が聞こえるよう。

あの日……ピンクとオレンジと赤のグラデーションに染まる、ドルフィンビーチの夕焼け空を背に目の前に現れた女神の微笑みを、拓海は一生忘れはしない。

拓海は眼を開け、ダイバーズウォッチをみる。午後二時四十分。

今日だけはいいよね。最後に、彼女の姿をみに行っても……。

拓海は、心で呟《つぶや》く。

受付で貰《もら》った新日本音楽コンクールのパンフレットによれば、流香の出演は十番目。ひとり十二分以内の演奏時間。あと二十分もすれば、彼女の出番になる。

拓海は、アミューズホールの前の広場の石段から腰を上げ、巨大な白の建物へと向かう。

「拓海君」

正面玄関の自動ドアを抜け、ロビーに足を踏み入れたときに背後から声をかけられた。

振り返る。ミネラルウォーターのペットボトルを手にもった男性……間宮が、厳しい表情で小走りに駆け寄る。

「あ、この前はどうも」

拓海は、会釈をする。

「君、なにしにきたんだい？」

「流香さんの歌を、聴きにきました」

「悪いが……帰ってくれないか」

間宮がひとつ大きく息を吸い、物静かな声で言った。

「この前も言ったとおり、彼女は精神的に追い込まれ、まともなレッスンを積めなかった。なんとか持ち直してレッスンを再開したけれど、状況はかなり苦しくなっている。彼女が君に気を取られている間に、ほかの出演者は一分の時間も惜しんで厳しいレッスンに励んでいたんだ。正直、いまの状態の流香さんが本選を一位で通過できるかどうか、僕には自信がない。ただ、ひとつだけ言えるのは、もし彼女が君の姿を客席でみかけたら、間違いなく落選する。この本選に、流香さんの夢がかかっているんだ。頼む、頼むから……」

間宮が、苦しげに声を詰まらせる。

「……わかりました」

拓海は頭を下げ、いま入ったばかりの自動ドアを抜けて外へと出る。

立ち止まる。視界が流れ、移りゆく。雲ひとつない秋空。眼を閉じ、ドルフィンビーチの夜……出会いの夜に思いを馳《は》せる。

あのとき、まどろみの中に聞こえてきた流香の歌声に耳を傾ける。

しばらくの間、拓海は記憶の中の流香の歌声に聴き惚《ほ》れた。

眼を開ける。視界に戻る碧空《へきくう》。駅へと向かって歩を踏み出そうとしたとき……ペンダントが、足もとに舞い落ちる。

拓海は、チェーンの切れたペンダントを拾い上げ、じっとみつめる。

「声を聴くだけならいいよね？」

銀色のテティスに拓海は語りかける。海面で立ち姿勢になり、頭を上下に振るテティスが眼に浮かぶ。

拓海は、踵《きびす》を返しアミューズホールの裏手へと回った。

3　流香の詩

舞台の上では、エントリーナンバー9の女性の二曲目の歌が終盤に差しかかっていた。

課題曲はシューベルトの「小川の子守歌」。さすがに本選だけあり、みな、予選のときよりも格段に進歩していた。

舞台袖《そで》で流香は、緊張に渇く喉《のど》をペットボトルのミネラルウォーターで潤す。譜面を片手に一曲目の課題曲、「夜と夢」の歌詞を口ずさむ。

「流香ちゃん。そのペンダントかわいいね？」

間宮が、リラックスさせるためなのだろう明るい口調で言うと、流香の胸もとを指差す。

「間宮君。そのペンダント、彼女のおまじないなの。予選のときにも、つけていたのよね？」

田島教授も、流香の気持ちを緊張から逸《そ》らすように間宮の話に乗る。

「え、ええ……」

曖昧《あいまい》な笑みを浮かべる。

間宮が、このペンダントを眼にするのは初めて。予選の日以来、ずっと外していた。

恐らく拓海は、この会場にはいないはず。流香が、そうするように仕向けたようなもの。でも、一緒にいたい……彼に、歌を聴いてほしい。せめて、思い出だけには、そばにいてほしかった。

なにがあなたを、変えてしまったの？　取り戻せるよね？　小笠原に帰れば、眩《まぶ》し過ぎるほどの光に満ちていた太陽のようなあなたに、戻れるよね？

沸き起こる満場の拍手が流香を現実に引き戻す。

「さあ、流香ちゃん。心の準備はいいかい？」

間宮が、流香の肩に手を乗せる。笑顔を返したつもり……頰が強張《こわば》る。

「頑張ってね。いつもどおりにやれば大丈夫よ」

田島教授がペットボトルを受け取りながら励ましの言葉をかけてくる。

はい。返事をしたつもり……声帯が萎縮《いしゅく》する。「夜と夢」の歌詞を口ずさむ。口ずさめない。喉に手を当て、何度も咳《せ》き込んでみる。

声が……声が……。

『10番。麻布音楽大学三年。柏木流香さん。ソプラノ』

9番の女性が舞台袖に戻ってくるのと入れ替わりに流れる場内アナウンスが、流香の混乱に拍車をかける。

「行くよ」

間宮に押し出されるように、歩み出す。拍手が流香を出迎える。張り裂けそうなほどに心臓が高鳴る。踏み出す両足から感覚がなくなる。歩を止める。舞台の中央に降り注ぐスポットライト。

行けない。だって、声が……。

「流香ちゃん」

耳もとで間宮が囁《ささや》き流香を促す。流香は、震える足取りでスポットライトの輪に一歩、また一歩近づく。

舞台の中央に立ち、拓海のいない薄暗がりの場内を見渡す。

予選のときは、彼が見守ってくれていると思っていた。それだけで緊縛のロープは解き放たれ、リラックスできた。

スポットライトは月光、観客席は夜の海、舞台はドルフィンビーチの白砂に感じられた。いまは違う。孤独の闇の中に引き摺《ず》り出され、ひとり、取り残された気持ち。

怖くて、寂しくて、不安で……助けて……拓海……。

心の叫びは、間宮のピアノの伴奏に呑《の》み込まれる。

流香は、イルカのペンダントトップに手を当てる。掌《てのひら》から零《こぼ》れ落ちるペンダントが、スポットライトを照り返しながら足もとに落下する……まるで、スローモーションのように、ゆっくりと、落ちてゆく。

ピアノの伴奏だけが、凍てつ《い》いた場内に響き渡る。「夜と夢」の伴奏は既に中盤に差しかかっている。頭の中が降り積もった新雪のように白くなる。

声が……声が出ない……。

流香の名を呼ぶ間宮の声と場内のざわめきが、鼓膜から遠ざかる、遠ざかる、遠ざかる……。

流香は、舞台袖へと駆けた。田島教授の蒼褪《あおざ》めた顔が、出演者や関係者達の驚愕《きょうがく》した顔が、視界を掠《かす》めてゆく。

「待って」

田島教授の声を振り切り、肩から体当たりするようにドアを開けた。控え室に挟まれた細い通路……裏口へと続く通路を走り抜ける。

誰かの胸にぶつかった。顔を上げる。呼吸が止まりそうになった。

「どうしたの？」

深い瞳《ひとみ》が、流香をみつめる。

「拓海……声が……声が……」

打ち明けながら、いまは声が出ていることに気づく。

拓海の腕が、流香の凍える躰《からだ》を包み込む。優しく、労《いたわ》るように。

なんて温かな胸……かじかむ心が溶けてゆく。拓海の鼓動を感じる。深く、柔らかな安《あん》堵《ど》感に包まれる。

なぜだろう……とても、懐かしい気分になる。込み上げてくる涙。このままずっと、拓海といたい……。

背中に触れる彼の指先に力が入る……震えている。拓海の躰も泣いている。私のために、泣いている……。

「流香ちゃんっ」

背後に首を巡らせた。田島教授が駆け寄ってくる。その後ろに、間宮も続く。

不意に、不安が舞い戻る。拓海の哀しい瞳。

「そばについていてあげられなくて、ごめんね……」

拓海の瞳が遠ざかる。流香をみつめ、出会ったときと同じ無邪気な顔で微笑みかける。

行かないで……

拓海が、ふわりと身を翻す。

拓海

また、声が出なくなる。彼の背中が遠くなる。

拓海　拓海　拓海

心で、叫ぶ、叫ぶ、叫ぶ……彼の背中がみえなくなる。
視界が縦に流れる。流香は膝《ひざ》から崩れ落ち、号泣した。

4 拓海の詩

どこを歩いているのだろう？　周囲にいるはずの通行人の姿も、車もみえない。秋空も色を失い、風がとても冷たい。

拓海はひとり。生まれて初めて感じる孤独。留吉も、テティスも、そして……。

流香の夢が叶《かな》うなら、それでも構わない。孤独とも思わない。

どんなに離れていても、拓海は幸福感に包まれる。ひとりでも、寂しくはない。

女神の微笑みをみられるのなら、それでいい。

けれど、幸せにできなかった。いまとなっては、二百万円も意味をなくした。彼女に、なにもしてあげられなかった。

拓海

流香の声を感じた。

振り返りたかった。何度も、振り返ろうとした。そして駆け戻り、もっと、そばにいたかった。

離れるべき。彼女が、だめになる。流香の夢を壊した。十五年間願い続けてきた彼女の夢を……。

「君、待ちたまえ」

腕を摑《つか》まれる。間宮。肩を上下させ、荒い息を吐いている。

「拓海君……頼む、このとおりだ」

唐突に間宮が土下座をし、悲痛な面持ちで拓海を見上げる。

「間宮さん。そんなこと……」

「小笠原に、帰ってくれないか？　君も、さっきの彼女をみただろう？　本選の舞台で、声が出なかった。声楽家にとって、これがどれだけショックなことかわかるかい？　全力を出し切った上での落選ならば、まだ諦《あきら》めもつくだろう。だけど、彼女は挑むことさえできなかった……」

小刻みに震える唇を嚙《か》み、間宮が首をうなだれる。

「僕は、流香さんにプロポーズをするつもりだ」

間宮が顔を上げ、強い眼差しで拓海の瞳を射抜く。

「僕の留学しているミラノの音楽学院の教授が、彼女に興味を持ってくれてね。プロポーズの返事がイエスかノーかはわからない。だけど、たとえ流香さんの返事がどうであっても、ミラノへは連れて行くつもりだ。彼女の夢を叶えるためにね。でも、君がそばにいると、流香さんが日本に未練を残してしまう。拓海君。君も彼女のことを想うのなら、黙って身を引いてほしい」

間宮が赤く眼を潤ませ、懇願するような口調で言った。

「間宮さん。腰を、上げてください」

「わかってくれたのかい？」

間宮が立ち上がり、縋《すが》る眼を向ける。

拓海は瞼《まぶた》を閉じ、大きく息を吸い込み、ゆっくりと吐き出す。震える吐息……震える胸。

この腕が、流香を覚えている。愛、恐れ、不安、悲嘆、絶望。

あのとき、すべてが伝わった。どうしようもない彼女の哀しみが……。

拓海は、流香とひとつになることで感じ、心に決めた。


彼女に微笑みが戻るなら。


静かに眼を開け、間宮をみつめ返す。

「流香さんを、よろしくお願いします」

微《かす》かに眼を見開く間宮が視界から消える。

拓海は、足を踏み出した。

どこへ？

水泡の弾《はじ》ける音が、珊瑚《さんご》の息吹が、テティスの声が聞こえる……青が、拓海を呼んでいる。

5

流香の詩

カーテンの隙間から忍び入る黄金色の陽光が、この空間に触れた瞬間に色を失う。

薄暗く寒々とした部屋。パジャマ姿のまま流香はベッドで膝《ひざ》を抱きかかえる。喉《のど》のために無休で働き続けてきた加湿器のスイッチも切ったまま。もう、気遣う必要はない。

本選から三日が過ぎた。その三日間、朝も昼も夜もない空間で、流香は息を潜めていた。

目覚めて、久納が差し入れてくれるルームサービスの食事に少しだけ口をつけ、色のない時《とき》間の流れに身を任せ、睡眠を取ることの繰り返し。

ただ、呼吸をしているだけの日々。

亜美が駆けつけてくれた。間宮も、田島教授も……大勢の仲間が流香の様子を心配し、この空間を訪れた。

会いたいとも、会いたくないとも思わなかった。

どうせ、同じこと。氷の部屋にいる流香の耳には、誰の声も届かない。

これが、あなたが教えたかったことですね？

流香は、母に語りかける。

目の前から太陽が消えた。いいえ、流香が消した。愛を信じられない冷えきった心が、彼の光を消した。

彼を知ってからの三ヵ月間。刹那《せつな》の時間だったけれど、十五年間ずっと流香を覆っていた闇は、その瞬間だけは取り払われた。

でも、抜け出せなかった。氷の部屋から……冷え冷えとした暗闇の迷路から救い出そうとしてくれた拓海を、追い出してしまった。

すべてが終わった。声楽家としての道は、完全に閉ざされてしまった。

ミラノ国際音楽コンクールは、五年後にふたたび開催される。そのとき流香は二十五歳。声楽家として、脂の乗ってくる年齢。

だけど、新日本音楽コンクールの本選であんな姿をさらしてしまった以上、もう、二度と舞台に立つことはできない。

ベルの音。流香は膝を抱えたまま、身動《みじろ》ぎひとつせず、正面……壁にかかった少女の油絵をみつめる。

透けるような白い肌と栗色の巻き毛が美しい少女が、流香に微笑みかける。

空気の微細な変化を肌で感じる。

「気分は、どうだい？」

間宮が、ナイトテーブルの椅子をベッドの脇に運び、流香と向き合う格好で腰を下ろすと、花束を差し出した。

色のないバラ。流香は花束を受け取り、力なく首を横に振る。喋《しゃべ》るのが、ひどく億劫《おっくう》だった。

「当然だよね」

間宮が、自嘲《じちょう》的に笑う。

百年間、同じ場所にこうしていても、あの少女は美しい姿のまま微笑んでいることだろう。

そのとき流香は、死んでいる。痛みも、苦しみも、哀しみも感じない世界は、どんなところだろう、と、ふと、流香は思った。

「流香ちゃん。本当は、今日、君にプロポーズをするつもりできた。でも、いまの君に、そんな重大な選択をさせようとは思わない。その代わりに、っていうわけじゃないけれど……」

間宮が言い淀《よど》む。

「来週の金曜日……二十四日に、僕はミラノへ戻らなければならない。君にも、一緒にきてほしい。前にも言ったように、教授が君に興味を持ってくれている。もちろん、すぐに会ってくれとは言わない。なんの予定も立てないで、のんびりとしたイタリア時間でリフレッシュすればいいさ。半年、いや、一年かかってもいいじゃないか？　君はいままで、走り続けてきた。なにかをやる気が起きるまで、ゆっくりと休むくらいの褒美を自分にあげてもいいと思うよ」

イタリア……。それもいいのかもしれない。日本には、つらい思い出が多過ぎる。

あなたは、どう思う？

流香は、壁にかかった少女の絵に語りかけた。

僕のやったこと、間違ってないよね？　彼は、素晴らしい人だよ。音楽のことにも詳しいし、彼女のことをよくわかっている。

知っているかい？　テティス。ミラノの音楽大学の先生が、彼女の歌を気に入ってくれたって。

本当は、寂しいよ。でも、彼女が笑えなくなったらもっと寂しいから、これでいいんだ。きっと、彼女なら、夢を叶《かな》えることができると思う。お前の心を摑《つか》んだ女性《ひと》だからね。

窓辺に立つ拓海は、イルカのペンダントトップからマリンスターを取り出しみつめる。

昨日の夜。片岡に、ブルードルフィンを約束よりも二週間はやく辞めることを詫《わ》びた。

もうすぐ、青の世界へ帰るよ。

6　拓海の詩

拓海はマリンスターをペンダントに戻し、ベッドの上のリュックを肩に担いだ。

手紙を添えた給料袋をテーブルに置き、部屋をあとにした。

7 流香の詩

一一五六号室の前で立ち止まり、深呼吸をする。いまは午後十一時を三分回ったところ。

あの悪夢から一週間が過ぎ、時間を認識する程度の落ち着きは取り戻した。

でも、流香のみる世界は相変わらず、箪笥《たんす》の奥から引っ張り出した古い写真のように色《いろ》褪《あ》せている。

ドアをノックする。ほどなくして、父の憔悴《しょうすい》した顔がセピア色の視界に現れる。

「話があるの」

父が力なく頷《うなず》き、流香を部屋へと招き入れる。

広々とした室内に漂うアラミスの香り。懐かしい匂い。小学生の頃までは、このオーデコロンの香りが苦手だった。

「かけなさい」

父が、室内の中央のソファに流香を促す。テーブルの上には飲みかけのブランデーのグラス。

流香が一緒に住んでいた頃には、お酒を飲まない人だった。

「いまさらなんだが、コンクールは残念だったな」

流香の正面に腰を下ろし、父が労《いたわ》るように言う。

本選でのアクシデントを、田島教授は父に報告した。父は、その日の夜に流香の部屋を訪れたが、抜け殻の娘に声をかけることもなく立ち去った。

それ以来、父と顔を合わせるのは一週間振りのことだった。

「私、ミラノへ行きます」

思いきって、流香は切り出す。相談ではなく報告。そう、決めていた。父の反対を押し切ってでも、日本を発《た》つことを。

とても、レッスンを開始できる精神状態じゃなかった。ミラノ音楽学院の教授に会うつもりもなかった。

それでも、ミラノ行きを決意した。

彼との思い出が色濃く残る日本に、流香の居場所はない。

ミラノに行けば時間《とき》が解決してくれる……彼にたいして抱くこの気持ちが愛なんかではなく幻だということを、気づかせてくれる。

そして、いつか、彼のことを美しい幻想だったと受け入れることのできる日がくるはず……。

「間宮君から、話は聞いたよ。お前の好きにしなさい」

父の言葉に、流香は耳を疑う。

「え……？　ミラノに行っても、いいの？」

「もう、決めたことなんだろう？　心残りのないように、夢を追いかければいいさ」

投げやりとも、諦《あきら》めとも違う。心の底からそう言ってくれていることが伝わった。

「どうしたの？　あれほど、声楽家になることを反対していたのに」

「お前に、話しておかなければならないことがある」

深刻な表情で言うと、父は、気を落ち着けるようにブランデーのグラスを傾けた。そして大きく息を吐くと、悲痛な面持ちで流香をみつめた。

「私は、ずっと、お前を欺き続けてきた。母さんは、お前を見捨ててなんかいない」

「いま……なんて言ったの？」

「十五年前、彼女がミラノのコンクールへ出たいと言ってきたことは、お前にも話したとおりだ。私は彼女に言った。どうしてもミラノに行くというのなら、離婚届けに判を押しなさいとね。彼女は悩みに悩んだ揚げ句に、夢を捨てることはできないという結論を出した。そして、お前を連れてミラノへ行くと……」

「お父さん。なに言ってるの……？」

流香は、すぐには、父の言うことが理解できなかった。

「彼女を失うことは覚悟していた。だが、お前まで失うわけにはいかなかった。私は、彼女に約束した。流香を連れて行くのは構わない。ただし、流香に説明する時間がほしいと。彼女は、私の言葉を疑うことなく、ひと足先にミラノへと旅立った。約束では、コンクールの一週間前に、彼女がミラノに借りたアパートメントにお前を連れて行くというものだった。そう……私は、約束を反古《ほご》にした。いや、最初から、お前を引き渡すつもりなどなかった。精神的に追い詰められた彼女は、一週間後のコンクールで今回のお前と同じように声が出なくなり……」

父の掌《てのひら》に包まれたグラスの中で、ブランデーが揺れている。唇を震わせて俯《うつむ》く父の姿が涙に霞《かす》む。

ミラノの舞台で、君のお母さんはあるアクシデントに見舞われた。

あのとき間宮が言っていたアクシデントというのは、声が出なかったことだったの……。

「彼女と同じ道を歩ませたくはなかった……。しかし、皮肉にも、いつの間にか、彼女と同じ苦しみをお前に与えていた……。私は、お前のこの一週間の変わり果てた姿をみて、初めて気づいたよ。自分が、なんてひどいことをやっていたのかということにね……」

目頭を押さえる父の肩が小刻みに震えている。

「それで、お母さんは……どうしたの?」

掠《かす》れる声。流香の胸も震えている。

「それっきり、音信不通だ。歌を失い、娘を失い……さぞや、失意の底に喘《あえ》いだことだろう……。すまん、流香……父さんを、赦《ゆる》してくれ……」

父の掌を伝う涙がグラスの中の琥珀《こはく》色に波紋を作る。

母は、娘を見捨てなかった。ミラノへ連れて行こうと……ミラノへくると信じ、待っていた……。

「どうして……？　どうしていま頃……。遅い……遅いよ……」

歌を失い、娘を失った母。その娘は、歌を失い、そして……。

父の姿が霞む。


遅い、遅いよ、もう、なにもかも……。

流香は、うわ言のように繰り返した。

8　流香の詩

旅立ちの朝に相応《ふさわ》しい朝陽が、クライシスホテルの回転扉にキラキラと反射する。

ホテルの前には、父の専属の運転手が待機する白のベンツが停まっている。

「間宮君。娘を、よろしくお願いしますよ」

クライシスホテルの正面玄関。父が、間宮に右手を差し出す。

「はい。このたびは、流香さんのミラノ行きをお許しくださり、本当にありがとうございます」

間宮が父の手を両手で包み、深々と頭を下げる。

「私のほうこそ、感謝してるよ。流香……」

父が間宮から流香に視線を移し、歩み寄る。

「これからは、悔いのないように生きなさい」

流香の肩に手を置いた父の瞼《まぶた》が細くなる。

「一昨日《おととい》は、ごめんなさい」

母の真実を打ち明けられ取り乱した流香は、父にひどい言葉を残し、部屋を飛び出したのだった。

「お前が、謝ることはない。悪いのは、私なんだからね。でも、これで、すっきりしたよ。いままでは、妻を追い出してしまった自分を認めたくはなかった。お前を欺いていたと同時に、自分をも欺いていた。お前に、一生恨まれることになるのかもしれないが、告白してよかったと思う。心に素直に生きることがこんなにも素晴らしいということを、この年で初めて知ったよ」

「恨むだなんて、そんな……」

「いいんだ。私は、それだけのことをした。本当は、もうひとつ告白しなければならないことがある。でも、それは、お前がミラノへ行って落ち着いてから話そうと思っている」

流香は、小さく顎《あご》を引く。

一台のタクシーが、流香達を空港まで送るベンツの後ろに急停車する。

「よかった、間に合って」

後部座席のドアから飛び降りた亜美が、息を弾《はず》ませ駆け寄ってくる。

「もう、びっくりしちゃった。急に、ミラノに行くだなんて言うんだもん」

亜美が流香の手を握り、おねだりをする子供のように左右に振る。

亜美に連絡を入れたのは、いまから一時間ほど前。彼女に、ミラノ行きを告げるかどうか迷っていた。小笠原旅行をともにした亜美には、拓海の影が色濃く残る。けれど、一番の親友に黙って旅立つわけにはいかなかった。

次に日本に戻ってくるのは、何年先になるのかわからないのだから……。

「ごめん。私も、まだ二、三日前に決めたばかりだから」

「流香。ちょっと、いい」

亜美が間宮に笑顔でちょこんと頭を下げ、流香の手を引く。街路樹の下のベンチへとふたりは向かう。

「どうしたのよ？」

「拓海君、六日前に小笠原に帰ったの知ってる？」

思わぬ亜美の言葉に鼓動が跳ね、思考が止まりそうになる。

「あ……そうなの？」

「いろいろとありがとうって、それだけの電話だったんだけれど……。そうか、やっぱり、流香にはしていなかったんだ」

「だから、言ったでしょう？ 私と彼はなんでもないって」

全然気にしていないわよ、というふうに微笑んでみせる。

「そうか……。ねえ、間宮さんと結婚するの？」

一瞬顔を曇らせた亜美が、気を取り直したように明るい声で言った。

彼女は、間宮との交際を快く思っていなかった。いまも、そうかもしれない。けれど、本選での流香の姿をみて、もう、なにも言わなくなった。

声楽とピアノ。専攻科目は違っても、音楽家を目指している者にはわかる。流香があの日受けた心の傷が、どれだけ深いかが。

「わからない。いまは、なにもかもを忘れて、一からやり直してみたいの」

本当のこと。すぐになにかを決めるには、あまりにも、いろいろなことがあり過ぎた。

「そうね。落ち着いたら、連絡をちょうだいね。私がイタリア旅行をするときは、ガイド役でこき使ってあげるから」

亜美が、頬にタコ焼きを作る。

「うん。私も、亜美女王様のお付きとして恥ずかしくないように、もっとイタリア語を勉強しておくわ」

流香も笑顔を返す。

「あ、そうそう。はい、これ」

亜美が、思い出したように流香の手を取りなにかを渡す。

「なに？」

流香は、掌の中の小さな赤い包みをみつめながら訊《たず》ねる。

「私からの餞別《せんべつ》。車の中で開けて」

「気を遣わなくてもいいのに」

「いいのいいの。じゃあ、彼が心配しているから、はやく戻ったほうがいいよ」

ちらりと間宮に視線を投げ、亜美が言った。

「ありがとう、亜美。あなたには、いろいろとお世話になったわ」

「お互い様よ。意地っ張りのお嬢さんがいなくなると寂しいけれど、私もアルゲリッチのようなピアニストになれるように頑張るから。十年後には、日本武道館を満員にできるようなコンサートをふたりで開けるくらいになろうよ」

照れ臭そうに言うと、亜美が片目を瞑《つむ》る。

「うん。じゃあ、ね」

流香は亜美に手を振り、間宮と父のもとに戻る。

「そろそろ、行こうか？」

腕時計に視線を投げていた間宮が、優しく車へと促す。

ミラノ行きのフライトは三時間後の午前十一時だ。

「では、お父様。流香さんを、お預かり致します」

振り向き、頭を下げる間宮に、少しだけ寂しげな笑顔で頷《うなず》く父。

「お躰《からだ》を、お大事に。行ってきます」

流香は別れの言葉を告げると、父の隣で半べそ顔で佇《たたず》む亜美にもう一度手を振り、間宮がドアを開けてくれている後部座席に乗り込んだ。

「お願いします」

流香に続き乗り込んできた間宮が、運転手に言った。

車がゆっくりと発進する。父と亜美がリアウインドウから消える。流香は後ろを向き、バックウインドウ越しに、遠くなるふたりの姿がみえなくなるまで手を振り続けた。

「寂しいかい？」

間宮が流香の顔を覗《のぞ》き込む。

「ちょっとだけ。でも、我慢できなくなったら、いつでも日本に帰ってくればいいわけだし」

「そうだね。ところで、それ、なんだい？」

流香の膝《ひざ》の上の赤い包みに視線を投げ、間宮が訊ねる。

「これ？　亜美から貰《もら》ったの」

言いながら、赤い包装紙を開ける。

流香は、小さく息を呑《の》む。

「この前つけていたペンダントだね。どうして彼女が？」

間宮の声が耳を素通りする。

新日本音楽コンクールの本選の舞台。無情に鳴り響くピアノの伴奏。哀しいきらめきを放ちながら落下するペンダント。

あのとき、流香は孤独の闇へと放《ほう》り出された。

闇の中の光。気づいたときには、彼の胸の中にいた。

いないと、思っていた。けれど、彼はそばにいてくれた。


拾ってくるから、ちょっと待ってて。

え……なにを？

海の星さ。

拓海の声が聞こえる。

そう、いつも、拓海は流香のために、幸せを運んでくれようとした。

そばについていてあげられなくて、ごめんね……。

幸せになれなかった流香をみつめる、彼の瞳《ひとみ》……初めて伝わってきた、深い哀しみ。拓海が泣いている……。

いつでも、どんなときにも、変わらないその優しさをくれるあなたに甘えていた。

こんなに傷つけていたなんて思いもせずに、彼はどんな気持ちで小笠原に……。

イルカのペンダントが、掌《てのひら》の中で小刻みに揺れる。

「行かなきゃ……」

「なに？」

間宮が、首を傾げる。

「一緒にいたい……」

「どうしたの？　流香ちゃん？」

「運転手さん、停めてくださいっ」

車が急停車する。間宮が、びっくりしたような顔で流香をみる。

「なにか、忘れ物でもしたのかい？」

「ごめんなさい……私……行けない……」

流香は、虚《うつ》ろな瞳でペンダントをみつめたまま呟《つぶや》いた。

「拓海君のところへ、行きたいんだね？」

流香は、瞳をペンダントから間宮に移し、小さく顎《あご》を引く。

「わかっていたんだ、本当は。たぶん、こうなるだろうって。でも、少しだけ、期待しちゃったよ。このまま、君とミラノに行けるかもしれないってね」

間宮が、寂しげに笑った。

どこまでも紳士的な間宮……最後まで、彼は大人だった。

「本当に……ごめんなさい」

「謝ることはないよ。落ち着いて声楽をやる気になったら、拓海君とふたりでミラノにおいで。ミラノ音楽学院の教授の件は、いつでも大丈夫なようにしておくから。僕はいままでどおり、君の力になるよ。これからは、友人としてね」

間宮の唇が、穏やかな弧を描く。

「運転手さん。行き先を、成田から竹芝桟橋に変えてください。で、よかったんだよね？」

「ありがとう……」

流香は、心優しき紳士に感謝した。

9　流香の詩

二十五時間前の海より鮮やかな青が視界に広がり、二十五時間前の太陽より強い陽射しが肌を灼《や》く。

内地の東京にはそろそろ冬の足音さえ聞こえてきそうだというのに、小笠原にはまだ、夏の匂いが残っている。

二十五時間半という長い長い船旅が、まもなく終わりに近づく。

おがさわら丸の船縁《ふなべり》に躰を預ける流香の頬を懐かしい潮風が撫《な》で、髪を掬《すく》う。

私、ミラノじゃなく小笠原に行きます。

間宮と別れ、竹芝桟橋から父に入れた電話。

七瀬君のところに、行くんだね？

父は、驚いたふうもなく言った。

もうひとつ、告白しなければならないことがあると言ったのは、コンクールのことだ。私はまた、同じ過ちを繰り返すところだった。お前が本選で優勝すればミラノ行きの費用を出すと言ったが、あれは、嘘だった。直前になって費用を出さなければ、お前も諦《あきら》めるしかないだろう……そう考えていた。本当に、ひどい父親だよ。じつは、七瀬君が上京した翌日に彼だけにはそのことを話していたんだ。彼の瞳をみていると、不思議と、打ち明けたい気分になってしまってね。七瀬君に会ったら、謝っておいてくれないか。口止めして悪かった、とね。

拓海がホストをやっていたのは、ミラノ行きの資金を稼ぐため……流香の夢を叶《かな》えるため。

愛なんて、幻だと思っていたの。

彼を信じることができずに、ずいぶんとひどいことを言ってしまった。
時間《とき》を巻き戻せれば……と激しく後悔し、流香は出航を待つ人々の眼も憚《はばか》らずに泣き崩れた。

船内に父島到着のアナウンスが流れる。風に乗って、おがさわら丸を出迎える島民の歓声が聞こえてくる。手を振る人々の姿が次第に大きくなる。

拓海……あなたに、いますぐ会いたい。

◇

「流香ちゃん……？ 流香ちゃんじゃないかっ」

聞き覚えのある、よく透る太い声。

観光客を出迎えているのだろう、旅行代理店やらダイビングショップやら民宿やらの会社名や宿名が書かれたボードを掲げた人の群れの中から大きく手を振る、褐色の肌に葉巻《はまき》髭《ひげ》の男性……山崎。

「お久し振りです」

流香はトランクケースを押しながら、弾《はじ》ける笑顔で手を振り返す。

「どうしたの？ また、旅行かい？」

「いいえ……彼に、拓海君に、会いにきたんです」

勇気を振り絞り、切り出した。

もう、眼を逸《そ》らさない。父が流香にそうしたように、これからは、心のままに……素直な自分になるつもり。

「ああ、拓海君なら六日前のおが丸で帰ってきて、今朝までフォレストに泊まっていたよ」

　山崎が穏やかに眼を細める。

「山崎さんのところに？」

「そう。ほら、電話でも言ったけれど、東京に行く前に留吉さんが亡くなったりして、家には帰りたくなかったんじゃないかな。悪いことは続くもので、テティスも死んじゃったみたいだし……」

「え……テティスが!?」

　思わず、流香は大声を上げた。

「あれ？　流香ちゃん、知らなかったの？　まあ、私だってテティスの亡骸《なきがら》をみたわけじゃないんだけれど……。いやね、昨日、拓海君から聞いたんだよ。帰ってきてから一度も海に入ろうとしないから、彼女とデートしなくていいのか？　って訊《たず》ねたら、テティスはもういないんです、なんていうから、最初は冗談だと思ったんだけれど、どうやら、本当みたいなんだよ。彼の話では、テティスが死んだのは十三日だったらしい。テレパシーで感じたそうだよ。こんな話、拓海君とテティスの関係を知らない人なら鼻で笑うんだろうけど、私は、笑うことなんてできなかったね」

　山崎の表情が冥《くら》く沈む。

島民の歓声や小笠原太鼓の音《ね》が、鼓膜から遠ざかる。

十三日に、テティスが死んだ……。

たったひとりになった拓海。自らが孤独の闇に囚《とら》われていながら、そばで見守ってくれようとしていた……。

自分には、父が、間宮が、亜美が、田島教授が……大勢の人達が、励まし、支えてくれていた。

なにより、彼がいた。深く、温かく、優しい彼がいた。

だけど、拓海には誰もいない。


君の笑顔がみたいから。


ただそれだけのために拓海は、東京という名の灰色の海へと飛び込み、マリンスターを運ぼうとしてくれた。

なのに、彼に微笑みをみせてあげることができなかった……。

「彼は……彼は……いま、どこにいますか？」

どこか遠くから聞こえる声。その声が自分のものだと気づくのに時間がかかった。

「今朝、フォレストを出て行くときに、ひさしぶりに海に潜ろうかなって言ってたよ。たぶん、ドルフィンビーチじゃないか……あ、流香ちゃん、どこ行くの!?　荷物、忘れてるよ」

無意識に、歩を踏み出していた。
拓海が、海へ還《かえ》ってしまう……。

消えないで……今度は、私があなたを守ります。

◇

優しく囁く海の音《ね》
永遠の時を越えて美しく
私の哀しみを呑み込んでゆく

きらめく浜辺で出会った少年は
とても強く温かく
私に汚れのない愛だけを残し……消えた

きらめく浜辺で出会った少年は
とても強く温かく
私に愛することそれだけを教え……消えた

◇

森を抜けると、視界一面にパウダースノーの白砂が広がった。

ドルフィンビーチまで、どうやって辿《たど》り着いたのか覚えていない。

ただ、会いたくて、会いたくて……。

白砂の向こうに続く青の世界……拓海の世界へと、いま、流香は向かう。


あの日の夕暮れ。あなたはこの白の絨毯《じゅうたん》に仰向《あおむ》けになり、まどろんでいたわね。

海から上がり擦れ違ったときに……少年のように無邪気なあなたをみて、自然に、微笑みが零《こぼ》れたの。

あんなふうに微笑んだのは……少なくとも、男の人にたいしては、初めてのことだった。

本当は、知っていたの。あの日の夕暮れ、奇跡に出会えたことを。そして、運命の男性《ひと》に出会えたことを。

母亀があなたのそばにいたかった気持ちが、テティスがあなたのそばにいたかった気持ちが、とてもよくわかる。

あなたの瞳《ひとみ》も、眼差《まなざ》しも、微笑みも、指先も……すべてが、光に溢《あふ》れている。

出口はこっちだよ。僕はここにいるよ。

私が闇を彷徨《さまよ》っていたとき、いつも光に導かれていたの。
とても優しく、温かな愛の光に……。

流香は歩を止め、降り注ぐ陽光のシャワーにきらめく青と向き合う。出会いの夜と同じように佇《たたず》み、イルカの到来を願いながら、流香は大きく深呼吸をする。

沖をみつめる。オーシャンカヤックの赤い影……テティス号が海面で揺らぐ。

テティス……あの人を私のもとへ連れてきて。

流香は歌う。
奇跡に出会った夜のように。

エピローグ

愛の詩

テティス号の船縁《ふなべり》に座り、さざ波の揺れに身を任せる。

肌を撫《な》でる風が……鼻孔をくすぐる潮の匂いが懐かしい。

小笠原に戻ってきてから、今日で一週間。初めての海。

テティスのいない海に行く理由がみつからなかった。

でも、違う。テティスはいる。だって、彼女は海の女神《テティス》だから。

マスクも、スノーケルも、フィンもいらない。テティスと同じ、生まれたままの姿。そのほうが、ホモ・デルフィナス《イルカビト》になれそうな気がする。

拓海は鼻を摘《つま》み、重心を背中にかける。バックロールエントリー。抜けるような青空と眩《まばゆ》いほどの太陽がオーロラのようにうねりながら視界を流れる。

待ってて。七十メートルより先の世界を……お前の世界を、いま、みに行くから……。

◇

光の粒子が溶け込んだ青は、ガラスのビーズ玉をちりばめたようにキラキラと輝く。

鮮やかなピンクが美しいハナゴイの群れが、潜降する拓海の周りを取り囲む。黄と黒のストライプ模様のテングダイがのんびりと漂う。

拓海はまっすぐに指先を海底へと向け、青を進む。深くなるにつれ、伸ばす腕に映えるリップルマークが……海面から射し込む陽光の帯が薄くなり、青が濃くなってゆく。

三十メートル地点……躰《からだ》が覚えている。バルサルバ……耳抜きをする。

フィンキック。優しく青を蹴《け》り、奥へ……奥へ……。

水のカーテンがゆらゆらと揺らめく。青から藍《あい》色へと移りゆく景色。

なんて美しい青の世界……。

巨大な影が近づいてくる。アオウミガメが横目でちらりと拓海をみながら悠然と通り過ぎる。

五十メートル地点……躰に水圧を感じる。青と一体になれていない証拠。

眼を閉じ、テティスの華麗なダンスを思い浮かべる。

流麗に、優しく、滑らかに……。

躰が青に溶けてゆく、溶けてゆく、溶けてゆく……。

深く色濃くなる青。もっと奥へ……もっと深くへ……。神秘の底から声が聞こえる。七十メートルを超えた。これからは、未知の世界……テティスの知っている世界。不意に、躰が軽くなる。水圧も感じない。背中に翼が生えたよう。初めての経験。陽の光がまったく入らない黒の世界に漂う。眼を凝らす。ぼぉっとした青白い光が、ちらちらと視界を過《よ》ぎる。プランクトン？　まるで星屑《ほしくず》が散ったよう。幻想的な光景に拓海は見惚れる。夜空を飛んでいるような気分。満天の星が光り輝くドルフィンビーチの夜空を……。

もう、どのくらい深くきたのだろう？　不思議と、息が苦しくならない。その代わり、どんどん、躰が軽くなる。なんて心地《ここち》好《よ》い世界。拓海は、恍惚《こうこつ》の空間に身を委《ゆだ》ねる。

もっと奥へ……もっと深くへ……。

意識が、すぅっと遠くなる。もう少し……もう少しで、テティスの知っている世界へ……。

拓海は、夜空に浮かぶ星屑を華麗なフォームで縫いながら海底へと滑り続ける。
みてるかい？　テティス。お前みたいだろう？
もっと奥へ……もっと深くへ……。
海の底から、流線型のシルエット……一頭のイルカが現れた。
テティス……テティスかい？
イルカの黒く円《つぶ》らな瞳は、とても哀しげだった。
どうしたの？　そんな顔をして？　凄《すご》いだろう？　まだまだ、奥へ行けるよ。
イルカが、激しく首を横に振る。そして、訴えかけるような瞳で拓海をみつめる。
お前、テティスじゃないね？

よくみると、そのイルカはテティスよりもひと回り以上小さく、くちばしも短い。まだ、子イルカのよう。

でも、ふとみせる仕草や表情が、とてもテティスに似ている。

子イルカの流線型が霞《かす》み、ぼやけてゆく。無重力空間に投げ出されたようにふわふわと漂い、躰に力が入らなくなる。

不意に流れる景色。いつの間にか、拓海は子イルカの背中に俯《うつぶ》せに乗っていた。星屑が視界の隅を掠《かす》める……夜空が流れる。

テティスのところへ、連れて行ってくれるんだね？

まどろみの中で、拓海は子イルカに問いかける。

薄く開いた眼に射し込む無数の白い帯状の光。目の覚めるような青に弾《はじ》ける水泡のきらめき。視界に広がる光の輪が次第に大きくなる。

微《かす》かに、歌が聞こえる。聞き覚えのある、神秘的な美しい声音。

光の輪を突き破る。陽光に散った飛沫《しぶき》が虹《にじ》色に染まる。澄みきった空気が肺に流れ込み、全身の隅々にまで行き渡る。浅瀬をゆっくりと泳ぐ子イルカの背で、拓海は歌声に耳を傾ける。

波に崩されてはさらわれる白砂。波打ち際で、子イルカは動きを止める。ほとんど同時に、歌声も止んだ。

拓海は、子イルカの背からゆっくりと立ち上がる。眩暈《めまい》がするようなパウダースノーの砂浜に佇《たたず》む女性……女神が、瞳に涙を一杯に浮かべ、出会ったときと同じ微笑みを拓海に向ける。

拓海は、微笑みを返しながら流香に歩み寄る。

「やあ。君はやっぱり女神だったんだね。あの子イルカが、連れてきてくれたんだ」

拓海は、後ろを振り返る。

「お母さんに、ありがとうって伝えて」

流香が、両手を口に当てて子イルカに叫ぶ。

キュキュキュキュキュ　キュイッ　キュイッ　キュイーッ

立ち姿勢で海面から上半身を出した子イルカが、くちばしを大きく開け、誰かさんにそっくりなまるい頭を上下に振り、誰かさんにそっくりな甲高い声で鳴き、天に舞う。

ドルフィンジャンプ……空に放物線を描いた流線型のシルエットが頭から海へと落下し、大きな飛沫を上げる。

子イルカの背びれが、青の彼方《かなた》へと消えてゆく。

「君も、イルカと喋《しゃべ》れるようになったの？」

拓海は、流香に視線を移し驚いたように眼をまんまるにして訊《たず》ねる。

「これで、変わり者がひとり増えたわね」

流香が、頬を濡《ぬ》らす滴を掌《てのひら》で掬《すく》いながら唇に弧を描く。

そして、拓海をみつめ、小さく息を吸い込む。

「あなたを、愛しています」

朱に染まった流香の頬を、潮風にさらわれた髪の毛が優しく撫でる。

拓海は柔らかな眼差《まなざ》しで流香の瞳をみつめ返し小さく頷《うなず》くと、彼女の細く白い指先をそっと掌で包み込む。


寄り添い歩く白砂に足跡をつけて行くように、ふたりの恋はこれから始まる。

解　説〜涙の才能

中江有里（女優、脚本家）

わたしは本を読んでも、めったに泣かない。

「本を読んで泣く」ということを、いつしかわたしは「涙の才能」と呼ぶようになった。わたしにはどうもその才能はない。理由は多分物語を勘ぐりすぎるからだ。ようするにストーリーをありのまま受け入れることがなかなか出来ず、常に疑いの目を持ってしまう。『このセリフってどういう意味があるのか？』とか、何かが一度気になりだすと気持ちが作品からどんどん離れてしまう。そのせいでこれまで世に言う「感涙作品」を避けて通ってきた。

「ある愛の詩」は前作「忘れ雪」に続く新堂冬樹氏の純愛小説だ。両作とも単行本として発刊された際には、帯に読者コメントなどで「こんなに泣いたのは初めて」と感涙確実・太鼓判つき。かなりの覚悟を持って、扉を開いた。

「ある愛の詩」の主人公拓海が祖父と住むのは小笠原諸島の父島。東京都心から南約一千キロに位置し、これまで一度も大陸と陸続きになったことがない独特の生態系を持つ島。この小笠原諸島は都心からフェリーで丸一日かかる遠く離れた東京都下だ。

はるかな東京の海で、拓海はまるでイルカのように泳ぎ、イルカと心を通わせている。両親が亡くなった小笠原の海が、彼にとってのもう一つの故郷なのだろう。しかしわたしは最初そんな拓海に正直なところなじめなかった。彼はなぜこんなに純粋なのか？　彼の悲しい過去にはどんなトラウマがあるのか？　探ろうと深読みすると、拓海は波のようにすり抜けていく。いよいよ不思議な男性だ。

拓海は、ある日海で傷心の流香と運命的に巡り会う。そして出会ったばかりの彼女に、衝動的に愛を告白する。こんな拓海の率直さを目の当たりにし、突如わたしの記憶は遡《さかのぼ》る。

小学生のころ、わたしは気になる異性との通学途中、突然「将来、結婚しよう」と迫ったことがある（今考えると、相手は相当戸惑っていた。もちろん返事はもらえなかった）。わたしの衝動と拓海の告白は同じかもしれない。拓海は自分の中に突然芽生えた感情を本能のままあふれさせた。引き潮が自然と満ちるように。わたしは一気に純粋な拓海の心の海へとダイブした。

中でも拓海の性質が印象に残るシーンがある。拓海のよき理解者である祖父が拓海に諭《さと》す場面だ。

「少しは、欲を持ったほうがいい」

拓海はおどけるだけで答えない。彼は『欲』を知らないのだ。もしかしたら一生知らずにいるかもしれない。例えば好きな人を独占したいという『欲』も拓海は知らない。ただ好きな人の笑顔が見たい、彼女の夢を叶《かな》えたい。その願いが叶うだけで彼は満足なのだ。

一方流香は、拓海の想いを直感で受け止めているのに、目に見えるものに気をとられ、愛を信じることが出来ない。また彼女のトラウマが容易に人を愛させない。拓海、流香の交差する愛は行き場をなくし、二人の間を浮遊する。その愛は、見えない。

愛を感じたその瞬間に、言葉にのせて想う誰かに伝えられるのが拓海なのである。

子供が突然母親に向かって「ママ、だいすき」と母の胸に頰を寄せる、そんな光景を見ていると、やっぱり拓海を思い出す。昔はきっと自分もあんな子供だったと懐かしみながら。

誰もが心に募る思いをあふれさせる瞬間がある。そして大切な人と心通じ合わせる幸せを求め、人は人を愛する。

著者の新堂氏は、目に見えないものを描こうとしているようにわたしは思った。前作「忘れ雪」でも途中から目が見えなくなる登場人物がいる。純愛小説とは異なる他の作品でもこの精神が貫かれているような気がする。

人は形に見えるものに惑い、見えない愛を疑う。拓海の心の目がクリアなのは、冒頭の海の中の描写でも明らかだ。豊かな青の世界の前奏に、読者は気持ちよく泳ぎだすのだ。拓海と流香、交互のリズムで築かれる物語は、その一章一章が切なさと輝きに満ちている。しかし中々縮まらない二人の距離に、

「こんなに想いあっているのに！」と読者は幸せな焦心に駆られながらも、傷ついた二人の幸福を祈らずにいられない。そしてクライマックスを迎える時「愛の詩」は形のない音

楽として、読者の耳に奏でられる。

本当に大切なものは目には見えない。それは時に文字に化け、わたし達の元へ本という形で届けられる。そしてある痕跡を残していくけど、感じるのは読み手次第。穿《うが》った視点で大切なものを見逃していたのはわたしだった。泣けない自分を卑下しつつ、正当化したかったのだ。もう涙の才能などなくてもいい。こうして大切な何かを見つけることが出来たのだから。

本書は、二〇〇四年一月小社刊の
単行本を文庫化したものです。

ある愛《あい》の詩《うた》

新堂冬樹《しんどうふゆき》

角川文庫 14117

平成十八年二月二十五日 初版発行

発行者——田口惠司

発行所——株式会社角川書店

東京都千代田区富士見二—十三—三

電話 編集(〇三)三二三八—八五五五

営業(〇三)三二三八—八五二一

〒一〇二—八一七七

振替〇〇一三〇—九—一九五二〇八

印刷所——旭印刷 製本所——BBC

装幀者——杉浦康平

し 34-2

ISBN4-04-378102-4 C0193

角川文庫発刊に際して

角川源義

第二次世界大戦の敗北は、軍事力の敗北であった以上に、私たちの若い文化力の敗退であった。私たちの文化が戦争に対して如何に無力であり、単なるあだ花に過ぎなかったかを、私たちは身を以て体験し痛感した。西洋近代文化の摂取にとって、明治以後八十年の歳月は決して短かすぎたとは言えない。にもかかわらず、近代文化の伝統を確立し、自由な批判と柔軟な良識に富む文化層として自らを形成することに私たちは失敗して来た。そしてこれは、各層への文化の普及滲透を任務とする出版人の責任でもあった。

一九四五年以来、私たちは再び振出しに戻り、第一歩から踏み出すことを余儀なくされた。これは大きな不幸ではあるが、反面、これまでの混沌・未熟・歪曲の中にあった我が国の文化に秩序と確たる基礎を齎らすためには絶好の機会でもある。角川書店は、このような祖国の文化的危機にあたり、微力をも顧みず再建の礎石たるべき抱負と決意とをもって出発したが、ここに創立以来の念願を果すべく角川文庫を発刊する。これまで刊行されたあらゆる全集叢書文庫類の長所と短所とを検討し、古今東西の不朽の典籍を、良心的編集のもとに、廉価に、そして書架にふさわしい美本として、多くのひとびとに提供しようとする。しかし私たちは徒らに百科全書的な知識のジレッタントを作ることを目的とせず、あくまで祖国の文化に秩序と再建への道を示し、この文庫を角川書店の栄ある事業として、今後永久に継続発展せしめ、学芸と教養との殿堂として大成せんことを期したい。多くの読書子の愛情ある忠言と支持とによって、この希望と抱負とを完遂せしめられんことを願う。

一九四九年五月三日

角川文庫ベストセラー

角川文庫ベストセラー

もういちど走り出そう　川島誠

インターハイ三位の実力を持つ元400mハードル選手が順調な人生の半ばで出逢った挫折と再生を、繊細にほろ苦く描いた感動作。（解説・重松清）

伊豆の踊子・禽獣　川端康成

一高生が孤独の心を抱いて伊豆への旅に出、旅芸人の踊り子にいつしか烈しい思慕を寄せる。青春の慕情と感傷が融け合って高い芳香を放つ。

愛していると言ってくれ　北川悦吏子

耳の聞こえない晃次を、紘子は手話を習い、ひたむきに愛するが…。豊川悦司主演で大ヒットした、せつない恋愛ドラマの決定版、完全ノベライズ。

恋につける薬　北川悦吏子

「ロンバケ」「最後の恋」――最強の恋愛ドラマを生み出した著者の、恋や仕事にゆれ動く心の内を活写したキュートな一冊。悩めるあなたにどうぞ。

ロングバケーション　北川悦吏子

何をやってもダメな時は、神様がくれた長い休暇だと思う。メガヒット・ドラマ「ロング バケーション」（木村拓哉・山口智子主演）完全ノベライズ!!

冷たい雨　北川悦吏子

ユーミンの楽曲をモチーフに、「愛していると言ってくれ」「ロンバケ」の北川悦吏子が描く短編恋愛ドラマ。表題作を含む8編を完全ノベライズ!!

恋愛道　北川悦吏子

ドキドキして、胸が痛んで、泣けてきて。「愛していると言ってくれ」「ロング バケーション」の脚本家・北川悦吏子のベストセラー・エッセイ。